최무선-하늘을 나는 불

한국의 과학자 시리즈

최무선-하늘을 나는 불

초판 1쇄 2024년 10월 31일
지은이 김민주
편집주간 김종성
편집장 이상기
펴낸이 윤정환
펴낸곳 과학과 이성
등록 2023년 9월 11일 제 2023-000102호
주소 서울특별시 종로구 창경궁로16길 70 12층 1205호
전자주소 birambooks@daum.net

ⓒ 김민주 2024, Printed in Korea.

ISBN 979-11-985028-3-4 43810

값 15,000원

| 한국의 과학자 시리즈 |

최무선

하늘을 나는 불

김민주 장편소설

과학과이성

차례

머리말   6

1부   9
  1. 한밤의 월담   11
  2. 불의 힘   27
  3. 달고 시고 맵고 짠   44
  4. 새로운 발견   66
  5. 만백성의 염원   76
  6. 벽란도의 푸른 희망   99
  7. 내우외환   112
  8. 무경총요   122
  9. 희생   140
  10. 수적천석   147

2부 167
  11. 자작나무의 인내 169
  12. 꿈의 포성 188
  13. 함포의 탄생 202
  14. 기적의 진포 212
  15. 구국의 운명 233
  16. 화포법과 화포섬적도 244
  에필로그. 화력 조선의 뿌리 신기전 252

최무선 해설 - 민족적 자부심으로 거듭난 국난 극복의 역사 261
최무선 연보 272
최무선을 전후한 한국사 연표 275

머리말

 고려 말 최무선에 의해 화약이 도입된 후, 한국의 해전 전술에 큰 변화가 있었다. 1530년(중종 25년), 『동국여지승람』을 증수하여 편찬한 책 『신증동국여지승람』에서는 화포의 역할을 요약하여 다음과 같이 서술했다.

 화통과 화포가 빠른 우레와 세찬 번개처럼 터져서 그들의 혼을 빼앗고 간담을 서늘하게 하지 않았다면, 그 완악하고 사나운 왜구를 쉽게 굴복시키지 못했을 것이다. 화약이란 것은 오병(五兵)을 보조하는 물건으로 제왕(帝王)이 이것을 써서 국위(國威)를 성대하게 선양하고, 포악하고 난동하는 자들을 제거하며, 백성을 사랑하여 공(功)이 이루어지고 정치가 안정되어 태평 시대를 유지하는 큰 벼리가 되는 물건이다. 30년 동안 왜구의 침략을 당했을 때도 태평을 유지하게 된 것은 다른 힘이 아니고 여기에 있었던 때문이다.

 1325년 무렵 태어난 최무선이 화약을 완성한 시기는 1377년이다. 자신의 젊은 시절을 고스란히 바친 후였다. 누군가에게 배워서 할 수 있는 일이 아니었기에, 수많은 시행착오를 거치며 이루어 낸 결과였다. 중도에 포기하지 않고 지속할 수 있었던 이유는 바로 나라와 백성을 위한다는 대의가 있었기 때문이다. 개인적인 일신의 평안을 위해서라면, 힘들게 좌절하면서 지속해 나갈 힘이 없었을 것이다. 한 나라의 무관으로서 짊어져야 하는 책임감은 그를 한 개인에 머무르게 하지 않았다. 나라를 구하고, 백성들의 한을 풀고, 외세의 침입에 대비한다는 거시적인 목적은 중도에 포기할 수 있을 만큼 사소한 것이 아니었다.

여말선초의 문인 권근이 쓴 시는 고려와 조선에 이어지는 최무선의 업적을 전하는 귀한 자료다. 영웅은 혼자서 탄생하지 않는다. 불후의 명장 이순신이 있기까지 최무선은 빼놓을 수 없는 조력자다. 조총을 이길 수 있는 화포가 얼마나 기적 같은 신무기였는지 권근의 시가 생생히 전해 준다. 그는 「진포에서 왜선을 깨뜨린 최 원수를 축하하며」라는 시에서, 화포 만든 최무선의 지혜로, 삼십 년 왜란이 하루 만에 평정되었고, 하늘에 뻗친 도적의 기세가 연기 따라 사라졌다고 칭송했다.

최무선은 그가 이룬 지대한 업적에도 불구하고 『고려사』 「열전」에서 빠져있다. 무에서 유를 창조해 낸 과학자이자 애국자로, 잊혀서는 안 되는 인물이다. 그에 대한 미흡한 관심을 이 책이 조금이나마 해소할 수 있기를 바란다. 역사는 되풀이된다. 잘한 일은 후대에 이어갈 수 있도록 격려하고, 잘못은 바로잡아서 같은 실수를 반복하지 않아야 한다. 역사를 바로 안다는 것은 그러한 교육의 첫 발자국이다.

  소중한 우리 역사 속의 인물을 만날 수 있는 기회가 생겨서 기쁘고, 감사하다. 이 책을 읽는 독자들 역시 목표에 대한 의미를 되새김으로써, 과학자로서 인생을 바친 위인을 통해 인생의 깊은 의미와 감동을 얻을 수 있을 것이다. 독자 여러분의 꿈과 희망을 응원한다.

2023년 3월
저자 김민주

1부

한밤의 월담

초승달이 게슴츠레 눈을 뜨고 세상을 내려다보고 있다. 무선은 검은 하늘 아래 민둥산에서 희미하게 제 몸을 드러내는 자작나무 둥치를 안타깝게 바라보고 있었다. 산이란 산의 나무는 모두 베어져 땔감으로 쓰이고, 민둥산만 남았다. 어린 시절 보았던 하얗고 고고한 나무는 이제 찾아보기 힘들게 되었다. 왜구들의 약탈은 식량을 넘어서서, 이제는 땔감마저 바닥을 드러낼 때까지 긁어갔다. 무선은 깊은 한숨을 쉬다 주먹을 부르르 떨며 숨을 참았다. 오늘 밤이 아니면 영원히 그것을 보지 못할 수도 있다는 마음이 무선의 마음을 짓눌렀다. 간절함은 두려움을 넘어섰다.

원나라에서 화약이 들어온다는 소식을 들은 것은 아버지 동순으로부터였다. 최동순은 수도 개경의 조정 관리들의 녹봉을 보관하는 곡식 창고의 책임자였다. 무선은 아버지로부터 조정의 일들을 귀띔으로 들을 수 있었다. 내일이면 공민왕이 각국의 사신들을 불러 화산 놀이를 한다고 하니, 오늘 밤이 아니면 그것은 구경도 하기 힘들 것이었다. 달고 시고 쓰고 짜고 매운 맛이 나는 함토로 만든다는 염초가 내내 무선의 마음을 애태우던 차였다.

마음을 다시 가다듬은 무선은 군기감 담벼락을 넘어 안으로 살금살금 기어들어 갔다. 낮 동안 쇳물을 끓였는지 비릿한 냄새가 희미하게 남아있었다. 익숙한 냄새에 잠시 긴장이 풀렸다. 철을 녹여 무기를 주조하는 장인, 칠 장인, 화살촉 장인, 기름칠 장인, 목재를 다루는 장인들이 군의 명령에 따라 무기를 생산하고 보관하는 곳이었다. 소금처럼 짜면서 갖가지 맛이 나는 하얀 가루와 무서운 힘을 가진 흑색 가루가 지금쯤 들어와 있을 거라는 생각을 하니, 자신이 얼마나 위험한 곳에 와 있는지 까맣게 잊고 있었다.

지금은 병졸들이 교대를 하기 위해 잠시 방심한 틈이었다. 보초 서는 일을 마치고 돌아가는 병졸은 초승달을 보며 집에 있는 가족에 대한 단꿈을 꾸고, 새벽에 잠을 설치고 나온 병졸은 가족의 단잠에 흐뭇해하며, 잠이 덜 깬 눈을 비비며 나오는 시간이었다.

무선이 제 숨소리에 놀라 숨을 참으려고 애쓰는 사이 사레들려 기침이 튀어나왔다. 그때 육중한 문이 끌리는 소리가 나고 누군가 소리쳤다.

"거기 누구냐?"

무선은 화들짝 놀라며 고개를 들었다. 병졸 하나가 무기 제조창 입구로 달려오고 있었다. 무선은 몸을 돌려 달아났다. 다급한 발짝 소리가 고요한 밤을 울렸다. 그제야 무선은 터무니없이 무모한 짓을 하고 있다는 사실을 깨달았다. 이미 때는 늦었다.

"누구냐. 저놈을 잡아라."

무선은 군기감의 담벼락과 담벼락 사이를 요리조리 돌며 병졸들을 따돌렸지만, 점점 더 안쪽으로 들어가 궁지로 몰리는 느낌이었다. 바로 눈앞에 조그만 문이 있었지만 나가는 문은 반대편에 있었다. 그 자리에서 몸을 돌리는 순간 거대한 몸이 그의 앞을 막아섰다.

"네 이놈. 여기가 어디라고 감히 쥐새끼처럼 숨어들었느냐?"

병졸들이 다투어 뛰어왔다.

"여봐라. 이놈을 잡아 가두었다가 아침에 장군님께 인계해라. 군기감에 숨어들어 나라의 기밀을 탐하는 역적은 능지처참으로 다루어야 한다."

무선은 병졸들에 의해 무기력하게 끌려갔다.

창살 밖으로 희미한 달빛이 들어왔다. 다음 날이면 당장 팔관회가 시작될 터이고, 그러면 무기고의 염초와 화약은 모두 사라질 터였다. 무선은 안타까운 마음에 밤을 새우다시피 뜬눈으로 새벽을 맞았다. 날이 밝자마자 병졸들이 그를 밖으로 끌고 나가 무릎을 꿇렸다.

고요하고 위엄이 서린 목소리가 호통을 쳤다.

"여기가 어디라고 어찌 겁도 없이 군기감에 숨어들었더냐? 목숨이 아깝지 않더냐?"

무선은 형형한 눈빛으로 자신을 내려다보는 장군의 위엄 앞에 무릎을 꿇었다.

"소인 죽을죄를 지었습니다. 하오나, 아직 나라를 위해 해야 할 일이 남아있기에 죽어서는 아니 되는 목숨입니다. 살려만 주신다면 그 외의 벌은 무엇이든 달게 받겠습니다."

"이런 무엄한 자를 봤나! 나라의 군사기밀이 모두 숨어있는 곳에 몰래 들어왔으면서 살기를 바라다니 이 무슨 망발이더냐? 무엇을 훔치려고 했는지 말하여라. 첩자라는 것이 밝혀지는 날에는 목숨을 부지하기 힘들 것이니라."

최영은 무릎을 꿇고 있는 사내의 야무진 입매와 살기에 가까운 의지를 빛내는 눈빛을 노려보며 엄중하게 말했다. 무기 창고에 겁도 없이 들어와서 고개를 빳빳이 들고 있는 자가 누구인지 궁금했다.

"저는 첩자도 아니고, 무엇을 훔치려고도 하지 않았습니다."

"어허 저놈이 어느 안전이라고 거짓을 말하느냐. 당장 이실직고하고 죗값을 받아라."

그를 무릎 꿇렸던 나졸이 노기 띤 음성으로 무선의 말을 가로막았다.

"저는 5년 전 군기감의 무기고에서 일을 한 적이 있습니다. 그런데 이번에 원나라에서 염초와 화약을 수입했다는 이야기를 부친께 들었습니다. 그것을 두 눈으로 보고 싶은 마음에 겁도 없이 몰래 들어 왔지만, 결코 훔치려 하지는 않았습니다."

그의 말에 나졸이 노기 어린 음성으로 다시 소리쳤다.

"어허, 이놈이 누구 앞에서 감히 거짓말을 하느냐? 훔치려 하지 않았다니 그 말을 누가 믿겠는가!"

최영은 나졸을 저지하며 무선에게 물었다.

"군기감에서 일한 자가 이런 일을 벌이다니 수치스럽지도 않은가?"

"소인 죽을죄를 지었사옵니다."

"그런데 자네 부친이 누구인데 그런 소식을 들었다는 것인가?"

"저는 광흥창사[1] 최동순의 자식이옵니다. 어찌 나라의 녹봉을 받는 아버지의 이름으로 거짓을 아뢰며, 또 그 이름에 먹칠하겠습니까? 진실로 그러하옵니다."

최영은 그 말에 관심을 보이며 무선이 계속 말을 하도록 고개를 끄덕였다.

---

1 광흥창사(廣興倉使): 광흥창의 실무를 총괄하는 관직.

"계속 말해보거라. 광흥창사라고 하면 조세 창고의 관리 아니더냐?"

"그렇습니다. 얼마 전에도 서해에서 왜구들에게 조운선이 탈취당해 부친께서 곤욕을 치렀습니다."

"그런데도 이런 짓을 하였느냐?"

"나라를 구하기 위해서라면 무슨 짓인들 못 하겠습니까."

"나라를 위해서라니, 무엄하다. 감히 최영 장군님 앞에서 거짓을 고했다가는 목숨을 부지하기 어려울 것이다."

엄한 나졸의 목소리가 다시 무선을 다그쳤다. 그 말에 무선은 고개를 들어 눈앞에 있는 장군의 얼굴을 뚫어져라 바라보았다. 무선의 얼굴에 반가운 낯빛이 번졌다. 소문으로만 들었던 최영 장군이 눈앞에 있다고 생각하니 감격은 이루 말할 수 없이 반가웠다. 듣던 대로 풍채가 늠름하고 맑고 힘찬 기운이 눈빛에서 흘러나왔다.

"소인 소문으로만 듣던 장군님을 이렇게나마 뵙게 되어 참으로 영광이옵니다. 홍건적과 왜구들이 고려에서 유일하게 두려워하는 장수가 아니십니까! 진즉에 뵐 기회가 있었다면 이런 부끄러운 일은 저지르지 않았을 것이옵니다. 저를 벌하여 주십시오."

무선은 그제야 최영에게 머리를 조아렸다. 무선이 아는 최영 장군은 고려의 최고 장수이자, 타고난 인품의 소유자였기에 평소에 흠모하고 있던 터였다. 귀족의 가문에서 태어났지만, 아버지의 엄격한 가르침을 받아 청렴하기로 온 나라에 소문난 데다, 정의감까지 투철한 장수였다. 장사성의 난을 진압하기 위해 원나라가 군사를 요청했을 때 최영이 지휘하여 스무 번이 넘는 전투를 모두 승리로 이끌었다. 최근에 자주 출몰하기 시작하는 왜구들이 큰 골칫거리였지만, 최영이 다스리는 지역에서만큼은 왜구를 방어할 수 있었다. 장수 중의 장수이며, 고려의 수호신이나 마찬가지라고 칭송하는 소리를 많이 들었던 터였다.

"도대체 여기는 왜 숨어들었느냐? 염초를 보려 했다니 그게 무슨 말이더냐?"

최영의 목소리는 조금 누그러들었다.

"얼마 전 원나라에서 축포용 화약과 염초를 들여왔다는 소식을 들었습니다. 몇 해째 염초를 만들려고 많은 실험을 거쳤으나 번번이 실패했습니다. 그래서 그 염초란 것이 어떻게 생겨 먹은 것인지 눈으로 직접 보고 싶었습니다."

무선의 말에 최영의 눈썹이 한쪽으로 치켜 올라갔다.

"왜 염초를 만들려고 했느냐?"

"화약을 만들려고 하는데 그 재료인 염초를 만드는 데 성공하지 못하여, 그 길이 막혔습니다. 지금도 그것을 보고 싶은 마음뿐입니다."

"혹시 자네가 화약을 만들겠다고 두문불출한다는 그 소문의 사람이 맞느냐? 모두들 미쳤다고 하는 그 사람이냐?"

"제가 그 사람이 맞는지는 모르겠으나, 오래전부터 이 일을 하고 있으면서도 성과가 없다 보니 미쳤다는 조롱을 많이 받기는 하였습니다."

"언제부터 화약을 만들려고 했나?"

최영의 말에 무선의 머릿속에는 그동안의 긴 시간이 주마등처럼 스쳐 지나갔다.

"저는 원래 선박 제조 기술자였습니다. 원나라 요청으로 수백 척의 군선을 만드는 작업에 참여하였습니다. 그 과정에서 원나라 군사들과 접할 기회가 있었습니다. 그때, 흑색 화약에 대해 들었고, 그것을 이용한 화약 무기의 힘을 알았습니다. 그 사실이 잊히지 않았습니다. 그때부터 언젠가 화약 무기를 개발하겠다는 희망을 품고 군기감에 들어갔으나, 누구도 화약에 관심을 가지지 않았고, 그 꿈을 이룰 수 없었습니다. 하루라도 빨리 화약 만들기에 전념하기 위해 군기감에서 나왔으니 벌써 몇 년이 지났습니다."

무선의 말에 최영의 마음은 착잡하기 이를 데가 없었다. 고려의 사정을 누구보다 잘 알고 있던 터라, 무선의 마음을 알고도 남았다. 하지만 나라의 규율이 있으니 문초를 할 수밖에 없었다.

"화약 제조 비법은 원나라에서도 국가 기밀이라 아무도 아는 자가 없다. 고려에서도 나라의 행사에 사용할 소규모 화약은 허용하고 있으나, 사적인 화약 실험은 물론 그 사용조차 금지하고 있는 걸 모르느냐! 그런데 규율을 어기고 어찌 자네가 그것을 만들려고 했느냐?"

최영의 말에 무선은 막막한 듯 하늘을 바라보았다.

어린 시절 무선이 살았던 고향에는 왜구를 막기 위해 쌓은 성이 있었다. 왜구들이 마을에 들이닥칠 때마다 사람들은 깊은 산속에서 숨어서 풀을 뜯어 먹고 살았다. 텅 빈 마을을 왜구들은 마음껏 휘젓고 다녔다. 보다 못한 마을 사람들이 성을 쌓았던 것이다.

이렇듯 어린 무선은 왜구들에게 이웃들이 무참하게 당하는 모습을 보면서 자랐다. 아버지가 중앙 관리가 되어 개경으로 왔어도, 아버지가 관리하는 조운선마저 하루가 멀다고 털리는 데다, 집안일을 돌보던 옥란마저 납치당해 끌려갔다. 옥란의 아비는 그보다도 먼저, 나무하러 갔다가 변을 당했다. 옥란은 덕새와 혼약을 앞둔 사이였기에, 덕새의 슬픔 역시 위로할 길이 없었다.

폭포수처럼 쌓인 울분이 막상 멍석을 깔아놓으니 병목처럼 막혀 터져 나오지 못했다. 그 비참함에 눈물부터 앞을 가리니, 장군 앞에서 수치스러웠기에 무선은 애꿎은 하늘만 올려다보았다. 아침 하늘은 눈이 시리게 파랬고, 구름은 그 시린 눈을 위로하는 부드럽고 하얀 눈 같았다. 왜구가 지나간 하늘은 아름다웠으나 땅은 여전히 핏빛이었다.

"나라에 힘이 없으면 백성들이 살 곳을 잃습니다. 강한 나라만이 백성을 오롯이 보살피고, 태평성대를 이룰 것인데, 지금 이 나라는 그렇지 못합니다. 백성들이 도망치지 않고 농사짓고 고기 잡으며 살려면 힘을 키워야 하고, 외세가 감히 이 땅을 넘보지 못하도록 해야 합니다. 힘이 있을 때만이 평화가 찾아오고, 화평을 위해 송나라처럼 싸움을 피하면 두고두고 이 땅은 전쟁터가 될 것입니다."

무선은 그동안의 고난과 경험이 남긴 교훈을 마음속으로만 간직하고 있다가, 처음으로 말하고 보니 더 비장해졌다. 최영은 겁도 없이 군기감에 들어온 무선의 눈빛이 촉촉이 젖어가는 것을 보았다. 그것은 연민이라기보다 분노에 찬 것이었기에, 대장부의 결기를 느끼게 했다. 그 의지는 하늘도 움직일 것처럼 단단해 보였다. 더구나 고려의 사정이라면 최영이 더 잘 알기에 무선의 말에 전적으로 공감하고 있던 터였다.

지난 40여 년간 홍건적과 몽골의 침입으로 고려의 군사력은 바닥이 되었다. 그런 마당에 다시 왜의 침입이 잦아지기 시작했는데, 아무리 국지적으로 막아보아도, 시도 때도 없이 틈을 노리는 왜구 떼는 줄어들지 않았다. 왜구들을 상대하여 이길 수 있는 자가 드물었기에 최영도 고개를 끄덕일 수밖에 없었다.

무선은 최영이 자신의 말에 수긍한다는 사실을 표정으로 알 수 있었다. 이 기회가 아니면 안 되었기에, 하고 싶은 말을 모두 쏟아냈다.

"충혜왕께서 연경궁에서 화산 놀이를 하여 백성들을 즐겁게 해주던 때 처음 불꽃놀이를 보았습니다. 처음에는 그 불꽃이 신기하고 아름답다고만 생각했습니다. 검은 하늘에 불화살보다 빠르게 치솟아 올랐다가 순식간에 터지고, 또 사라져 버리는 것이, 사람이 하는 일이 아니라, 귀신의 조화 같았습니다. 아버지께서는 그 조화가 화약이 만들어 내는 불꽃이라고 알려주셨습니다. 그 불꽃이 머리 위로 떨어질까 무서웠지만, 그 불꽃은 땅에 떨어지면서 꺼진다고 하였습니다.

저의 집 식솔이 왜구에게 끌려갔을 때 소인은 어릴 적 본 불꽃놀이가 생각났습니다. 하늘에서 터지는 불꽃을 만들어 낼 수 있다면, 땅에서 폭발하는 불꽃도 만들어 낼 수 있을 거라는 생각을요. 왜선의 하늘 위에서 불꽃이 떨어져 왜선이 불타는 광경을 상상할 수 있었습니다. 불꽃이 칼을 든 왜구의 가슴에 박히고, 그보다 더 큰 불꽃이 날아가 왜선을 단번에 부수는 상상을 수도 없이 해보았습니다. 그 이야기를 아버지께 여쭈니, 이미 원나라에서는 그 불꽃을 전쟁터에서 쓰고 있다 하셨습니다."

무선의 말을 가만히 듣고 있던 최영은 고개를 끄덕였다. 여몽 연합군의 왜구 토벌 과정에서 화약을 써서 왜구를 물리쳤다는 사실을 알고 있고, 화약의 위력도 잘 알았다.

"맞다. 여몽 연합군이 왜구를 토벌할 때 대나무 총통을 쏘았다는 기록이 있다. 고려군이 원나라 무기를 보고 어찌나 놀랍고 무서웠는지 모른다고는 하였으나, 그 비밀을 가르쳐주는 이가 없으니 그림의 떡과 같은 처지였다. 그런데 자네가 그런 무모한 실험을 하고 있다는 말인가?"

"요즘 병서들을 보고 공부하고 있습니다. 삼국시대에 벌써 우리 조상들은 왜구들에게 불벼락을 안겼다고 나와 있습니다. 그 비법이 전해지지는 않지만, 조상이 한 일을 후세라고 못하겠습니까! 모든 것을 태워버리는 불의 힘은 막을 것이 없습니다. 다만 그 불을 지속적으로 쓸 수 있는 방법을 만들어 내야 합니다. 필요할 때 불의 힘을 강화시켜 자유자재로 쓸 수 있는 그것이 바로 화약입니다. 우리 고려도 원나라처럼 화약과 화포가 있어야 합니다. 불화살의 사거리를 늘리고 폭발력을 강하게 하기 위해서는 화약밖에는 방법이 없는 것이지요"

"오래전 여진족을 토벌하기 위해 만든 별무반에 화공법을 쓰는 발화군이 있었지. 불화살로 적의 진영이나 배를 공격하여 불을 놓는 화공을 담당했고. 또 덕종 때도 뇌등석포라는 화약을 이용한 투석기가 있었다는데, 기록조차 남아있지 않아 안타깝구나. 지금도 불화살은 쏘고 있지만 바다에서처럼 먼 거리에서는 효과가 덜한 것도 사실이지. 불화살은 멀리 나가지 못하고 꺼지는 일도 잦은 데다, 바다 위에서는 불이 붙어도 금세 끌 수 있으니."

최영의 말에 무선도 맞장구를 쳤다.

"맞습니다. 불화살이 달아나는 왜구들의 배에까지 닿지 못하고 바다로 떨어질 때 얼마나 약 오르고 화가 나는지 모릅니다. 화약만 있으면 사거리를 높일 수 있습니다. 그뿐 아니라 동시에 불기둥을 터뜨려 한꺼번에 수십 명을 쓰러뜨리고, 또 침몰시킬 수도 있을 것입니다. 그러니 화약을 만들어 낼 수만 있다면, 벼슬을 하는 것보다 더 나라를 위해 중한 일이라 생각하였습니다."

최영은 또다시 떠오르는 얼굴이 있어 마음이 침통해졌다.

당시 최영은 왜구들을 피해 도망쳐 온 장수를 붙잡아 처형하기 위해 엄중하게 문책하고 있었다. 삼남 지방의 왜구는 해안을 지나 내륙까지 침범하여 끊임없이 쳐들어오는데, 백성들을 내버려 두고 장수가 도망치다니 그 죄가 죽어 마땅했다.

"나라를 지켜야 하는 군인이 왜구들을 피해 도망치다니 부끄러운 줄 알라. 그대를 참형에 처하여 군 기강을 세울 것이니라."

최영은 엄히 고했다. 하지만 그 장수의 변명 또한 그냥 흘려듣기에는 무척이나 통탄스러운 일이었다.

"장군, 참으로 원통하나이다. 힘껏 싸웠으나 중과부적이옵니다. 저는 이미 나라를 위해 목숨을 바친 몸이니 제 목숨은 아깝지 않습니다. 하오나 부하들의 전멸이 눈앞에 보이는데도 후퇴하지 못하고 죽어가는 수많은 장수와 부하들을 보고만 있어야 한다면, 이는 후일을 위해서도 마땅한 일이 아닙니다."

"병사가 전장에서 죽는 것은 부끄럽지 않은 일이다. 도망치는 적들도 지옥까지 따라가 잡아야 하는 것이거늘, 그 적들을 피해 도망치다니 어찌 장수로서 마땅한 일이라 하겠느냐!"

"죽기 전에 한 말씀 드리겠습니다. 제가 죽는 건 두렵지 않으나 부실한 군기(軍器)를 가진 죄로 얼마나 많은 장수가 자신을 사지(死地)로 몰아넣을 것이며, 또 비참하게 살아남은 장수마저 원통하게 군법에 회부되어 억울하게 죽임을 당하여, 군사력이 낭비되는 일이 두려울 뿐입니다.

아무리 용기가 있어도 실력이 없고, 군기가 없으면 그 용기는 빛을 보지 못하고 오히려 만용이 될 뿐입니다. 다시 한번만 기회를 주십시오. 살아 돌아오지 않을 각오로 임하겠습니다."

그때 최영은 오랫동안 침묵에 잠겼다. 왜구는 전투 능력뿐 아니라 장비도 고려군보다 우세하다는 사실을 아는 바였다. 단순히 약탈행위를 하는 도적 떼가 아니었다. 갑옷에 기마병까지 갖춘 왜구의 규모도 그러하거니와 지휘체계 역시 군대에 버금가는 규율이 있었다. 진영 싸움에서 패배한 정규군이 왜구에 합류한 것이었으니, 고려의 군대가 왜구의 군기를 못 따라가는 것이 당연했다.

그렇더라도 끝내 그 장수를 살려둘 수 없었다. 보는 눈이 많았고, 규율을 어긴 것은 어떤 변명으로도 구제할 수 없었다. 최영은 그자를 참수했다. 참수당한 얼굴에서 눈빛은 오랫동안 살아있었다. 오래전 일이지만 그 눈빛이 계속 마음에 남아있는 것은 어쩔 수 없는 일이었다. 병사를 통해 그 장수의 가난한 노모에게 곡식과 베를 하사하는 것이 장군으로서 할 수 있는 마지막 처사였다.

최영은 무거운 마음으로 무선을 향해 말했다.

"국운이 걸린 일이라 해도 규율을 어겼으니 그냥 지나갈 수는 없는 노릇이다. 먼저 벌을 받으시오. 다만 자네가 그토록 바라는 바가 있으니 선택의 기회를 주겠소. 지금 태형 열대를 받고 돌아갈 것인지, 쉰 대를 맞고 염초와 화약을 볼 것인지 그대가 정하도록 하시오."

무선은 이미 각오한 바였다.

"장군, 저는 곤장도 두렵지 않습니다. 염초를 볼 수만 있다면 장형 백 대도 달게 받겠습니다."

"그대의 뜻이 그러하니 그대가 원하는 대로 할 것이오. 후에라도 내 그대의 행적을 지켜보겠소. 한 치라도 거짓이 밝혀지는 날에는 그날로 없는 목숨이라고 생각하시오. 그대에게 한 번의 기회를 줄 터이니 꼭 원하는 바를 이루시오."

최영은 무거운 어조로 무선에게 말했다.

무선은 염초와 화약을 볼 수 있다는 흥분으로 태형 쉰 대를 맞았다. 바지저고리에 붉은 물이 배어 나왔다. 엉덩이의 감각조차 고통으로 느껴지지 않았다.

나졸은 태형이 끝난 후, 습기가 차지 않도록 한지로 싸서 보관함에 넣어 둔 것을 가지고 나왔다. 한지에 싼 검은 가루는 화약이고, 흰 가루는 염초였다. 무선은 그토록 보고 싶었던 흰 가루를 눈으로 보니 금은보화보다 더 귀하게 여겨졌다. 금가루를 만지듯 조심스럽게 두 손으로 만지고 냄새를 맡아보고, 혀로 맛을 보았다. 병서에서 본 것과 같이 짜고 오묘한 맛이 났다. 시고도 달고, 짜고도 매운 흙의 맛이 느껴지는 것 같았다. 무선은 그 맛과 냄새를 눈으로, 코로, 손의 감각을 동원하여 기억 속에 각인시켰다.

2. 불의 힘

한때 무선은 대장간에서 살다시피 했다. 화약의 힘을 발견하기 전에 불의 힘을 먼저 알았다. 어린 무선은 향교에서 돌아오자마자 대장간으로 달려갔다. 하루하루가 호기심으로 가득한 날들이었다. 눈에 보이는 모든 것이 신기하여, 만져보고, 두드려보고, 그 원리를 터득하고자 애썼다. 사서오경보다 병서가 더 재미있었다. 어린 무선이 푹 빠져있던 것은 대장간이었다. 풀무질하는 대장간의 풍경이 낯설면서도 마음을 끄는 데가 있었다.

그날도 다르지 않았다. 무선은 밖으로 나가려다 대문 옆의 행랑채 마루 끝에서 덕새가 무엇인가를 열심히 쓰고 있는 것을 보았다. 얼마 전 무선은 덕새에게 글을 가르쳐 주었다. 가끔 덕새는 나무를 하러 가다가 길을 멈추고 담벼락 너머로 흘러나오는 소리에 귀를 세웠다. 골목길에는 항상 글 읽는 낭랑한 소리가 새어 나왔다.

양반 평민 할 것 없이 아이들은 어릴 때부터 서당에 다녔다. 무선 역시 일찍 서당에서 천자문을 떼고, 동몽선습과 격몽요결, 명심보감을 차례대로 배웠다. 그 후 향교에서 십팔사략, 소학을 배운 후, 사서오경을 배우는 중이었다.

"덕새야. 너도 글을 깨우쳐야지. 글자를 알면 할 수 있는 게 많아진단다."

"도련님, 저는 글을 배워도 쓸 데가 없습니다."

"세상이 많이 바뀌고 있는데, 어찌 그런 낡은 생각을 아직도 하고 있더냐. 이름 정도는 알아두어도 좋을 거야."

무선은 덕새에게 이름 쓰는 법을 가르쳐 주었다.

덕새는 자신의 이름 외에도, 집 안의 어른들과 일하는 하인들의 이름까지 모두 알기를 원했다. 무선은 그때마다 종이에 가지런히 써서 덕새에게 보여주었다. 덕새는 그것을 그림처럼 따라 그렸다. 그 후 덕새는 산에서 나무를 하다 나뭇잎이나 나무껍질에 자신의 이름을 새기곤 했다.

그날도 덕새는 무선이 나가는 데도 알아채지 못하고 머리를 박고 열심히 무언가를 쓰고 있었다.

"덕새야 무얼 하느냐?"

"아, 도련님."

덕새는 대답만 하고 손에 쥐고 있던 것을 등 뒤로 숨겼다. 덕새의 등 뒤에서 삐죽 튀어나와 있는 것은 자작나무 껍질이었다.

"그건 자작나무 아니더냐?"

그제야 덕새는 부끄러운 듯 웃으며 자작나무 껍질을 무선에게 보여주었다.

"이 자작나무 껍질에 이루고 싶은 소망을 쓰면 바라는 것이 이루어진다고 합니다."

"덕새는 소망이 무엇이냐?"

덕새는 말하기가 쑥스러운 듯 말꼬리를 돌렸다.

"그런데 도련님 또 어디 가십니까? 글공부에 소홀하다고 마님께서 성화십니다."

"내 금방 다녀올 테니, 어머니께는 비밀로 해야 한다."

무선은 얼른 집을 빠져나갔다. 무시무시한 것이 기다리고 있는 곳으로 빨리 가서, 다시 그것을 보고 싶었다.

대장간 안은 쇠를 두드리는 소리가 땅, 땅, 땅, 땅, 쉴 새 없이 이어지고 있었다. 무선은 대장간의 풀무 앞에서 벌건 불꽃에 시선을 고정하고, 불이 뿜어내는 열기와 불꽃의 현란한 움직임을 보았다. 거대한 소리 사이에서 묵언수행이라도 하듯이 무선은 날마다 그 대장간 앞에서 시간을 보냈다.

한 달 전, 무선의 어머니가 덕새에게 심부름을 보냈다. 장에 다녀오는 길에 무뎌진 연장을 갈아오라고 시켰다. 장 구경을 하는 데 신바람이 나 따라갔던 무선도 함께 대장간에 들렀다. 아직도 무선은 그 날일을 선명하게 기억하고 있었다.

그날 무선은 신천지를 발견한 듯 눈이 휘둥그레졌다. 대장간은 불의 냄새와 쇠의 냄새, 시큼한 땀 냄새가 모두 뒤섞여 있는 곳이었다. 대장간의 구석에는 그날 수리해야 할 쇠스랑과 낫과 호미, 칼과 망치 등 각종 쇠붙이가 차례대로 줄지어 세워져 있었고, 시렁 위에는 닳아버린 편자들이 수북이 쌓여 있었다. 무선의 또래로 보이는 사내 녀석이 화덕에 바람을 넣고, 근육이 불거진 사내는 쇠망치를 들고 벌겋게 달궈진 날을 두드리고 있었다.

대장장이 사내가 달아오른 쇠를 두드리다 구유 통처럼 생긴 물통에 집어넣자, 치이익 하는 소리와 함께 연기가 삽시간에 퍼져나갔다. 사내는 다시 불 속에서 투명하게 달아오른 칼을 기다란 집게로 들어 올려 말뚝 위에 올려놓고 규칙적으로 두드렸다. 망치와 쇠가 만날 때마다 불꽃이 날카롭게 사방으로 튀었다.

문득 어린 시절 아버지와 함께 연경궁 화산 놀이의 광경이 떠올랐다. 그 화려한 불꽃과 이 불꽃은 비슷하면서도 달랐다. 사람들을 즐겁게 하기 위해 밤하늘에서 피어오르는 불꽃도 아름다웠지만, 온갖 냄새가 섞인 컴컴한 곳에서 간헐적으로 튕겨져 나오는 불꽃의 힘은 그보다 더 셌다. 불의 힘이 한층 더 가까이 다가왔고, 쇠를 두드리는 시끄러운 소리도 싫지 않았다. 소리와 소리 사이의 몽환적인 고요를 경험한 무선은 그 묘한 소란을 은근히 즐기기까지 했다.

"도련님은 무엇이 궁금해서 날마다 거기 서 계십니까?"

대장장이가 허리를 펴고 무선에게 물었다. 팔뚝의 근육 때문에 무선의 아버지 연배라고 생각했으나 실제로는 그보다 훨씬 나이가 많은 노인이었다.

"벌겋게 달아오른 쇠가 날렵한 낫이 되고, 칼이 되는 것이 신기합니다."

무선은 신기한 듯 녹아내리는 붉은 쇠를 가리켰다.

"네, 맞습니다. 아무리 단단해도 불을 이길 수는 없답니다."

무선은 세상에서 가장 강한 것이 쇠라고 생각했고, 그 쇠로 만드는 칼은 어떤 것보다 무섭고 두려운 물건이었다. 그런데, 그것이 흐물흐물 녹아내리는 것도 신기하거니와, 규칙적인 두드림으로 더 날카롭고 강한 날이 된다는 것이 신비로웠다. 병서를 탐독하던 시절이었기에, 칼이 만들어져 나오는 과정이 신기해서 보고 있다가 칼보다 강한 불의 힘을 발견한 것이었다.

"쇠에 망치질을 하는데 불꽃이 튑니다."

무선이 신기한 듯 노인에게 말을 걸었다.

"쇠끼리 세게 부딪치면 불꽃이 튑니다."

"왜 쇠에 망치질을 하나요?"

"망치질하면 할수록 쇠가 단단해집니다. 뭐든 때리면 때릴수록 강해지는 건 모두 똑같은가 봅니다."

"때리면 때릴수록 강해진다고요?"

2. 불의 힘 ··· 31

"네. 세상 만물이 그래요."

무선은 곰곰이 생각했다. '때리면 때릴수록 강해진다고?' 동네 아이들과 병사 놀이를 하다 보면 덩치 큰 아이들에게 주먹다짐을 받는 경우도 있었다. 한 대 맞으면, 오기가 생겨 더 덤벼들었다. 무선이 도망친 적은 한 번도 없었다. 아이들은 그런 무선을 차돌멩이라고 했다.

"사람도요?"

무선의 말에 고개를 든 노인은 허허, 웃으며 무선을 보았다.

"도련님은 영특하시니, 금방 깨우치실 겁니다."

대장장이의 말에 무선은 곰곰이 생각에 잠겼다. 다시 요란한 소리가 나면서 불꽃 하나가 무선 쪽으로 튀었다.

"도련님, 저쪽으로 물러나세요. 다칩니다."

늙은 대장장이는 벌겋게 달아오른 쇠를 두드리다 옆에 있는 물통에 다시 집어넣었다. 예의 그 치이익, 하는 소리가 어김없이 났고, 연기가 피어올랐다. 불과 물이 만날 때마다 쇠는 더 단단해지는 것 같았다. 물끄러미 무선이 보는 방향을 보더니 대장장이는 말했다.

"두드리고 담금질하면서 쇠의 성질이 더 단단해집니다. 두드리는 횟수가 많아질수록 더 단단해지는 거지요."

무선은 대장장이의 말에 고개를 끄덕였다. 정확하게 이해할 수는 없지만, 대단히 중요한 인생의 비밀처럼 여겨졌다.

무선은 날마다 대장간에 올 구실을 만들었다. 어떤 날은 하인들이 쓰는 호미와 작두의 날을 갈아야 한다고 덕새에게 성화를 부렸고, 그것도 없으면 어머니에게 부서진 문고리나 경첩은 없는지 물었다.

다음날에도 대장간에는 시렁 위에 산더미처럼 쌓인 편자가 놓여있었다. 대장장이는 말발굽의 편자를 두들기고 있었다.

"저 편자들은 어디서 오나요?"

무선이 묻자, 늙은 대장장이는 걱정스럽게 한숨부터 쉬었다.

"오랑캐와 왜구들 때문에 나라가 조용할 틈이 없으니, 병영에서도 손이 모자라 여기까지 오게 되는 겁니다."

"일거리가 많은데, 왜 한숨을 쉽니까?"

무선이 묻자 노인은 손을 멈추고 어둠 한쪽을 응시했다.

"저의 자식놈도 전쟁에 나가 아직 돌아오지 않았습니다. 무소식이 희소식이라고 아직 소식이 없는 걸 보면 살아있는 거겠지요."

아직 어린 나이임에도 무선은 슬픈 소식처럼 마음이 먹먹해졌다. 무선은 다음 날에도 두레박 고정쇠가 부서진 것을 들고 다시 대장간으로 찾아갔다.

얼마 전 무선은 옥란을 위해 우물 위에 활차(도르래)를 설치해 주었다. 옥란이 우물을 긷다가 두레박을 가끔 빠트리는 것을 보았다. 그것을 꺼내기 위해 발을 동동 구르며 덕새를 부르고, 갈고리를 찾는 등 부산하게 움직이는 것을 보았다. 그때 무선의 머릿속에 떠오르는 것이 있었다.

아버지가 구해오신 책 중에는 원나라에서 건너온 그림책도 있었다. 여러 가지 편리한 도구들과 그 만드는 방법을 그림으로 그려놓은 것이었다. 그 내용 중에 활차라는 것이 있는데, 그 끝에 두레박 같은 것이 매달려 있었다. 그 활차만 있으면 두레박을 우물에 빠트리지 않고도 물을 길을 수 있었다. 무선은 덕새의 도움을 받아 활차를 만들어 보았다. 몇 번의 시행착오 끝에 겨우 완성했다. 솜씨는 서툴러 모양새는 엉성했으나, 활차에 매달린 두레박은 우물에 빠지지 않았다.

두레박을 둘러싼 쇠 테두리와 두레박을 연결하는 고리는 녹이 슬고, 때로는 닳아 고리에서 빠져나가기도 했다. 그럴 때마다 무선은 신이 난 듯 대장간을 찾았다.

어느 날 대장간의 문이 닫힌 것을 보았다. 그동안 왜구들이 개경 근처 예성강까지 들이닥쳤다는 소문이 있었다. 무선의 아버지도 그날 돌아오지 않았다. 열흘 후에야 대장간 문이 열렸다. 대장장이의 얼굴은 폭삭 늙어 있었다. 흰 머리가 뻣뻣하게 솟은 것도 모른 채, 화덕에 불을 지피고 있었다. 살아있는 유령이 움직이듯 느릿느릿 기계적으로 움직이고 있었지만, 자신이 무슨 일을 하고 있는지도 모르는 것처럼 눈빛이 공허했다. 무선은 무언가 말을 하고 싶었지만, 영혼이 없는 듯한 그의 얼굴에 발길을 돌렸다. 감당할 수 없는 일이 그에게 생겼다는 것을 짐작할 수 있었다.

그날부터 무선은 대장간에 가지 못했다. 왠지 그래야 할 것 같았다. 덕새가 알아 온 바로는 전쟁에 나간 대장장이의 아들이 영영 돌아오지 못하게 되었다고 했다.

그날 밤 무선은 늦은 밤까지 아버지를 기다렸다.

"아버지가 또 늦으시는구나."

무선의 어머니는 마루로 나와 신발을 신었다 다시 벗었다 부산하게 서성거렸다. 전 해에도 곡식과 소금이 실린 조운선이 털린 일이 있었다. 그런 날은 밤이 되어 아버지가 돌아오실 때까지 온 가족이 잠들지 못했다.

당시 고려는 조운선을 비롯한 물자 수송에 배를 많이 이용했다. 주즙지리(舟楫之利)라 하여, 해상 무역을 통해 상업을 장려하던 때였다. 해상 무역으로 성장한 호족들이 많았기에 상업이 중시된 데다 육로보다는 수로가 안전했다. 국토의 70퍼센트가 산

지인 데다 언덕과 하천도 많아 가축을 이용한 이동이 쉽지 않았고, 논농사 지역을 지나칠 때면 좁은 논두렁을 지나다 빠지는 경우도 많았다. 수로를 이용하면 삼면이 바다였기에 전국 어디든 운송할 수 있었고, 가축이 들지 않기에 비용 또한 10분의 1밖에 들지 않았다.

주로 해안 지역을 돌면서 약탈을 하던 왜구들이 언젠가부터 조운선에 눈독을 들이기 시작했다. 소금이나 곡식 등은 왜구들에게 좋은 먹잇감이었다. 한동안 왜구들은 남해와 서해 쪽 조운선이 지나가는 항로를 따라 출몰했다. 점점 더 겁이 없어진 왜구는 항시 곡식이 쌓여 있는 광흥창을 노리기 시작했다. 예성강 어귀의 광흥창은 전국 각지에서 오는 세곡이나 공납품이 모이는 장소기도 했다. 개경에서 십 리 밖에 떨어져 있지 않아, 왜구 출몰 소식이 있으면 개경 사람들 역시 모두 떨어야 했다.

전날 밤 여주, 목포, 강화에 왜구의 무리가 습격했다. 무고한 백성들을 죽이고 숱한 식량과 재물들을 약탈했다며, 무선의 아버지 최동순은 통탄을 금하지 못했다. 마을 사람들은 해안가에 널어놓은 물고기들을 할 수 있는 만큼, 이고 지고 산으로 피신했다. 농작물들은 거둘 수가 없었다. 아직 덜 자란 벼도 왜구들이 다 털어갔고, 수확을 앞둔 콩이며, 깨도 싹 쓸어가 버렸다.

그때마다 무선의 어머니가 답답한 듯 물었다.

"해안 수비를 맡은 우리 군사들은 도대체 무엇을 하고 있었단 말입니까?"

"간교한 왜구들이 날렵하게 훔치고 쏜살같이 내빼는 터라 뒤따라간 우리 군사들의 칼과 화살이 미치지 못하는 걸로 알고 있소. 게다가 간신배들이 들끓는 통에 나라가 허술하기 짝이 없소."

최동순은 한숨을 쉬었다.

당시 고려는 원나라의 간섭이 심하던 때였다. 원나라에 공녀로 갔다가 궁녀가 되어 최고의 자리에까지 오른 기황후는 오빠인 기철을 고려 조정에 기용하여 국정을 쥐락펴락하고 있었다. 그런 연유로 원나라의 힘을 등에 업고 출세한 권문세족은 나라를 돌보지 않았다. 사리사욕을 채우는 데 급급했기에, 백성의 피와 눈물에는 관심이 없었다.

어느 날 장에 간 덕새가 한밤중에야 돌아왔다. 덕새는 눈물을 흘리며 동순의 앞에 엎드렸다.

"옥란이 아직도 돌아오지 않고 있습니다."

얼마 전 양광도까지 올라와 노략질하던 왜구들이 산속으로 숨어들었다가 틈만 나면 마을로 내려왔다. 아녀자들은 특히 혼자서 다니지 말라는 경계가 내려지기도 했었다.

2. 불의 힘 ··· 37

"강가에도 가 보았느냐?"

"왜구들이 싹 쓸어갔는지, 난장판이더군요. 진사댁 곱분이와 같이 빨래터에 다녀온다고 했는데 곱분이도 안 돌아왔다고 합니다. 개울가에 있다 왜놈들에게 잡혀간 게 아닌지 모르겠습니다."

덕새는 말을 마치고 힘이 풀려 바닥에 털썩 주저앉았다.

"허씨 영감님이 강가에 나갔다가 포구에서 부서진 목선에 숨어 봤답니다. 남자고 여자고 젊은 노비들을 마구잡이로 묶어 끌고 가는 것을요."

"왜구들이 고려인들을 잡아 중국이나 아라비아 상인들에게 노예로 판다는 소문이 있더니 그게 사실이었구나. 이를 어쩌면 좋단 말인가."

옥란이 돌아오지 않는 날부터 덕새의 표정은 말할 수 없이 무기력하여, 도무지 살아있는 것 같지 않았다. 덕새의 바람을 잘 아는 터라 무선은 아무것도 해줄 수 없는 자신이 원망스러웠다. 지난날 덕새가 자작나무 껍질에 자신의 이름과 옥란의 이름을 나란히 써놓은 것을 보았다.

"저는 옥란과 혼인하여 아들, 딸 낳고 고향인 해안 마을로 돌아가 함께 밭을 일구고, 고기 잡으며 사는 것이 꿈입니다."

덕새는 무선에게 자신의 꿈에 대해 털어놓은 적이 있었다. 그때 무선은 꿈이 너무 소박하다고 퉁박을 주었던 것이 가슴에 남았다.

무선의 머릿속에 이글이글 불꽃이 타오르고 있었다. 화산 놀이의 불꽃이 아니라, 쇠를 달구는 불꽃이 아니라, 적선을 쳐부수는 불, 적의 가슴에 날아가 명중하는 불화살이 떠올랐다. 그것은 상상이 아니라 현실이어야 했다. 왜구가 고려를 더 이상 희롱하지 못하게 하는 방법은 화약밖에 없어 보였다.

그날 밤 무선은 아버지 동순에게 물었다.

"불꽃을 쏘는 화약으로 무기를 만들면 더 멀리 날아가, 더 크게 터질 것 같습니다. 아무도 화약으로 무기를 만들지 않나요?"

무선의 말을 들은 최동순은 깜짝 놀랐다. 어린 시절 화산 놀이를 기억하고 있는 것도 대견한데 화약으로 불꽃놀이가 아닌 무기를 만들 생각을 하다니, 아들의 생각이 기특했다.

"네 말이 맞다. 송나라 때부터 화약을 무기로 사용했단다. 처음 화약을 만들었을 때는 그저 놀이로만 사용을 했지. 무릇 위기가 닥쳐야 변하게 마련인지, 송나라는 요나라와 금나라, 몽고 등의 기마병들에 대응하기 위해 화약 무기를 만들어서 나라를 방어하려고 했단다. 그런데 화약 만드는 비법이 다른 나라로 흘러나가 결국 무너지고, 원나라가 들어선 것이란다. 그러니 원나라는 화약 만드는 비법을 국가기밀로 정하고, 화약은 물론이고 화약의 재료가 되는 염초 수출까지 막았단다."

"화약만 있으면 왜적을 물리칠 수가 있을 텐데요. 어렵지만, 방법이 있을 것입니다."

"그래, 화살촉에 화약을 바르거나, 대나무 안에 화약을 넣고 불을 붙여 쏘아 올리는 것을 여몽 연합군이 썼다고 하더구나. 또 원나라는 쇠로 만든 총통으로 왜구를 토벌하는 데도 썼어. 고려는 그 무기들을 보고 놀랐지만, 누구도 그것을 만들어 낼 재주가 없었단다."

"고려는 그 무기들을 만들지 못하나요?"

"고려에 들어온 총통을 보며, 무기를 만드는 방법은 어렴풋이 알아냈는데, 도무지 화약을 만들어 낼 수 없었단다. 무기는 있지만, 그 무기에 넣을 화약이 없으니 아무 쓸모가 없었지."

"우리가 화약을 만들 수는 없나요?"

"우리는 화약을 만드는 방법도 모르지만, 화약 재료인 염초를 고려에서는 구하지 못한단. 황도 왜에서 수입해서 쓰는데 염초는 수입조차 불가한 것이야. 아주 소량만, 무기로 사용하지 못할 정도로, 그저 어떤 건지 구경만 시키는 정도만 보여줄 뿐이지."

무선은 잠시 생각에 잠겼다.

"그럼, 그 화약이란 것을 제가 만들어 보겠습니다."

무선의 말에 최동순은 아들의 눈빛을 유심히 보았다. 평소 무선의 성격을 잘 알고 있는 터라, 그 결심이 허튼소리가 아님을 알고 있었다. 고향을 떠나, 개경에서 관직 생활을 하며 가족을 거느리는 일이 쉬운 일은 아니었다. 자식들 역시 말썽 없이 잘 자라준 것만 해도 다행이라 여겼다. 때가 때인 만큼, 아직 같은 하늘 아래 살아있는 것이 기적이나 다름없었다. 그런데 무선이 대견한 생각을 하다니, 참으로 기쁘고 감격스러웠다. 더구나 조정의 관리들도 화약은 수입해서 들여오는 것이라 생각했지, 직접 만들 생각은 하지 않았다. 그런데 그런 생각을 떨치고, 무언가 시도를 하겠다는 아들이 더없이 미덥고 자랑스러웠다.

"오냐. 내 힘 닫는 데까지 도와주마. 궁궐 서고에 병서가 있는 듯한데, 그것을 구할 수 있을 지도 알아보마."

무선이 처음 화약을 만들어야겠다고 생각했던 것이 바로 그때였다. 무선은 아버지의 말에 책임감을 느꼈다. 아이들과 전쟁놀이할 때와는 다른 결기가 섰다. 초가을의 밤하늘은 서늘했고, 무선의 결기는 그보다 더 냉정하게 가슴 속에 자리 잡았다. 그 운명의 날 이후, 수십 년의 지난한 시간이 기다리고 있을 것이라는 걸, 무선도 알지 못했다.

*

 왜구는 고려 초기에도 가끔 출몰했다. 그때는 규모도 작았고, 빈번하지 않았다. 당시 왜는 왕실 조정과 가마쿠라 막부 두 세력이 함께 지배하고 있었다. 두 세력 간의 갈등이 야기되자, 가마쿠라 막부는 막강한 군사력으로 왕실 조정을 축출했다. 내전에서 이긴 막부는 왕실 무사들이 가진 본토의 서쪽 영지를 몰수했다. 땅을 빼앗긴 왕실 조정의 무사들은 쓰시마 섬으로 쫓겨갔다. 그곳에서 약탈을 일삼으며 세력을 키웠다. 더구나 쓰시마는 땅이 척박하여 농사를 지을 수 없었다. 식량을 구하기 어려워지자 본토보다 가까운 고려와 교역하며 식량을 조달했다. 그런데 고려와 몽골이 함께 왜를 공격하게 되면서 교역이 끊겼다. 왜구들은 식량을 구하기 위해 본격적으로 고려의 남해안으로 침입해 약탈을 하기 시작한 것이다.

 노략질이 끝이 아니라, 마을을 불태우고, 잔인한 도륙을 일삼았기에 고려의 피해는 엄청났다. 이를 쫓기 위해 군사를 동원하면, 궁지에 몰린 왜구들은 도망치면서 더 잔악하게 복수했다. 포로로 잡은 고려인들을 죽여 산처럼 쌓아놓아, 왜구들이 지나는 곳이면 피의 강이 흘렀고, 땅은 붉게 물들었다. 여몽 연합군의 두 차례 원정 후 가마쿠라 막부가 붕괴했지만, 그로 인해 왜구들을 관리할 수 없어 더 날뛰게 되는 상황이 되었다.

1300년대 고다이고 왕이 가마쿠라 막부를 몰아낸 후 교토에 터를 잡았으나, 왕실이 다스리는 남조와 아시카가 막부가 다스리는 북조로 다시 쪼개졌다. 남북조 파벌싸움에서 진 남조의 무사들이 해적으로 나섰다. 구로시오 해류와 계절풍이 고려로 향한 항해를 수월하게 도와주었기에, 고려의 고통은 상상을 뛰어넘었다. 여몽 연합군에 대한 보복의 의미도 있는 데다, 섬사람의 잔인한 기질 때문이기도 했다.

점점 그 해적들의 숫자는 늘어나, 나중에는 부대 병력이나 다름없을 정도로 커졌다. 이들은 고려의 삼남(경상, 전라, 충청도) 지방을 돌며 곡식을 탈취하고, 아녀자들을 겁탈하고, 살인을 저지르기를 주저하지 않았다. 민가를 불태우고, 관청을 습격하며, 조운선마저 약탈했다. 점점 더 규모가 커져 백여 척의 왜선이 삼남 지방의 해안 마을을 초토화하고, 서해 깊숙이 양광도까지 치고 올라왔다.

공민왕이 즉위한 1352년에는 예성강을 타고 올라와 강화도를 공격했으나, 개경을 지키는 최영의 군대에 패배하고 후퇴했다. 그 후로도 약탈은 끊이지 않았다. 동해안에 있던 고려의 군영을 공격하여 전함 수백 척을 불태우기까지 했다.

아버지 동순에게 들은 왜구들의 행태는 무선에게 반드시 몰아내야 할 나라의 큰 적으로 각인되었다.

3. 달고 시고 맵고 짠

　최동순은 화약과 관련된 것이라면 무엇이든 구해다 주었다. 무선은 수십 권의 병서를 탐독했다. 예상대로, 어떤 책에도 화약을 만드는 방법은 나와 있지 않았다. 다만, 염초란 것이 화약의 재료이며, 진토를 가마솥에 넣고 끓이면 염초 성분이 나온다는 기록을 발견했다.
　무선은 진토를 모아 가마솥에 넣고 밤새워 끓여보았다. 다음 날 아침 솥 안에 남은 것은 하얀 가루가 아니라, 새카맣게 타버린 흙이었다. 그럴수록 무선의 마음은 불처럼 이글거렸다. 분명 결과물이 있으면 방법도 있을 것이다. 쇠는 두들길수록 단단해진다고 했다. 거듭되는 실패에 열이 오른 무선의 몸은 불처럼 뜨겁게 타올랐고, 무선의 머리는 단단한 쇠처럼 점점 더 차가워지고 있었다. 다만 시간은 무선을 기다려 주지 않았다.
　그날도 이른 새벽부터 무선은 집을 나섰다.
　연녹색의 가칠 단청이 벗겨진 허름한 집 안으로 들어가 헛간 문을 열자 어두침침한 곳에 옅은 빛이 스며들었다. 사람이 살지 않는 것 같은 빈집이었다. 무선은 마루로 올라가 먼지를 털고 마룻장을 뜯었다.

"나으리 제가 하겠습니다."

무선의 옆에서 마룻장 뜯는 것을 돕는 덕새의 목소리에 생기가 빠져있었다. 옥란이 사라진 지 벌써 몇 년이 지났지만, 옥란의 소식은 들려오지 않았다.

"아니다. 내가 직접 냄새를 맡아 보고 확인해 보고 싶구나."

무선은 마룻장 사이로 고개를 들이밀었다. 두 손 가득 퍼 올린 흙을 마루 위 자루에 담았다.

"나으리 그러니까 이 흙이 화약이 된다는 말씀입니까?"

무선은 입매를 굳히며 잠시 생각에 잠겼다.

"화약의 재료가 되는 염초를 만들기 위해 흙을 모으는 거란다. 고운 재 같은 흙을 모으면 된다고 했는데, 그것이 어떤 것인지는 잘 모르겠구나. 어떤 흙이든 다 실험을 해봐야 할 것 같구나. 마루 밑의 흙도 효험이 있다고 하니 성과가 있겠지."

덕새의 눈매가 매섭게 올라갔다.

"이 흙으로 불기둥이 펑펑 터지게 할 수 있는 거라니 신기합니다. 화약만 만들면 왜구 수십 명 수백 명도 한꺼번에 물리칠 수도 있겠네요."

무선은 고개를 끄덕였다.

"그래. 성공하기만 한다면, 왜구들이 지금처럼 날뛰지는 못할 것이다. 과거에 원나라군이 왜구를 박살 낸 것처럼 우리도 할 수 있을 거야."

"그 굉장한 걸 빨리 보고 싶습니다."

무선은 덕새의 말에 크게 고개를 끄덕이며 흙을 두 손으로 긁어모았다. 손바닥 가득 모인 흙에 코를 박고 냄새를 맡았다. 무선의 얼굴에 환한 웃음기가 돌더니 혼자서 미친 사람처럼 웃었다.

"이 냄새가 맞는 것 같구나. 이 흙에서 나는 냄새 좀 맡아보거라."

무선은 덕새를 향해 손을 내밀었다. 덕새는 무선의 손바닥 위에 있는 흙에 코를 대고 냄새를 맡았다. 오래된 집에서 나는 냄새가 났다. 미지근한 덕새의 반응에도 무선은 아랑곳하지 않고, 열심히 흙을 긁어모았다. 군기감에서 봤던 염초의 냄새와 비슷했다. 짠맛이 난다고 함토라 한다는데, 정말 짠 내가 났다.

"그렇게 좋습니까, 나으리?"

덕새의 말에 무선은 대답도 하지 않고, 먼지나 마찬가지일 정도의 고운 흙을 혀에 갖다 대어보고 맛을 보았다. 달고 쓰고 시고 매운 맛이 나는 흙이 염초의 재료가 된다고 병서에 나와 있었는데, 꼭 그 오묘한 맛인 것 같았다.

최동순은 무선이 화약을 만들기로 결심한 날부터 아들의 가장 든든한 후원자가 되었다. 조정의 서고나 벽란도(碧瀾渡)의 장마당에서도 병서를 발견하면 유심히 보며, 화약 관련 내용이 있는 것이면 모두 구해 무선에게 가져다주었다. 원나라 사신과 교역하는 과정에 벽란도로 들어온 책도 있었다. 그중에는 송나라 때 만들어진 것도 있었다. 이미 그 책들을 마르고 닳도록 읽었던 터였다.

무선은 마룻장 밑의 흙을 소중히 모아 포대 자루에 담았다.

그때 등 뒤에서 불호령이 쩌렁쩌렁 울렸다.

"남의 사당에서 무슨 짓이오?"

눈매가 날카롭고 왜소한 남자가 덕새를 냅다 밀치고, 무선을 일으켜 세웠다.

"여기는 종중 소유의 땅이니 썩 나가시오."

화려한 고관대작의 옷을 입은 관리가, 그 옆에서 무선의 남루한 행색을 아래위로 훑어보고 있었다. 무선은 급히 사죄했다.

"빈집인 줄 알았습니다. 흙이 좀 필요해서 잠시 들어왔습니다."

무선의 말에 관리는 눈을 치켜뜨며 말했다.

"흙이 왜 필요하시오?"

"염초를 만들기 위해 고운 흙을 모으고 있습니다."

관리의 눈매가 더 사나워졌다. 염초라고 하면 원나라에서 생산되지만, 고려에는 없는 물건인 데다가, 수입이 금지된 품목이라는 것을 들어 알고 있었다.

"염초라면 원나라에서 국가 차원에서만 사용할 수 있다고 하는데 무엇 때문에 만들려고 하는고?"

무선은 관리의 말에 어떻게 말을 해야 할까 잠시 생각하다 사실대로 털어놓았다.

"염초는 화약을 만드는 재료인데 구하기가 어려워 직접 만들려고 합니다."

무선의 말에 더 수상쩍다는 미소를 띠며 물었다.

"화약은 원나라에서 수입하고 있지 않소?"

"그렇습니다. 하지만 아주 소량만 들여오고, 그마저도 팔관회나 궁중의 불꽃놀이용으로밖에 사용하지 못합니다. 화약이 대량으로 있어야 무기를 만들어 쓸 수 있습니다."

"허허, 흙으로 화약을 만든다니……."

이 흙이 바로 화약에서 가장 중요한 염초를 만드는 원료라는 걸 사람들은 몰랐다. 무선은 그의 옷차림새를 유심히 보았다. 종4품 무관의 옷차림이었다.

"그러고 보니 자네가 화약을 만든다는 바로 그 미친 사람이군. 소문은 내 들었네. 하지만 다들 미친 짓이라 하는데, 여기까지 왔구먼. 그래도 여기는 남의 땅이니 함부로 들어오면 안 되네."

"미안하오이다."

무선은 참담한 얼굴로, 끌어모았던 흙 주머니를 챙겨 나가려 했다. 관리는 그런 무선의 얼굴을 유심히 보았다.

"그러고 보니 자네 무선이 아닌가? 나, 모르겠나? 이영구일세."

무선은 화려한 귀족 옷을 입은 사내를 다시 바라보았다. 군기감에서 함께 일했던 이영구가 맞았다. 그때보다 몸집이 더 커 보였다. 젊은 티를 벗은 데다 턱살도 늘어나 군기감 당시의 젊은 모습은 없었다. 무선이 못 알아본 것이 당연했다.

이인임의 조카였던 그는 정치적으로 뛰어난 권문세족 삼촌에 의해 벼락출세하여 일찍감치 군기감에서 나갔다. 이제 그는 만호[1]를 다스리는 무관이 되어 있었다.

"이제 생각이 나오. 함께 지내던 때가 엊그제 같은데, 세월이 참 빠르오."

무선의 말에 이영구는 회상을 하듯 하늘을 올려다보았다.

"그때도 자네는 다른 사람들과 좀 다른 구석이 있었어. 자네는 내게 관심이 없었지만 난 자네를 좋아했지."

---

1 만호(萬戶): 만 명을 거느리는 장수. 정확히는 만 가구의 대장을 의미한다.

무선은 이영구의 말에, 씁쓸한 웃음을 지었다. 무선이 아무 말이 없자, 이영구와 함께 온 왜소한 남자가 눈을 사방으로 굴리며 물었다.

"그런데 화약이 무엇이오? 약이라니 죽은 사람을 살리는 약이오?"

"염 씨는 화약이 무엇인지 모르나?"

이영구는 왜소한 남자에게 핀잔을 주었다.

"제가 모르는 게 그것뿐이겠습니까?"

염 씨라는 자는 머리를 더욱 아래로 조아리며 이영구의 조롱을 달게 받았다.

이런 염 씨의 저자세에 이영구는 잔뜩 으스대는 태도로 말했다.

"화약은 불꽃을 터뜨려서 놀이를 할 수 있는 대단한 물건이지."

무선은 이영구의 말에 더 보탰다.

"화약에 불을 붙이면, 불꽃 터지듯 펑 터져서 적들을 한꺼번에 쓸어버릴 수도 있는 어마어마한 위력의 물건이기도 하지요."

그 말에 염 씨는 화들짝 놀라 되물었다.

"적이라면…… 왜구들을 한꺼번에 쓸어버리려고 만드는 것이라는 말이 맞는지요?"

무선은 지나치게 떨고 있는 염 씨를 보았다.

"그렇소. 왜구들이 이 땅에 들어오지 못하도록 모두 바다에서 쓸어버릴 것이오."

"염 씨, 자네는 왜 이리 떠는가?"

이영구의 물음에 염 씨는 대답했다.

"왜구들을 바다에 빠트리겠다는 말이 무섭지 않습니까? 왜구들을 모두 수장시킨다는 말이 아닙니까?"

염 씨의 말에 무선은 다시 힘주어 말했다.

"그렇소. 내 왜구들과 홍건적들 할 것 없이 모두 이 땅에서 내쫓고 말 것이오."

염 씨는 그 말에서 살기를 느껴 대답하지 못했다. 고려 땅에 살면서, 고려 말을 쓰고는 있으나, 그는 왜인이었다. 이영구도 모르는 사실이었다.

이영구가 끼어들었다.

"무선이 자네는 옛날부터 허황한 데가 있었어. 남들이 못하는 생각을 그때도 곧잘 하곤 했지. 하지만 화약은 아닐세. 원나라에서 필요한 만큼 조달해 주고 있는데, 왜 비위를 거스르나 말일세. 쓸데없는 데 인생을 낭비하다니 자네도 참 미련한 구석이 있네.

내 무선이 자네를 생각해서 하는 말인데, 나와 같이 조정에서 일하지 않겠나? 신진 사대부들이 무신들과 함께 날뛰는 바람에 조정의 문벌 귀족들이 나라를 다스리는 데 애를 먹고 있네. 원나라를 돕는 일이 나라를 돕는 길이니 나와 같이 하세. 나도 자네의 성품을 잘 아니, 자네 같은 사람이 나를 도우면 큰 힘이 될 것이네."

그 말을 들은 무선은 지체 높은 복장의 만호 이영구 대신 땅을 보며 말했다.

"내 자네 청을 못 들어주어 미안하네만, 고려는 원의 속국이 아니네. 그보다 힘을 길러야 원과 왜로부터 독립할 수 있다 이 말일세. 그러니 자네가 내 화약 만드는 일을 도와주게."

"무엇이라고? 조정이 하는 일을 욕보이다니, 다른 사람 같았다면 당장 주리를 틀었을 것이네. 무선이 자네에 대한 옛정을 생각해서 참네. 상국인 원나라를 비웃다니, 그런 큰일 날 소리는 다시는 하지 말게. 그리고 이 사당에서 당장 나가주게나."

이영구의 큰 소리에 힘을 싣기 위해 염 씨는 더 큰 소리로 말했다.

"당장 만호 나으리 눈앞에서 썩 사라지시오."

이영구는 돌아서 염 씨를 진정시켰다. 그리고 무선에게 말했다.

"자네의 대쪽 성미는 여전하구면. 아쉽지만 내가 단념하겠네, 혹시 마음이 바뀌면 알려주게나."

대꾸도 없이 무선이 대문을 나서자, 염 씨는 액막이로 소금이라도 뿌리고 싶은 심정이 되었다. 염 씨는 평소에도 자신이 고려인들이 그토록 싫어하는 왜인이라는 사실이 드러날까 봐 전전긍긍했다. 고향인 쓰시마를 떠나온 지도 벌써 10여 년이 지나고 있었다. 그는 과거를 떠올리다 고개를 휘휘 저었다. 떠올리고 싶지 않은 기억이었다.

나라는 늘 전쟁 중이었다. 무사들이 들이닥치면 동네 사람들은 동굴로 피했다. 농사는 남아나지 않았고, 가축들도 모두 무사들에게 빼앗겼다. 머루를 따서 주린 배를 채웠다. 그것도 없는 날이면 도둑질과 강도질을 하며 먹고 살았다.

어느 날 풍랑을 만난 배가 표류하다 염 씨가 사는 집 해안에 닿았다. 고려 도공의 배였다. 표류자의 목숨을 구해 준 대가로, 고려 말을 배우고, 도공의 심부름을 하며 5년을 살았다. 도공이 죽은 후, 다시 살길이 막막했던 그는 다시 도적이 되었다. 왜구들과 같이 배를 타고 고려로 약탈하러 떠났다가 고려의 포왜사에게 포로로 잡혔다. 그가 어린 소년이라는 것을 안 포왜사는 그를 왜로 다시 돌려보내려고 했다. 그는 포왜사의 다리 아래 무릎을 꿇고 통곡을 했다.

"지금 고향으로 돌아가도 저는 또 도적질하러 올 것입니다. 아무것도 남아 있지 않은 땅에서 굶어 죽으나, 여기서 도적질하다

죽으나 다를 바가 없습니다. 여기에서 살게 해 주십시오. 만약 다시 사지로 돌려보내실 거라면 차라리 여기서 저를 죽여주십시오."

어린 왜구의 입에서 나오는 유창한 고려말에 포왜사가 물었다.
"고려 말은 어디서 배웠느냐?"

포왜사의 물음에 그는 고려 도공과 5년을 함께 살았던 이야기를 해주었다. 포왜사는 그를 딱하게 여겨 집 안의 심부름꾼으로 들여주었다. 몇 년 전 그 포왜사가 전사하여 그 가족들이 모두 고향으로 돌아갈 때, 만호 이영구의 집으로 오게 된 것이었다. 그런 사정을 모르는 이영구에게 염 씨는 그저 말 잘 듣고 눈치 빠른 일꾼이었다.

염 씨는 무선의 뒷모습을 보며 장차 자신에게 닥칠지도 모를 위험을 감지했다. 무엇을 해야 할지 모르지만, 그대로 두어서는 안 될 것 같았다.

덕새는 낙심한 무선을 보며 한동안 말을 붙이지 못했다.
"양반들이 더 무섭습니다. 나으리."

그동안 동네를 돌며 널마루 아래 흙을 구하러 다녔다. 나라를 위해 필요한 일을 하는데도, 사람들은 박정했다. 마룻장 긁히고 흠이 난다고 양반들은 모두 거절했던 터였다.

"지난번 당신들이 처마 밑과 화장실 흙을 헤집고 간 후로 비만 오면 진탕이 되오. 그러니 이제는 이 집 근처에도 얼씬하지 말고, 썩 꺼지시오."

심지어는 얻어맞고 쫓겨나기까지 했다.

"저런 권세도 나라가 있으니 가능한데, 나라가 풍전등화인 줄을 모르고 있구나."

무선은 고래를 절레절레 흔들었다.

앞서 고려는 백 년간 무신정권 아래에 있었다. 그동안의 실정으로 나라의 힘이 많이 약해져 있었다. 30년간 지속된 몽골제국의 침입도 고려를 피폐하게 만들었다. 그동안 3백만 명이 넘던 백성의 수가 2백만 명도 안 되게 줄어들었다. 몽골의 착취와 간섭은 지속되었고, 원나라 반란군인 합단적과 홍건적, 왜구의 침입이 계속되던 중이었다.

원나라는 왜를 정벌하기 위한 물자를 고려에서 충당하고, 원나라 공주와 고려의 왕세자를 혼인시켜, 사위의 나라라고 하며, 왕권을 좌지우지했다. 또 과도한 조공으로 조정과 백성을 피폐하게 만들었다. 금, 은, 인삼, 매 같은 특산물뿐 아니라 여자들까지 처녀와 유부녀를 가리지 않고 끌고 가 궁녀나 노예로 삼아 백성의 원성을 샀다. 그 와중에 부원배(附元輩) 권문세족은 불법으로 백성들의 토지를 수탈하여 개인 창고에 비축했다. 춘궁기에도 세금을 강제 징수하고, 빚을 갚지 못하는 농민들을 회초리로 때리고, 개인 노예로 삼았다. 원나라와 친분이 있는 사람은 그야말로 누구도 건드릴 수 없는 시절이었다.

무선이 화약을 만드는 일에 대해서도 귀족들은 부정적이었다.

"허무맹랑한 감언이설로 백성을 기만하는 소리를 우리가 믿어야 할 이유가 없소. 온 나라를 어지럽히고 있으니 그 책임을 면하지 못할 것이요."

오히려 무선을 문책하려는 움직임도 있었다.

원나라에서 수입해 쓰는 것을 당연하게 생각했기에, 그것을 만들기 위해 들어가는 비용을 아깝게 생각했다. 더욱이 화약은 불꽃놀이와 같은 장난감에나 쓰는 것이지, 무기에 사용할 수 있다는 것에 관심이 없었다.

무선의 장인 이 씨와 장모 현 씨도 걱정이 태산 같았다. 무선의 군기감 관리 신분과 책임감 있는 광흥창사 최동순을 보고 딸 금주를 시집보냈다. 사위가 군기감에서 나와 허튼 일에 빠져 집안을 돌보지 않으니 딸이 고생하는 것을 더 이상 보고만 있을 수는 없었다. 딸 내외가 비렁뱅이나 다름없이 살고 있다는 소문을 들은 터였다.

무선의 장인 이 씨는 전갈도 없이 무선의 집을 찾았다. 노여움으로 가득 찬 이 씨를 맞은 덕새가 부리나케 화약 방으로 뛰어갔다.

무선은 화덕의 그을음을 뒤집어쓴 모양새로 뛰어나가 장인을 맞았다. 억장이 무너지는 것을 참고 집 안으로 들어선 장모 현 씨는 금주의 얼굴을 보고 울기부터 했다. 혼인할 무렵 살이 올랐던 뽀얀 살은 거칠어졌고, 양반의 처라고 하기에도 초라한 입성이었다.

"언제까지 화약에만 매달리고 있을 텐가. 포기할 줄도 알아야지. 미련한 사람 같으니……."

현 씨의 말에 장인 이 씨도 나섰다.

"이제 그만두는 게 어떻겠나. 자네는 처자식이 있는 사람일세. 내 딸도 딸이지만, 금세 자라는 설이를 보게나."

무선은 입을 굳게 다물고 아무 말도 할 수 없었다. 금주를 꼭 빼닮은 설이는 아무것도 모른 채, 아랫목에서 쌔근쌔근 잠자고 있었다. 한참을 망설인 후에야 무겁게 입을 열었다.

"아버님, 귀한 따님을 데려와 이렇게 고생만 시키니 입이 열 개라도 할 말이 없습니다."

"그러면 이제 무슨 일을 할 텐가?"

"지금은 비록 눈에 보이는 것이 아무것도 없으나 장차, 나라를 구할 수 있는 큰일입니다. 그만두고 싶어도 그동안 살육당한 백성들이 눈에 밟힙니다. 그것만 잊을 수 있다면 당장 그만두겠습니다."

이 씨는 노여움으로 눈을 감았다.

"금주야, 당장 짐을 싸거라."

"아버님!"

무선은 놀라 소리쳤다. 특단의 조치에 장모 현 씨도 놀란 눈치였다.

옆에서 가만히 듣고만 있던 금주가 고개를 들었다.

"아버님, 어머님, 저는 어린 시절 부모님으로부터 훌륭한 가르침 받은 것을 감사하게 생각합니다. 비록 여자로 태어났으나, 남자와 똑같이 배우고 익혀야 한다고 말씀하셨습니다. 나라에는 충성하고, 부모에게 효도하고, 형제간에 우애 있게 지내고, 세상을 살아감에 정직해야 하고, 예를 알아야 하고, 남을 도울 줄도 알아야 한다고 배웠습니다. 저는 부모님의 가르침을 받들며 지아비가 하는 일을 돕고 있습니다.

지금 세상을 보십시오. 열한 살부터 열다섯 살까지 처녀는 혼인할 때도 관청에 신고해야 합니다. 공녀로 뺏길까 열 살도 안 된 아이를 혼인시키기도 합니다. 세상이 이런데 저 하나만의 부귀영화가 무슨 소용이 있겠습니까! 당장 친정에서 데려온 하녀 옥란이도 생사를 모르고, 옥란의 아비도 참변을 당했습니다. 그런데 어찌 마음 편하게 호의호식이 될까요!

누구도 해내지 못한, 큰 뜻을 품고 나아감에 어려운 일이 많이 있을 것입니다. 하지만 크고 작은 고난과 역경을 이겨낼 수 있는 것은 바로 대의가 있기 때문입니다. 저는 서방님의 뜻에 따르겠습니다. 아버님, 용서하세요.

 오히려 부모님의 건강이 더 염려됩니다. 저는 괜찮으니 걱정하지 마시어요. 이렇게 외람되게 말씀드리는 것이 불효가 아니 되기를 바랄 뿐입니다."

 딸의 간곡한 청에도 이 씨는 한참을 눈을 감고 말이 없었다.

 무선은 금주의 말이 큰 힘이 되었다. 이제껏 편히 살도록 못 해준 것이 미안한 데다가, 또 아내의 넓고 덕 있는 마음을 알기에 그것을 믿고 너무 소홀하지 않았나 다시 되돌아보았다.

 "네가 정녕 그리 생각한다니 내 딸이지만 기특하구나. 그래도 이대로는 두고 볼 수 없구나."

 이 씨는 금주를 향해 말했다.

 "제 부덕의 소치입니다. 안사람이 고생하는 것을 보면 제 마음도 아픕니다. 누군가는 해야 할 일이고, 그게 아무나 할 수 있을 정도의 쉬운 일이었다면, 그 아무나가 했겠지요. 어려움을 이미 알고 시작한 일입니다. 수없이 좌절도 했지만, 소명은 하늘이 내린 임무이기에 계속할 수 있었습니다. 아직은 성과가 없지만, 분명히 성공할 것입니다. 지금의 사소한 실패들이 하나씩 모이다 보면, 맞는 길을 찾을 수 있을 것입니다. 그때까지만 기다려 주십시오. 언젠가 화약을 완성하면 가족을 보살피는

데 제 남은 일생을 아낌없이 바치겠습니다."

무선의 말에 이 씨는 딸에게 말했다.

"내 모자란 생각을 잠시 접고 기다리마. 그래도 힘든 일이 있을 때면 언제든 오거라."

무선을 향해서도 전보다 따뜻하게 말했다.

"내 딸이 고생하는 것은 안타까우나, 그것이 대의를 위한 일이고, 또 금주가 그것을 달게 받겠다고 하니, 오히려 도움이 못 되는 내가 미안하군. 내 자네를 믿겠네. 내가 처음 자네를 보았을 때의 결기를 아직도 기억하네. 우리 금주를 위해서라도 꼭 이루게나. 가기 전에 자네가 일하는 곳을 보고 싶네."

장인의 말에 무선은 크게 고개를 숙이고는 일어나 화약 방으로 안내했다.

무선이 화약 방으로 사용하는 별채의 부엌에는 염초와 화약을 만들기 위한 갖가지 기물들이 두 개의 아궁이 옆으로 늘어서 있었다. 그릇마다 실험을 위해 채취해 온 장소와 흙의 종류를 날짜별로 이름표를 붙여 놓았다. 또 그것을 기록한 서책도 선반 위에 있었다. 아궁이 옆에 있는 수십 개의 항아리에는 그 기록의 결과물들이 들어있었다. 장독대 근처의 먼지가 쌓인 항아리들까지 합하면 백 개가 넘었다. 그 모습을 본 이 씨는 무선의 고집을 새삼 느끼며 무거운 발걸음을 돌렸다.

*

　다음날도 무선은 묵묵히 좌식 책상을 앞에 두고 가져온 흙들의 냄새를 맡고 흙을 채취한 날짜와 장소를 기록했다. 가끔 눈을 꿈쩍이며 먼 데를 쳐다보다가, 눈을 질끈 감기도 했다. 금주의 마음은 조금씩 타들어 갔다. 제 몸을 돌보지 않고 몸을 혹사하는 것이 안타까웠다.
　"서방님, 흙에만 고개를 처박고 계시니 눈이 나빠지실 것 같습니다. 좀 쉬었다가 하시지요."
　무선의 구부정한 어깨와 움푹 들어간 얼굴에 광기가 어릴 만큼 몰두하는 모습에 한숨이 절로 났다. 하루 이틀에 끝날 일이 아님을 알기에 더 그랬다.
　"잠시라도 고개를 들면 머릿속이 모두 흐트러지고 말 것이오. 어제 받쳐놓은 것과 오늘 새로 끓이고 걸러 받친 것이 어떻게 다른지 기록 중인데 그것이 잘 못 되면, 어제부터 했던 일이 말짱 헛것이 되오. 아니지, 그동안의 작업을 다시 시작해야 하오. 당신을 위해서라도 하루빨리 이걸 완성해야 하는데 도무지 알아낼 길이 없으니, 안타깝기만 하오. 사람들 소문에 너무 신경 쓰지 마시오."
　금주는 고개를 끄덕이며 말했다.

"서방님 말이 옳습니다. 사람들이 하는 말은 마음 두지 마시고, 건강을 돌보셔야지요."

무선은 입술을 단단히 다물며 묵묵히 지난 기록을 다시 되짚어 보며 말했다.

"그래, 미쳤다고 하라지. 무엇인가를 하고자 함에는 간절함이 있어야 한다고 배웠소. 내 간절함이 크기에 누구도 내 의지를 꺾을 수는 없을 것이오. 그런 것으로 마음 흔들리지 않으니 부인은 걱정하지 마시오."

무선은 마당을 내다보았다. 덕새는 한 손에 지게 지팡이를 쥔 채 건너 채 마루 끝에서 빈 허공을 바라보고 있었다. 나무지게를 해 와서 광에 쌓아놓고 잠시 쉬는 중이었다. 아마도 덕새의 마음은 눈에 보이지 않는 옥란에게 가 있을 것이었다. 남쪽 하늘을 바라보는 것인지 늘 앙상한 감나무의 길게 뻗은 빈 가지에만 눈이 가 있었다.

문득 어린 시절 대장간에서 들었던 말이 떠올랐다. 망치로 내려칠수록 단단해지는 쇳덩이처럼, 세상 만물이 다 그러하다고 노인은 말했다. 그 늙은 대장장이는 어느 순간부터 보이지 않았다. 아들이 전사한 후, 고향으로 내려갔다는 소문만 떠돌았다. 세상의 고통이 사람을 더 단단해지게 한다지만, 자식을 잃은 참척2의 고통은 어찌할 수가 없는 것이었다. 하루라도 빨리 화약을 만들어 내야겠다는 생각 외에는 할 수가 없었다.

무선은 화약 일지를 덮고, 화약 방으로 나가기 위해 방을 나섰다. 무선이 나오는 것을 보고 덕새는 일어났다.

"미안하구나 덕새야, 내 집안의 사람조차 못 지키다니……."

"무슨 말씀이십니까, 나으리?"

덕새의 물음에 무선은 대답하지 못했다.

"혹시 옥란을 말씀하시는 거라면, 그것은 나으리 잘못이 아닙니다. 저는 나으리만 믿고 있습니다. 화약이 완성될 때까지 옥란이 살아있어야 할 텐데 그것이 걱정입니다."

덕새의 얼굴에 그늘이 끼었다. 옥란뿐이 아니라 그동안 인신매매로 잡혀간 고려인들이 수천이 넘었다. 그래도 옥란은 세상에 하나뿐이었다. 자작나무의 껍질을 벗겨 편지를 보내면 사랑이 이루어진다고 옥란이 말한 적이 있었다. 그래서 자작나무만 보면 자신과 옥란의 이름을 써놓곤 했다. 그게 사실이라면 그때가 언제쯤일까! 덕새는 아직도 희망을 버리지 않았다. 고개를 돌려 멀리서 하얗게 몸을 드러낸 자작나무를 바라보았다.

---

2 참척(慘慽): 자손이 부모나 조부모보다 먼저 죽는 일.

무선은 덕새가 보는 곳이 어디인가 짐작해 보았다.

"오늘따라 민둥산의 자작나무 둥치가 더 하얗게 빛나는구나."

덕새는 무선이 보는 쪽을 함께 바라보았다.

"저의 아버님께서도 자작나무를 좋아하셨습니다."

그 말에 무선은 고개를 끄덕였다.

"나도 가끔 저 나무를 본단다. 겨울에도 푸른 소나무나 기개의 대나무, 또 벚꽃과 난초 모두 엄동설한을 견디고 봄을 맞지만, 자작나무처럼 고고하고 아름다운 자태는 보지 못했구나."

"맞습니다. 어린 시절에는 만물이 꽁꽁 얼어붙고 나무의 잎이 다 떨어지면 죽는다고 생각했습니다. 그런데 아버님이 그러시더군요. 자작나무는 제 몸의 물을 밖으로 다 내보내서 겨울을 버틴다고요."

무선은 호기심으로 눈이 반짝였다.

"나는 자작나무의 얇은 껍질이 사람의 옷처럼 여러 겹이라 얼어 죽지 않는가 했구나."

"게다가 자작나무 껍질에는 기름 성분이 있어 추위에 강하다고 했습니다."

"그래서 자작나무가 잘 타는 거로구나."

우울한 기운에서 벗어난 덕새의 말에 무선은 웃었다.

"저도 이겨내겠습니다."

덕새의 말이 무선에게도 큰 힘이 되었다. 지금 무선이 해야 할 일은 한 가지 밖에는 없었다. 화약 방으로 가는 그의 발걸음이 무거웠다.

4. 새로운 발견

　무선은 화약을 만드는 데 필요한 숯을 만들기 위해 덕새가 해 온 나무를 아궁이에 더 넣어 태웠다. 그런 후 진토를 끓여 걸러 놓은 항아리들 들여다보았다. 조심스럽게 내용물을 받쳐 볕에 잘 마르도록 양지바른 장독대 위에 올려두었다. 황은 염초가 완성되면 왜에서 수입한 것을 사용하면 된다. 고려에는 황을 채취하는 곳이 없었다. 그런데 아직 염초를 만들어 내지 못해 수년을 보내고 있었다. 시거나 달거나 짜거나 매운 흙 속에 들어 있는 어떤 성분이, 아궁이에서 불을 때면 나오는 성분과 합해져서 염초가 된다고 나와 있었다. 그동안 거두어 온 흙들을 끓이고 걸러 식히는 과정을 수백 번 했지만 성공하지 못했다.
　무선은 지나온 과정을 되돌아보며, 다른 방법을 생각해 보려 애썼다.
　'염초는 눈처럼 하얀색인데 화약이 검은 건 황과 숯이 들어가서 그런 것이겠지?'
　무선은 군기감에서 본 검은 가루를 떠올렸다. 그때 갑자기 펑 소리가 나서 무선은 몸을 일으켰다. 소리의 진원지를 찾아 나섰다. 다시 펑, 퍼펑, 펑, 연이어 무엇인가 터지는 소리와 함께 덕새의 비명이 들렸다. 무선은 무언가에 얻어맞은 것처럼 벌떡 일어나 화약 방 안으로 들어갔다. 아궁이 앞에서 대꼬챙이를 쥔 덕새를 보았다. 덕새의 얼굴은 그을음과 불꽃이 튄 자국으로 거뭇거뭇했다.

"앗, 뜨거!"

가마솥 화덕의 아궁이 속에서 무언가를 찾던 덕새가 다시 화들짝 소리를 질렀다.

"무엇이 이렇게 터지는 것이냐? 덕새야!"

기대에 찬 눈으로 무선이 물어보자 덕새는 무안한 듯 대답했다.

"나무하다 주운 도토리를 재미 삼아 던져넣었습니다. 껍질을 까지 않아선지 밤처럼 터지면서 불꽃이 소인에게까지 튀었습니다. 공연히 심려 끼쳐 드렸습니다."

덕새는 연신 불꽃이 튄 손을 문질렀다. 무선은 찬물 한 바가지를 들고 들어와 덕새의 손을 담그게 했다. 대단한 발견을 기대했던 무선은 손에 다 쥐었던 실마리를 놓친 것처럼 실망했다.

"쓸데없는 일로 마음 사납게 하지 말고, 어제 밭둑에서 채취한 진토 달인 것을 화약 방으로 가져오너라."

덕새는 심란한 마음을 달래려다 무선을 실망시킨 것이 미안하여, 얼른 항아리를 찾아 체에 밭쳤다. 무선은 덕새가 가져온 것을 재와 섞어 다시 끓이다 문득 고개를 들었다. 무언가 스치는 것이 있었다. 무선은 한참을 곰곰이 생각하다 덕새에게 물었다.

"그런데 아까 아궁이 안에서 도토리가 튄 것은 이해가 간다만, 얼핏 불꽃이 튀었던 것 같은데, 너도 보았느냐?"

"그러고 보니 소인도 불꽃을 본 것 같습니다. 도토리가 튀어 정신이 없는 가운데도 얼핏 불꽃이 파편처럼 튀는 것을 보았습니다."

"그런데 왜 불꽃이 튄 것일까?"

무선은 혼잣말처럼 중얼거렸다.

"그것은 소인도 모르겠습니다. 나으리께서 알아내시면 저에게도 꼭 알려주십시오."

'도대체 이렇게 불꽃을 내게 하는 성분이 무엇일까?'

무선은 골똘히 생각하며, 빨갛게 부어오른 덕새의 손등을 바라보았다.

"잠시 다녀올 때가 있다."

눈을 반짝이며 나갔다 들어온 무선의 망태에는 온갖 부스러기들이 섞여 있었다. 어제 무선이 아궁이에 넣은 것들과 같은 종류였다. 먼저 장터 가는 길목의 말라붙은 똥을 불에 넣어 보았다. 불에 타기는 하지만 불꽃이 튀지는 않았다. 그다음에는 나무토막을 넣어 보고, 다음에는 갈대와 짚을 넣었다. 대부분 불에 잘 타기는 하였으나 불꽃을 내지는 않았다.

'다음에는 또 뭘 태워보아야 하나? 화약은 염초에 유황과 숯을 배합해 만든다는데, 배합 비율은커녕 염초를 만들 수가 없구나. 도대체 먼지흙을 끓여서 만든다는데, 그 먼지흙이 뭐란 말이냐!'
무선의 고민은 더 깊어졌다.

"하루라도 청소를 안 하면 이렇게 먼지가 쌓이니 참말로 표가 안 나는 일을 하는 게 정말 어려운 일인 것 같습니다."

덕새는 부뚜막 위를 보다가 무심코 말했다. 청소를 한 것은 표가 나지 않는데 안 한 것은 귀신처럼 표가 나는 것이었다. 이런 속마음을 구시렁거리며 부뚜막의 먼지를 걷어내려고 했다. 무선이 갑자기 소리쳤다.

"잠깐, 덕새야. 그 먼지도 모아서 태워보는 게 좋겠다. 지금은 지푸라기라도 잡고 싶구나."

무선은 부뚜막 위에 얇게 앉은 먼지들을 걷어 아궁이 속으로 던져넣었다.

"제발 불꽃이 일어나기를······."

먼지는 아궁이 속으로 존재감 없이 사라졌다.

'고려의 흙이란 흙은 다 태워보고 말 테다.'

바짝 독이 오른 무선은 생각했다.

그 후로도 무선은 담장 밑의 먼지흙, 변소 간의 흙까지 모두 모아 태워보았다. 어떤 것은 타다 말고, 어떤 것은 아예 타지도 않았다. 불꽃이 일지는 않았다. 오래된 집이나 사람 왕래가 적은 곳에서 나는 진토라는 것이 무엇인지, 흙이란 흙은 모조리 집에 가져와 실험을 해보아도 소용이 없었다.

다음날 무선은 화약 방에 나가지 않았다. 이를 궁금히 여긴 금주가 무선을 걱정했다. 무선 역시 금주에 대한 생각으로 자리에서 일어나지 못했다. 바느질하는 침모도 내보낸 데다, 옥란까지 없으니 집안일을 혼자서 고스란히 해내고 있었다. 그것을 보는 무선의 마음 또한 편치 않았다.

"내가 괜한 짓을 하고 있는 건 아닌지 모르겠소. 이제껏 한 수고가 쓸데없는 짓인가 싶으오. 중국에서도 우연히 만들어 낸 걸 어찌 알아낸단 말이오. 백만분의 1의 확률을 믿고 계속하는 것은 장인의 말대로 어리석은 짓이오. 당신을 고생만 시키고, 좋은 아버지도 못 되니 이제 와서 어쩌면 좋소."

그즈음 제법 자라 제 어머니를 돕게 된 설이는 비렁뱅이 딸이라는 동네 사람들의 놀림을 고스란히 받고 있었다. 망태를 들고 흙을 긁어 모르는 무선의 꼬락서니가 비렁뱅이와 다를 바가 없었다. 그런 모습에도 전과 똑같이 대하는 사람은 무선의 아내 금주

뿐이었기에, 오도 가도 못하는 지경이었다.

"어쩌다 그런 말씀을 하십니까! 서방님도 많이 두려우시군요."

아내의 말에 무선은 숨기고 있던 속내를 조금 드러내 보였다. 금주라면 무선의 마음을 이해할 수 있을 것 같았다.

"최영 장군을 뵙고 나니 더 책임감이 느껴지고 마음이 무겁소."

"저는 가난한 선비의 집에서 태어나 부자로 살아본 적도 없거니와 호의호식 바라며 혼인한 것도 아니니 제 걱정일랑 마시고, 하시던 일에 매진하시지요. 바깥일에 대해서는 무지하나 세상 사는 이치가 그렇지 않습니까! 궁즉통이라 했으니, 간절함이 길을 열어줄 거라 믿습니다. 덤비는 자를 어찌 당하겠습니까!"

무선은 그렇게 말하는 아내의 얼굴을 바라보았다. 듣기 좋으라고 하는 소리가 아니었다. 금주의 눈빛은 더욱 진지하고, 무선에 대한 신뢰를 가득 담고 있었다.

"고맙소. 군기감에서 나올 때도 당신이 아니었다면 용기를 못 내었을 것이요."

양어깨를 내리누르는 책임감의 무게가 무선의 몸을 땅속으로 끌어당기는 것 같았는데, 금주의 말에 기운이 났다. 다시 화약 방으로 나가는 발걸음이 조금은 가벼웠다. 사람의 마음이란 것이 제 생각처럼 되지 않는다는 것은 알고 있으나, 또 사람 마음처럼

4. 새로운 발견 … 71

바꾸기 쉬운 것도 없었다. 손바닥 뒤집듯 이랬다, 저랬다 하는 제 마음이 요상 했다.

화덕에 불을 지피던 무선은 눈을 번쩍 뜨이게 만드는 불꽃을 보았다.

"이게 무슨 조화냐? 갑자기 불꽃이 튀는구나. 덕새야, 저기 넣은 것이 무엇이냐?"

무선의 물음에 덕새가 대답했다.

"새벽에 긁어 온 흙을 재와 함께 섞어 넣었습니다."

"어디서 긁어 온 흙이더냐?"

"여기저기 흙이 필요하다고 해서, 저잣거리에서 긁어모은 개똥 소똥 묻은 흙을 다 넣었습니다. 흙을 털어서 넣어야 하는데 바빠서 골라내지 못했습니다."

"아니다. 덕새 네가 큰일을 했구나. 저거 보아라. 저렇게 불꽃이 튀는 걸 보면 분명 저 안의 성분에 화약이 될 만한 게 들어있는 게 확실하구나. 개천가나 길가의 똥 무더기가 있는 곳의 흙을 긁어와야겠다."

"아, 개똥도 약에 쓴다더니 진짜 쓸모가 있는 것인가 봅니다."

덕새는 싱글벙글 웃음기를 머금었다.

무선은 자루 몇 개를 담은 망태기를 집어 들었다.

"똥 묻은 흙을 잿물과 섞어 끓인 뒤 말려 생기는 결정을 모아봐야겠다. 왠지 모르지만, 동물의 분뇨에 해답이 있는 것 같구나."

비가 부슬부슬 오고 있었지만 아랑곳하지 않았다.

무선은 추적추적 비를 맞으며 거두어 온 분뇨 섞인 흙을 화약방 한쪽에 널어 말렸다. 고릿한 냄새가 풍겨 나왔지만 오히려 신이 났다. 기다리는 시간은 더디 갔다. 해갈에 도움 주는 비가 오히려 원망스러웠다.

이틀이 지난 후에야 비는 그쳤다. 부뚜막의 흙도 거의 말라 있었다. 무선은 거두어 온 똥 무더기와 섞여 있던 흙을 아궁이에 넣고 태워보았다. 빨갛게 한쪽 끝이 달아오르기 시작했다. 드디어 희망이 보이는 것 같았다. 무선은 끈질기게 기다렸다. 하지만 그 이상의 불꽃은 일어나지 않았다. 오히려 불이 붙으려다 쉬이익, 소리를 내며 꺼지기를 반복했다.

'이건 왜 또 안되는 것인가? 지난번에는 분명 불꽃이 튀었는데 이건 타지조차 않는구나.'

곰곰이 생각하던 무선은 처마 끝에 걸려있는 도롱이에 눈길이 머물렀다. 비가 추적추적 내려서 도롱이를 입고 길을 나섰던 것이 생각이 났다.

'그제 비가 왔는데 혹시 비를 맞아서 그런 것인가? 하지만 이틀 동안 바짝 말린 것인데 뭐가 달라진 것이지?'

이틀 동안이나 똥 무더기를 부뚜막 위에 얹어 놓고 기다린 시간이 야속했다.

'혹시 흙이 마르고 축축한 것과는 상관없이 비 온 후의 흙이라서 그런 게 아닐까?'

거기에까지 생각이 미친 무선은 다시 망태를 지고 덕새를 불렀다. 두 사람은 소와 말들이 지나가는 저잣거리를 한 바퀴 돌며 다시 분뇨 흙을 쓸어 담아 왔다. 바구니 두 개에 나눠 담아 따로 말려 보아야 했다.

"덕새야, 이 두 바구니 중 하나는 밖에 두고, 하나는 안에 두어라. 하나는 비를 맞힌 후 다시 두 개를 같이 실험해 봐야겠다."

덕새는 분뇨 흙이 든 바구니 하나를 장독대 근처에 놓아두었다. 며칠 후 비가 내렸다. 그리고 다시 마른 그 재료를 아궁이 불 속에 던져 넣었다. 역시나 맞았다. 그 실패 원인은 비 때문이었다. 비 맞지 않은 흙은 예상대로 불똥을 튀기며 타기 시작했다.

"옳구나. 비 때문에 성분이 녹아내린 거였어. 아마도 그건 물에 녹는 성질이 있는 것이 틀림없어. 하나를 알아냈으니 다시 시작해 보자."

다시 매일 같은 실험을 반복하고, 기록했다.

왜 변소 간이나 마루 밑, 처마 밑, 저잣거리의 길 가장자리의 흙을 모으라고 했는지 알 것 같았다. 이런 흙에는 쥐, 닭, 개, 고양이 등과 같은 동물의 분뇨가 포함되어 있었기 때문이었다.

"이제야 제대로 된 흙을 발견했구나. 이제 이 흙을 달여서 걸러내기만 하면 될 것이다."

오랜만에 집안의 가족 모두의 얼굴에 화색이 돌았다. 금주와 설이, 덕새의 웃음소리가 커졌다.

무선은 마루 끝에 서서 서쪽 하늘을 올려다보았다. 자작나무 낙엽이 산 끄트머리에서 떨어지려고 했다. 겨울이 곧 오겠지만, 그 겨울도 봄이 오는 것을 막지는 못할 것이다. 모처럼 뿌듯한 마음으로 잠을 이룰 수 있었다.

5. 만백성의 염원

무선은 날마다 아침이면 목욕 재개하고 화약 방으로 들어갔다. 발걸음은 점점 무거워졌다. 나라 안팎으로 시끄러운 일들이 그치지 않았다. 가장 큰 사건은 계엄령이었다. 개경은 인구 50만 명의 거대한 도읍이었다. 궁궐이 있는 만월대 뒤로 송악산이 병풍처럼 둘러싸여 송악이라 부르기도 했다. 궁궐은 멀리서 보아도 아름다운 자태였다. 날렵하게 하늘로 치솟은 용마루 아래 울긋불긋 다양한 색의 단청으로 장식되어, 흡사 화려한 새가 나는 것 같은 형상이었다. 만월대의 궁궐은 고려 초기 황국으로서의 면모를 보여주고 있었다. 당나라가 멸망한 후 동아시아에서 고려를 대적할 만한 나라가 없었다. 광종은 이에 개경을 황도라 하고, 고려를 천하의 중심으로 여겼다. 고려를 황제의 나라로 선포하고 백성들에게 자부심을 불어넣었던 역사적인 곳이었다. 그런데 이곳까지 왜구가 침입했다. 1358년(공민왕 7년) 3월 16일, 고려의 봄은 핏빛으로 물들었다.

각산1의 왜구 침범 소식에 조정이 긴장에 사로잡혔다.

"왜구가 400척의 선박을 끌고 각산으로 쳐들어와 고려 배

300척을 불태웠습니다. 지원군을 요청합니다."

왜구는 정규군이 아니었기에 정부의 명령도 듣지 않았다. 몇 차례 고려의 요청에도 왜는 도적 떼들을 단속하지 못했다. 피투성이가 된 병사는 울분을 참지 못하고, 주먹을 부르르 떨었다.

"현장의 참혹함이 이전과 비교도 할 수 없을 정도입니다. 염전과 목축도 남아나지 않았습니다. 해안에 이어 내륙 평야로 침입해 약탈과 도륙을 일삼고 있습니다."

공민왕은 급히 백성들 먼저 피신하도록 명령을 내렸다.

"수도방위군을 제외한 전 병력을 전라도로 급파하라! 그리고, 해안가에서 어업에 종사하는 백성들을 내륙으로 이주시키도록 하고, 사람이 안 사는 것처럼 마을의 발자국을 지워서, 피해를 줄이도록 하라!"

왜구는 도적 중에 가장 잔혹한 해적이었다. 해적은 제한 조건이 많았기에 잔인해질 수밖에 없었다. 배를 대 놓고 도적질하고 돌아와야 하니, 시간 제약이 있었다. 빠른 시간 내에 이동해야 하니, 전진하는 과정에서 마주치는 무고한 양민들을 쉽게 제거했다. 또 양껏 배에 실을 수 있을 정도로 배가 크지 않았다. 침몰

---

1 각산: 지금의 경상남도 사천시.

위험을 피해서는 배에 실을 수 있는 물량이 제한해야 했다. 사람조차 물건처럼 다루었다. 병든 동료나 부상당한 포로는 가차 없이 바다에 수장시켜 무게를 줄였다.

고려군의 피해가 극심해지자 공민왕은 낙향하여 은거하고 있던 최영을 불러들였다.

"최영을 양광도 왜구 체복사로 임명하니, 왜구 토벌에 실패하는 지휘관은 군법으로 엄중히 다스릴 것을 명령하노라!"

최영은 왕의 명령으로 군대를 이끌고 오차포로 내려갔다. 왜구를 매복 작전으로 물리쳤으나, 도망친 왜구들이 내륙으로 침입해 약탈은 계속되었다. 일부는 전라도 해안 쪽으로 이동하여 조창을 집중적으로 공격하기 위해, 한주의 진성창으로 몰려갔다.

왜구의 무리 중 일부는 남해안 합포에 침입하여, 고려군을 무참히 죽이고, 전라도에서 패전한 왜구들과 함께 강화도 갑곶강 앞바다까지 다시 몰려 올라왔다. 왜구의 침입 속도가 빠르고, 고려의 군사로는 막아내기 역부족이어서 개경이 위험했다. 개경방위군은 동강과 서강 어귀에 병력을 배치하여 왜구의 진입을 차단하려고 했으나, 왜구는 갑곶강 해협을 지나 교동까지 치고 올라와 고려 백성들을 도륙하고 방화를 이어 나갔다.

왜구들은 곡식을 약탈하기 위해, 저지하는 양민들을 닥치는 대로 잔인하게 살육했다. 길거리의 시체는 살점이 떨어져 나갔고,

골이 부서져 뇌수가 쏟아지거나, 내장이 흘러내렸다. 가는 곳마다 집들을 모두 불태우며, 형체도 없이 온몸이 타들어 가는 과정을 섬뜩하게 구경했다. 급기야는 인육을 먹는 잔인함도 서슴지 않았다.

두 달 후인 5월 14일, 개경에 근접한 교동까지 왜구들이 침범하여 왕은 개경에 계엄령을 내렸다.

"병력을 보충하여 도읍의 방어에 남은 힘을 모아라. 개경 백성의 출입을 금하고 안전을 위해 도성 안에 머무르게 하라."

그즈음, 왜구들은 개경에서 가장 가까운 나루인 벽란도에 진을 치고 조운선을 탈취하여 곡식을 모두 빼앗아 군량미로 삼았다. 해상을 왜구가 점령하고 있어, 조운선이 막히자 군량미조차 보급받지 못해, 고려군은 적극적인 공세도 하지 못한 채, 장기전으로 돌입하고 있었다. 이에 왜구는 방향을 틀어 화지량[2]을 습격하여, 불을 지르고 그 분풀이를 했다.

녹봉을 육로로 수송하기 시작했지만 이마저도 오는 동안 왜구들을 만나는 일이 잦아 결국 관리의 봉록을 제때 지급하지 못하는 사태까지 벌어졌다. 물길이 있는 곳이라면 어디든 들어와 마

---

2 화지량: 지금의 경기도 화성시.

을을 초토화시키니, 조정에서는 수안이나 곡주로 수도를 옮겨야 한다는 천도론까지 나왔다.

그즈음 남해 현의 피해는 극심하여, 전 주민을 모두 진주 목의 부곡으로 이주시켜 섬 전체를 비워야 했다.

"개미 새끼 한 마리 없구나. 고려 땅에는 더 이상 우리를 막을 자가 없으니 천국이 따로 없구나!"

왜구의 적장은 통쾌해하며 웃음을 터뜨렸다. 왜구는 기세등등하여 노략질을 마음껏 지속해 나갔다.

무선의 마음은 다급하기 이를 데가 없었다.

"나라가 힘이 없으니 겪을 수밖에 없는 치욕인데, 이를 막을 힘이 없구나. 나라에 간신이 많으니 국방은 뒷전이고 제 권력에 취해 백성들의 고난에는 눈을 감는구나!"

위기에 간신과 충신은 잘 드러났다. 하지만 위정자들 눈은 보고 싶은 것만 보았기에, 백성들에게 보이는 것이 조정에서는 보이지 않았다.

권력을 가지기 전, 간절함이 그들의 마음을 신실하게 했다면, 이미 기득권이 된 마당에 그런 신실함은 오히려 권력의 상승에 걸림돌이었다. 견제받지 않는 권력은 타락을 향해 가게 되어 있었다. 힘을 얻은 야만스러운 권력은 몰염치하게 양두구육3을 서슴지 않고, 가렴주구4(苛斂誅求) 또한 일상이었다. 어떤 식으로든 권력을 잡고 나면 그 나머지는 저절로 물 흐르듯 흘러갔다. 가진 것이 많은 사람 옆에는 그 가진 것의 부스러기라도 얻어먹으려는 자가 득실거렸다.

간신에 의해 충신이 처형되고, 듣기 좋은 말을 하는 간신이 충신이 되어 왕의 곁에서 지옥으로 가는 지름길로 안내했다. 공민왕 역시 그런 역사를 되풀이하고 있었다.

1232년 몽골이 고려를 침략했을 때 고종은 도읍을 개경에서 강화도로 천도했다. 그때 손돌이라는 뱃사공의 배를 탔는데, 강화도 부근의 어느 좁고 굴곡이 심한 해협을 지나게 되었다. 급류가 흐르는 그 해협은 아주 고약한 물살로, 배들의 무덤이 된 곳이었다. 해협의 뱃길에 익숙하지 않은 여타의 사공은 엉뚱한 곳으로 방향을 잡아 생사의 기로에 놓이는 일이 다반사였다.

고종은 피난을 가던 중이라, 그가 뱃길이 아닌 급류로 배를 몰고 가는 것이 아닌지 의심했다. 왕을 암살하려는 자는 수두룩했고, 배신자는 금은보화로 권력을 쥐던 때였다. 왕의 의심이 있다고는 하나 길이 아닌 곳으로 왕을 인도할 수는 없었기에, 손돌은

---

3 양두구육(羊頭狗肉): 양 머리를 걸어놓고 개고기를 판다는 뜻으로, 겉은 훌륭해 보이나 속은 그렇지 못한 것.
4 가렴주구(苛斂誅求): 관리들이 혹독하게 세금을 걷어 백성들이 살아가기 힘든 정치적 상황.

묵묵히 자기가 아는 물길로 고종을 안내했다.

배를 돌릴 수 없다는 손돌의 말에 고종은 그를 처형하기에 이르렀다. 그때도 손돌은 자신이 죽은 후 왕이 어떻게 뱃길을 찾아 무사히 뭍에 닿을 것인가에 대해서만 걱정했다. 그는 배가 무사히 뱃길을 찾을 수 있도록, 바가지를 뱃머리에 띄워놓고 참수당했다. 신하들이 뱃길을 돌리려 하지만 도무지 배가 앞으로 나가지 못했다. 뒤늦게야 손돌이 말한 대로 하니 그제야 배가 제대로 나아감에 왕은 뒤늦게 후회하고, 손돌을 위해 장사지내준 일이 있었다.

마음이 여유롭지 못하면 판단도 흐려진다. 제대로 된 충신의 쓴 말은 곧 손돌의 말과 같았기에 공민왕의 실정은 이어졌다. 그동안 수많은 용감한 장수들이 간신들에 의해 죽임을 당한 후였다.

무선은 하루라도 빨리 화약을 만들어 내고 싶었으나 그 일은 지난했다. 분뇨 섞인 흙을 달여 수십 번의 실험 끝에 드디어 흰 가루를 얻었지만, 새끼손톱만큼의 양이었다. 소량의 염초로는 실험을 계속할 수가 없었다. 그것조차도 다양한 변수와 조건들이 모두 충족되었을 때야 얻을 수 있는 양이었다. 구할 수 있는 재료는 한정되어 있었다. 실험에 필요한 흙은 무한정 들어갔고, 그것을 모으는 데 덕새의 도움만으로는 부족했다. 진토를 모을 사람도 필요했고, 유황과 숯도 들여와야 실험을 계속할 수 있었다.

"덕새야, 오늘은 다녀올 데가 있다. 아궁이에 얹어 놓은 것들이 타지 않도록 화약 방을 지키거라."

무선은 가장 깨끗해 보이는 옷으로 의복을 갖춰 입고 사대부 집들이 즐비한 골목으로 들어섰다. 이영구의 집은 생각보다 크고 화려했다. 모든 것이 새것처럼 번쩍여서, 그의 권세를 드러내 보였다. 하인들은 무선의 행색에 고개를 갸우뚱했다. 염 씨는 무선을 저승사자 보듯이 보고 놀라 뒷걸음질 치다 뒤로 나자빠졌다.

며칠 전, 염 씨는 섬에서 함께 도적질하던 친구를 우연히 만났다. 그 왜구 역시 고려의 양민들 틈에 자연스럽게 숨어 살며 첩자처럼 고려의 물정을 왜구들에게 알리고 있었다. 염 씨는 최무선이란 자가 왜구들을 몰살시킬 무기를 만든다는 사실을 그에게 알렸다. 왜구 첩자는 어떻게든 그것을 저지해야 한다고 염 씨에게 겁을 주었던 터였다.

바깥의 소란에 나온 이영구는 조심성 없는 염 씨를 나무라고, 호탕한 웃음으로 무선을 맞아들였다.

"명색이 양반이라는 사람의 몰골이 그게 무엇인가! 체면을 생각해야지."

무선은 이영구의 말에 답했다.

"내 옷이 어때서 그러는가. 내 아내가 깨끗이 빨아 풀 먹여놓은 새 옷을 입고 온 것이네."

이영구는 무선의 성질을 아는지라 더는 말꼬리를 붙들지 않았다.

"자네는 여전하네. 무슨 일로 왔는지 모르지만 반갑네. 마침 귀한 분이 와 계시네. 먼저 좌부승선 대감께 인사드리게나."

이영구는 무선을 함께 대작하고 있던 이인임과 이웃 만호들에게 소개했다. 상 위에는 주지육림에 버금가는 고기와 술과 안주가 놓여있었다. 계엄령의 시기에 어울리지 않는 상차림이었다. 도성 밖에는 왜구의 도륙이 이어지던 때였다. 무선의 내장이 그때부터 꼬이기 시작했다.

병풍 앞에 앉은 이가 소문으로만 듣던 그의 숙부 이인임이었다. 첫인상은 속을 알 수 없는 표정이었다. 고양이라는 그의 별명이 어울리는 인상이었다. 낯빛은 고요하면서도 음침하고, 말소리는 낮고 은근했다. 음서제도를 통해 조정에서 일을 하게 된 이인임은 고관대작 부친 덕에 과거시험을 거치지 않고 전객시승으로 관리 생활을 시작했다. 조정의 잔치나 행사를 주관하고, 사신 접대나 의전을 담당하는 관리였다. 그는 민심과 군심을 포섭하고, 현실을 꿰뚫어 보는 통찰력이 있는 데다, 타고난 정치 감각이 있어 출세가 빨랐다. 얼마 전 좌부승선이 되어 왕명을 신하들이나 백성들에게 알리는 일을 하고 있었다. 이태 전에는 쌍성총관부를 수복하는 데 지략을 써서 공민왕의 신임을 받기도 했다.

"이 사람이 바로 화약을 만든다면서 몇 년째 고생을 사서 하는 최무선이라는 사람입니다. 제 군기감 시절 동료이기도 하니 특별히 잘 부탁드립니다. 주부 벼슬에 있을 때 함께 동고동락했던 사이입니다."

이영구의 말에 이인임은 무선을 내려다보듯 고개를 쳐들고 쏘아보았다. 상대의 속내를 단숨에 읽어내려는 듯한 오만한 태도지만 경솔하지는 않았다. 공민왕의 반원정책과 개혁을 도와주는 심복과 같았으니 무선은 일말의 기대를 품었다.

"그대가 공명심에 사로잡혀서 나라를 어지럽히고, 조정을 혼란스럽게 만들고 있다는 바로 그 사람이오?"

"조정의 관리 중 누구도 제 말을 귀담아듣지 않는데 어찌 나라를 어지럽힌다고 할 수 있겠습니까! 지금의 나라 사정이 참으로 안타깝습니다. 백성의 목숨이 파리목숨이니 어찌 이를 보고만 있겠습니까!"

무선의 말에 이인임의 낯빛은 금시에 변했다.

"당장이라도 화약이 없으면 나라가 망할 것처럼 겁을 주는 것이오? 왕께서 원나라의 주변국에서 탈피하기 위해 애쓰고 있는

데 일개의 백성인 그대가 감히 나라 걱정을 한다고 조정을 모욕하는 것이오?"

이인임의 서슬 퍼런 목소리에 무선은 힘주어 말했다.

"고려의 백성이라면 누구나 자신이 맡은 자리에서 나라 걱정을 하는 것은 인지상정입니다. 지금 백성들이 어찌 살고 있는지 보이지 않습니까? 왜구가 개경까지 올라오는 날에는 궁궐도 무사하지 못할 것입니다. 고려의 군사력은 바닥이 나 있습니다. 허약해진 군사력을 보충하기 위해서 화약보다 더 좋은 것이 없습니다. 송나라가 세워진 것도 화약 때문이고, 원나라가 송을 남쪽으로 쫓아낼 수 있었던 것도 화약 때문이었습니다. 지금의 미약한 군사력을 살릴 수 있는 유일한 길이 바로 화약 무기입니다."

"그 공명심은 연유가 무엇이냐? 벼슬이 탐이 나느냐? 그래서 임금을 겁주려 하느냐? 나라가 어지러운 틈을 타서 얻으려는 것이 진실로 무엇이더냐? 정치란 것이 그렇게 단순히 힘으로 이루어지는 것이 아니라는 것을 어찌 알겠느냐!"

"대감의 생각이 진실로 그러합니까? 다른 누구도 우리 고려를 왜구로부터 지켜주지 못합니다. 지금도 백성들이 도륙을 당하고 있다 이 말입니다. 그런 처지에 나라의 힘을 부강하게 하는 것만큼 중대한 일이 어디 있겠습니까?"

무선의 말에 이인임의 표정이 차갑게 변하자, 이영구는 무선에게 조심하라는 눈짓을 보냈다. 무선은 보지 않았다. 이인임의 차가운 목소리는 더 높아졌다.

"허나 원나라에서도 극비에 속하는 비법을 어떻게 만들겠다고 거짓 헛소문을 퍼트리는 것이냐! 그리고 왕을 비롯한 조정이 정치를 올바르게 하지 못하고 있다는 말로 들리는구나. 그런 역적 같은 생각으로 어찌 나라를 구한다고 날뛰는가? 더구나 전쟁 중이라 배 만들고 병기 만드는데 들어가는 철이 부족해 백성들의 가마도 강제로 징발하는 판에, 될지 안 될지도 모를 곳에 귀한 재물을 쓸 수는 없는 노릇이네."

이인임의 말은 가진 것을 지키는 데만 혈안인 기존의 문벌귀족의 안이한 생각 그대로였다. 무선이 입을 꾹 다문 채 아무 말도 하지 않자 말을 이었다.

"내 듣기로 이번에도 왜가 각산 해안에서 고려 선박을 모두 소각했다 하니 그것 먼저 복구하는 일이 급하지 않겠소. 그동안 고생 많았다고 들었소, 이제 공명심은 버리고 돌아가서 생업에나 힘쓰시오. 이건 내가 특별히 하사하는 것이니 식솔들이나 잘 먹이시오."

금실로 수놓은 화려한 도포 자락을 걷고 이인임은 엽전 꾸러미를 내놓았다. 무선은 그것을 보지도 않았다. 오히려 분노로 인해 마음을 가다듬는 데 남은 힘을 다 써야 했다.

이인임은 그동안 원나라의 횡포가 심해지는 것을 보고도 막지 않았다. 양반집 부인이 공녀로 차출되어 가는 것도 보고만 있었다. 고려의 왕이 원나라로 끌려가는 것을 방관하고, 왕의 운명 또한 좌지우지되는 것을 막지 않았다. 그런 그가 공민왕의 반원 정책에 편승해 출세했다. 그런 인물이 오히려 큰소리로 나라를 위하는 척하고, 모함에 가까운 말을 하니 무선의 마음은 크게 분심으로 가득 찼다.

무선이 자리를 박차고 일어나 밖으로 나오자, 뒤에서 이인임의 불쾌함과 노여움을 나타내는 헛기침 소리가 들려왔다. 이영구는 무선의 뒤를 따라 나왔다.

"숙부의 비위를 건드리지는 말게. 자네 뜻은 잘 알겠네만, 숙부에게도 큰 뜻이 있을 터이니 자네는 그만 물러가게나. 아무리 생각해도 화약을 만들 수 있다는 건 허무맹랑한 이야기네. 가능성이 있는 걸 밀고 나가야지, 그런 터무니없는 일에 덤비는 건 어리석은 일이네."

무선은 이영구의 말을 듣지 않고 밖으로 나왔다. 새로 얹어 번들거리게 윤기가 나는 기와를 보며 군기감 시절의 이영구를 떠올렸다. 그때도 이영구는 명령이 없이는 한 발짝도 스스로 움직이지 않았고, 자신의 판단과 선택을 믿지 못하고 의심하는 자였다. 스스로를 의심하는 자가 이루어 낼 수 있는 것은 아무것도 없었다. 지금 그의 지위는 인척의 힘으로 견디고 있는 사상누각이었다. 이인임의 권세가 곧 그의 권세였으니, 부귀와 영화는 그의 뜻대로일 것이었다. 그를 설득하는 것은 불가능했다.

무선이 골목 끝으로 사라지자 염 씨가 기다렸다는 듯 들고 있던 소금을 대문 밖에 뿌렸다. 바가지를 들여놓고 염 씨는 어디론가 사라졌다.

덕새는 하루 종일 돌아오지 않는 무선을 기다렸다. 해가 뉘엿하니 산 너머로 지고 있었다. 이런 시간에 남쪽 하늘을 바라보고 있으면 옥란이 더 생각났다.

'제발 살아만 있어 다오.'

사랑한다면서도 지켜주지 못해 미안한 마음이 들어, 불쑥 자신이 원망스러웠다. 그날 왜 빨래터에 옥란을 혼자서 보냈던가! 곱분이와 함께 간다고 해서 따라나서지 못했던 것이 한이 되었다. 처녀 둘이라고 더 든든한 일도 아니었는데, 방해가 될까 봐 따라가지 못했다. 화약 실험은 아주 작은 성과를 낸 후 다시 제자리걸음이었다.

'언제쯤이면 그 화약으로 왜구들을 쫓아낼 수 있을까? 그래서 옥란을 찾을 수 있을까?'

이런저런 생각에 잠길 즈음 불규칙한 발소리가 들렸다. 비틀거리는 모양새가 점점 더 덕새 쪽으로 다가오고 있었다. 얼굴이 불그스름한 무선이 처량한 걸음으로 다가오고 있었다. 덕새는 이미 짐작하는 바가 있어 조심스럽게 다가갔다. 약주 냄새가 풍겨왔다.

"나으리, 어디를 다녀오셨는지 모르지만, 바람이 차가워지고 있습니다. 어서 집으로 드시지요."

무선은 흔들리는 몸을 가까스로 가누며 덕새를 바라보았다. 덕새는 등을 돌리고, 자세를 낮추어 무선을 번쩍 업어 올렸다.

"덕새야, 고맙구나."

"무슨 일인지는 모르오나 너무 상심하지 마십시오. 오늘 안되면, 내일 되고, 내일 안 되면, 글피에 되겠지요."

덕새는 평소에 무선이 하던 말을 따라 했다. 금세 어둠이 내렸다. 자박자박 덕새의 발소리가 골목을 울렸다. 무선의 한숨 소리가 커졌다.

"약주를 한잔했다. 세상이 흔들려 어지러운데, 나까지 흔들리니 이제야 어지럼증이 가시는구나. 사람들이 이래서 술을 마시고, 밀물 썰물처럼 뭉쳐 다니는구나. 예성강에서 바라보는 하늘은 한없이 푸르고 고요한데, 삼남의 바다는 피로 물들고 있구나. 백성의 피가 내를 이루는데 어찌 조정에서는 관심도 없다는 말이냐!

가족도 뒤로한 채 앞으로 달려왔건만, 손에 쥔 것은 아무것도 없고, 팔아치울 재물도 없고, 이제 무슨 기력으로 계속해 나가야 할지 모르겠구나. 당장 원나라로 가서 염초를 구하고 화약 비법을 알고자 하나, 한 가지도 가능한 것이 없으니, 이제껏 십여 년의 기록이 모두 의미가 없구나. 게다가 권력에 눈이 어둡고, 매관매직5이나 하는 부정 관리까지 나를 모욕하더구나. 그런데도 할 수 있는 일이 없구나."

"무선 나으리, 필시 방도가 있을 것입니다. 가다가 중지하면 아니간만 못하다는 말씀을 나으리가 전에 하셨습니다. 옥란이 아직 살아있을 것입니다. 옥란이 저를 기다리고 있습니다. 저는 나으리만 믿고 있습니다."

"아무도 나를 믿고 도와주지 않는데, 내 어찌 기운을 내고 계속하겠느냐!"

"나으리에게는 가족만 있는 것이 아니라 수백만의 백성이 나으리를 기다리고 있습니다. 다른 양반 나으리들이 무선 나으리를 몰라주어도 우리 백성들은 아직도 믿고 있습니다. 우리도 아는 것을 왜 양반님들은 외면하는지 모르겠습니다. 가진 것이 많으니

---

5 매관매직(賣官賣職): 돈이나 재물을 받고 벼슬을 시킴.

지킬 것이 많아서 그런 것일까요! 나으리의 일이 잘되면 그 덕을 입고 평화롭게 살게 될 터이니, 우리 백성들은 나으리 편입니다."

덕새는 무선을 대청마루에 조심스럽게 앉혔다. 설이가 무선을 부축하여 들어가 이부자리에 눕혔다. 돌아서 나가려다 다시 무선의 옆에 앉았다.

"누가 아버님을 이렇게 화나게 했는지요!"

"소중한 내 딸, 설이구나. 못난 아비가 화를 낼 자격이나 있겠느냐."

무선의 말에 설이는 아버지의 손을 두 손으로 모아 잡았다.

"저는 늘 아버님의 끈기와 집념에 대해 생각했어요. 화약이 뭐길래, 가족의 부귀보다 소중히 여기는, 화약이 뭐길래. 하지만 원나라에 공녀[6]로 끌려가는 아녀자들을 떠올리면 아버님의 생각이 옳았습니다. 원나라에서 벗어나기 위해서라도 화약은 꼭 있어야 합니다. 더구나 지금 왜구가 개경 코앞까지 와 있어 저 역시 몹시 불안합니다. 이런 두려움 속에서 어떻게 마음 편히 살 수 있을까요? 왜구의 침입이 없는 평화로운 땅에서 살고 싶습니다. 어

---

6 공녀(貢女): 고려와 조선을 간섭하던 원과 명에 공물로 바쳤던 여자.

린 시절에는 놀림 받고 상심했지만, 지금은 누구보다 아버님이 자랑스럽습니다."

꺼져가던 무선의 눈이 커졌다.

"설이 네가 정말 그렇게 생각했더냐? 너의 말이 내게는 어떤 힘을 주는지 너는 모를 것이다."

혼기가 차오니 혼인 준비도 해야 할 텐데 걱정이라는 말은 하지 않았다. 아비로서 면목이 없었다.

"윤 진사 댁 정수 도령은 과거시험 준비로 바쁘더구나. 내년에는 혼인을 치를 준비를 해야겠다."

무선의 말에 설이는 낯을 붉혔다. 정혼자인 그를 생각하면 설이도 마음이 설레었다.

다음날도 무선은 이부자리에서 일어나지 못하고 눈을 감고 있었다. '전 재산을 모두 갖다 바쳐서 이제 염초가 어떻게 생기는지 알아냈지만, 실험 결과가 날마다 달리 나오니 아직도 갈 길이 멀구나. 수천 번의 실험은 이 몸이 부서져도 할 수 있으되 그 비용을 어떻게 감당해야 할까!' 무선은 막막한 마음으로 방도를 구하려고 애쓰는 와중에 덕새의 목소리를 들었다.

"나으리! 좀 나와보십시오."

잠시 후 무선이 밖으로 나가자 대문 밖에서 웅성거리는 소리

5. 만백성의 염원 ··· 93

가 들렸다. 덕새는 동네 사람들이 찾아왔다고 알려주었다. 무선이 무슨 일인가 내다보자 동네 사람 중 가장 나이가 많은 한 노인이 머뭇거리며 말했다.

"소문을 듣고 찾아왔소이다. 그동안 나으리 소식은 듣고 있었지만 먹고살기 바빠 찾아뵙지 못했소. 지금 같은 세상에 나으리 같은 분이 있어서 우리에게는 희망이 있소이다. 이 늙은이는 화약이 무엇인지 모르나 왜구를 이길 수 있는 강력한 무기라고 들었소. 내 한을 풀어주시오. 내가 너무 오래 살아 못 볼 꼴을 보았소."

노인의 눈에서 금방이라도 눈물이 떨어질 것 같았다.

"내 늙은 처가 얼마 전에 도성 밖에 사는 딸네 집에 갔다가 돌아온 후로 미친 사람처럼 울기만 하고 있소. 왜구들이 딸을 욕보이고 손녀까지 어미가 보는 앞에서 목을 베었소. 그 참척에 어찌 미치지 않고 제정신으로 살 수 있겠소.

이 한을 어찌 풀까 생각하다 소문을 듣고 찾아왔소이다. 죽지 못해 사는 이 늙은이의 한을 풀어주시오. 원수를 갚아주시오."

무선은 분노와 참담함이 온몸을 덮쳤다. 이런데도 귀족 놀음이나 하는 양반들이 떠올랐다. 고통은 고스란히 힘없는 백성들 몫이었다. 수세미처럼 거친 노인의 손바닥이 무선의 손등을 잡았다. 눈물로 짓물러진 눈으로 무선을 간절히 바라보았다.

"그 일이 얼마나 어려운지 까막눈은 모르지만, 부디 어렵다고 중도에 그만두지 말고, 꼭 성공해서 우리 소원을 들어주시오."

"꼭 그렇게 하고 싶습니다. 나라를 걱정하는 마음은 가득하나 아직 성과가 미미하니 하세월이 걸릴지 모르지만, 왜구들을 생각하면 하루라도 빨리해내고 싶습니다. 요즘같이 어지러운 때 찾아오시니 저 자신의 게으름을 채찍질하게 됩니다."

"나으리 같은 분이 관리 천 명, 만 명보다 희망이시지요. 우리야 끼니만 거르지 않으면 걱정이 없고, 엄동설한에도 구들장에서 몸 지지면서 가족 외에는 다른 걱정이 있을 리 없습니다. 나으리처럼 나라 걱정을 하시는 분이 사정이 많이 안 좋다는 이야기를 들었습니다. 그래서 동네 사람들이 힘을 모았습니다. 굶지는 말아야 화약도 만들고, 백성들의 원한도 갚을 수 있지요. 십시일반 곡식을 모은 것이니 저희들을 위해서 받아주시오."

눈이 퀭하게 들어간 노인의 말에 무선은 몸 둘 바를 몰랐다.

"덕새가 괜한 말을 한 것이오?"

"아닙니다. 나으리께서 며칠 전에 장에 내다 팔기 위해, 등에 이고 지고 가시는 것을 보았습니다. 나으리 혼자서 그 힘든 시간을 감당하고 계셨으니 얼마나 고생이 많으셨습니까! 무관심한 백성을 원망하시지요. 이제라도 화약을 만드는 데 쓰이는 일이라면 힘껏 돕겠습니다. 고려에서 왜구의 피해를 안 입은 사람은 양반

들뿐입니다. 백성들 일가친척 어느 한 사람 무사하질 못하니 그 원수를 갚아야지요."

무선은 자신이 무던히도 부끄러워졌다. 초심을 잃었던 것을 마을 사람들과 노인이 깨우쳐 주었다.

"우리의 힘도 화약에 보태주십시오. 큰일에 꼭 도와드리고 싶습니다만 미천한 우리는 도울 길이 없어 이렇게 찾아왔습니다. 비록 가진 게 적어 보잘것없으나 따뜻한 한 끼라도 도움 되게 해주십시오. 제힘으로 원수를 갚겠노라 생각하지만 길은 이것밖에 없는 듯합니다. 부디 백성들의 성의를 거절하지 마십시오."

다른 사내의 손에도 자그마한 곡식 자루가 들려있었다.

"예로부터 백성의 마음을 얻는 자가 천하를 얻는다 하였습니다. 우리들의 힘과 마음을 보태겠습니다. 백성들의 힘을 한데 모이면 무서울 게 없습니다. 저희들은 나으리 같은 분이 있어서 든든합니다. 그러니 화약 만드는 일을 계속해 주십시오. 그날을 손꼽아 기다리고 있겠습니다. 그동안 백성 된 도리는 해야지요."

그 말에 무선의 마음이 뜨거워졌다.

"여러분 정말 고맙소. 값없이 한세월 편히 살다 죽기보다 고통스럽더라도 의미 있는 일을 해야 후세 본보기가 되겠지요. 내 다시 여러분의 염원을 마음에 담아 다시 시작해 보겠소."

마을 사람들이 돌아가는 것을 보고 무선은 다시 화약 방으로 들어갔다. 하루 동안 비워두었지만 한 달은 비워둔 듯 낯설면서도 반가웠다. 덕새가 쓸고 닦아 말끔하니 정리된 부뚜막을 보았다. 자신이 있을 곳은 여기뿐이었다. 무선은 가장 마지막으로 달여놓은 흙물을 받쳐 양지바른 쪽에 두고, 덕새와 함께 진토를 얻기 위해 장마당으로 나갔다.

진토를 긁어모아 돌아오는 내내 무선은 다른 방도를 구해 보아야겠다고 생각했다. 이렇게 하다가는 백 년이 걸릴지도 몰랐다. 얼마 전 아버지 최동순이 벽란도에 옛 송나라 상인이었던 사람이 많이 드나든다는 이야기를 한 적이 있었다. 어쩌면, 그 상인 중에서 과거에 화약을 만들었던 화약장이나 염초를 굽는 염초장이 있을지도 몰랐다. 그것도 아니면, 화약장을 알고 있는 사람이라도 알게 된다면 그것만큼 큰 성과는 없었다. 그 나라 사람과 통하려면 그들의 말부터 배워야 했다.

최동순은 외국으로 드나드는 사신들에게서 원나라 말을 배우기 위한 책을 구해 무선에게 주었다.

"또 공부하시는군요, 나으리. 이번에는 무슨 공부를 하시는지요?"

덕새의 말에 무선은 답해주었다.

"『박통사』라는 책이네. 유학생들이나 사신으로 가는 사람들이 모두 배운다는 원나라 책일세."

『박통사』는 원나라 도읍에 사는 고려인들을 위한 책으로, 원나라에서 생활하는데 어렵지 않게 돕기 위한 목적으로 만든 책이었다.

무선은 이웃의 낯선 말을 배우면서, 간간이 벽란도 상인들과 접촉했다. 한 나라의 말을 배우는 것은 글공부와는 달랐다. 연습이 필요한 일이었다. 무선의 말에 이국의 사람들이 웃었다. 발음이 부정확하니 바보처럼 우스꽝스러운 말이 되었다. 웃음을 당하면, 당하는 만큼 실수는 줄었다. 수치심과 독기가 무선을 길들였다.

6. 벽란도의 푸른 희망

 이른 새벽 무선은 덕새와 같이 길을 나섰다.
 "오늘은 새벽 별을 보고 나서시는 이유가 무엇인지요?"
 "배가 들어오는 날이다. 30리는 걸어야 하느니라."
 벽란도는 예성강 하구의 나루터였다.
 "덕새야, 우리 고려가 원래 해상 왕국이었다는 것을 알고 있느냐?"
 "그렇습니까, 나으리!"
 "바다를 지배하는 자가 힘을 얻는다는 것은 역사 속에서도 증명이 되었구나. 신라의 장보고라는 해군 장수가 왜구들을 소탕하고, 신라, 당나라, 왜 간의 무역을 관장하여, 해상 왕국을 건설했느니라. 그것을 이어받아 해상 무역을 하던 태조가 나라를 세운 것이 바로 고려니라."
 "얼른 왜구들을 소탕하고, 다시 바다를 찾아야겠습니다."
 "꼭 그래야지."
 푸른 물결의 나루터라는 이름답게, 하늘도 바다도 푸르나, 그 기운이 예전 같지 않았다. 왜구들이 쓸고 간 흔적은 어디에나 남아있었다. 다시 상인들이 찾기 시작한 것은 얼마 되지 않았다.

그동안 외국 상인들은 서해를 건너 벽란도로 들어와 고려와 교역했다. 왜와 중국 이외에도 대식국(아라비아), 마팔국(인도), 섬라곡국(태국), 교지국(베트남) 등에서 백여 명이 드나들었고, 이들이 들어오는 날이면 큰 장이 섰다. 그 나루터의 언덕에 벽란정이라는 관사가 있었다. 사신들이 오거나 떠날 때 묵어가는 곳이었다. 그래서 예성항이라는 이름 대신 벽란도라는 이름으로 더 유명해진 터였다.

벽란도가 가까워지자 거리 양편으로 가게가 늘어서 있었다.

"아직 문을 열지 않은 가게도 많이 있습니다."

"도자기 가게들이 절반은 문을 닫았구나. 왜구들이 전라도를 초토화시키니 도공들도 모두 떠나고 도자기 구울 사람이 없어 맥이 끊기는구나."

무선의 한숨이 깊어졌다.

한때 예성강의 벽란도 근처 장에는 도자기 가게가 많았다. 고려의 푸른색인 고려 비색을 담은 청자는 인삼이나 한지만큼 유명했고, 아라비아에까지 소문났다. 특히 상감 청자가 인기가 많았다.

고려청자 생산의 절반 이상을 전라도 해안 지역에서 만들어 냈다. 청자의 수요가 늘자 서남해안으로 많은 도자기 가마가 생겨났다. 이에 강진이나 부안 등의 해안에 청자 수송을 위한 요지들이 형성되고, 배들이 서해, 남해, 동해로 도자기를 실어 날랐다.

왜구들로 인해 해안 마을이 황폐해지고, 사람이 살 수 없게 되자, 청자 마을도 폐쇄되고, 도공들은 내륙으로 흩어졌다. 자연스럽게 청자 기술이 거의 끊기다시피 하게 되었고, 가게도 몇 남지 않았다.

무선은 문 닫힌 도자기 가게를 지나며 새삼 왜구들의 소행에 치를 떨었다.

벽란도 입구의 가게들을 지나니 자그만 좌판이 깔린 난장이 이어졌다. 생선 파는 어부들 사이에 노인과 아녀자들이 장터에 앉아 짚신과 미투리를 팔고 있었다. 장터에서 물건을 팔기에는 나이가 너무 많거나 너무 적은 이들이었다. 아마도 다 큰 자식을 전쟁터에서 잃었거나, 아비 잃은 아이들과 과부일 것이었다. 잊지 말아야 했다. 타오르는 분심에 추위도 못 느낀 채, 객관이 늘어선 곳까지 걸었다.

무선은 덕새에게 품에서 꺼낸 종이를 건네주었다. 원나라 상인들이 지나갈 때마다 덕새는 그 종이를 펼쳐 보였다. 염초 장인을 찾는다는 원나라 글귀였다. 무선은 벽란도 입구의 순천관 앞에서 상인들이 드나들기를 기다렸다. 벽란정 외에도 외국 사신이나 상인들이 묵는 객관이 십여 군데 있었다. 그중에 가장 큰 곳이 순천관이었다.

9개의 거대한 기둥을 이은 회랑을 연신 돌며 무선은 원나라말로 무엇을 물어야 할지 입으로 되뇌었다. 순천관의 서른 개의 방은 모두 굳게 닫혀 있었다. 그중의 누군가가 무선에게 도움을 줄 수도 있었기에, 일말의 기대를 버리지 못했다.

배를 타러 나가는 원나라 상인에게 말을 걸었다.

"저 여보시오, 염초 장인을 만나고 싶습니다. 혹시 아시는지요?"

상인은 아래위로 무선을 훑어보고 그냥 지나갔다. 반나절을 기다리는 동안 열대엿 사람의 원나라 상인을 만났으나 아무런 성과가 없었다.

다음 날도, 그다음 날도 벽란도로 나갔다. 원나라 배가 들어온다는 소문이 나는 날이면 하루 종일 벽란도를 들고 나는 상인들을 붙들고 염초나 화약에 대해 아는 것이 있는지 물었다.

일주일째 되던 날, 한 상인이 다가와 귓속말로 속삭였다.

"양쯔강 아래 강남에서 오는 상인에게 물어보시오. 혹시 운이 좋으면 알아낼 수도 있을 것이오."

"그게 무슨 말이신지요?"

"지금 원나라는 몽골인 제일주의 정책을 펴고 있지 않소. 그런데 양쯔강 강남은 한족이 사는 데다, 옛 남송 지역이라 차별이 극심하단 말이오. 강남에서 오는 한족 상인에게 물어보면, 원나라에 대한 반감으로 염초 제조법을 유출하려는 자가 있을지도 모르지 않소."

"고맙소. 그럴 법한 일이오."

그 후 무선은 강남에서 오는 상인을 찾아 염초나 화약 만드는 법에 대해 아는 것이 있는지 물었다. 누구 하나 아는 이가 없어 날마다 처진 어깨를 하고 들어왔다.

무선의 아버지, 최동순이 소개해 준 관리들에게도 수소문해 놓았지만 아무도 염초 장인이나 화약에 대해 아는 이는 없었다. 다시 허탕을 치고 돌아오던 무선은 항구의 도자기 상인들에게 원나라 배나 강남 상인이 들어오거나, 염초 장인을 보면 기별해달라는 부탁을 해 놓았다. 100만분의 1이라는 희망도 놓치고 싶지 않았다.

어느 날 원나라로 유학 간 친구 한석이 돌아온다는 소문을 들었다. 어린 시절 서당에서 격몽요결과 동몽선습을 함께 수학한 이였다. 무선이 군기감에 들어갈 때, 그는 유학길에 올랐다. 무선은 반가운 마음으로 벽란도로 달려가 무작정 배를 기다렸다. 배에서 내리는 한석이 은인이 된 것처럼 반가워 몇 해 동안 소식이 없었음에도 아랑곳하지 않고 달려갔다.

"자네 무선이 아닌가."

오랜만에 보는 한석은 십여 년 만에 보는 무선을 반갑게 얼싸안았다. 무선은 먼저 원나라 소식을 물었다. 그는 어지러운 나라 사정을 알리며, 원도 얼마 가지 못할 거라고 넌지시 알려 주었다.

"지금 원나라는 홍건적들로 인해 나라 살림이 말이 아니네. 장사성이나 홍건적처럼 농민들이 그렇게 일어나는 데는 다 이유가 있지."

그는 혀를 찼다. 그의 말에 의하면, 원나라 내에 있는 고려 사신들 간에도 친원파와 그렇지 않은 사신들 간에도 논쟁이 심하다고 했다.

"이득이 되는 곳이라면 어디든 옳고 그름에 관계없이 피를 빨기 위해 득실거리는 거머리 떼들이 많지 않나. 지금 원나라가 바로 그 꼴일세."

무선은 혹시나, 하는 마음으로 화약 관련하여 아는 것이 있는지 물어보았다. 한석은 고개를 절레절레 흔들었고, 바쁜 걸음으로 다음을 기약하였다. 무선은 먼발치에서 그가 가족들의 품에 안겨 벽난로를 떠나는 것을 바라보았다.

다음 날에도 무선은 벽란도에 다녀왔다. 허탈한 마음으로 화약 방에서 아궁이 불을 지피고 있을 때 덕새가 뛰어 들어왔다.

"무선 나으리, 지금 원나라 배가 들어오고 있습니다. 그런데 그 배에 타고 있던 사람 중에 이원이라는 자가 있는데, 그 사람이 염초 제조 기술자라는 말을 들었습니다."

덕새의 말에 무선의 얼굴은 놀란 표정이 되었다. 말로만 듣던 염초 기술자가 정말 있기는 했던가, 하는 생각마저 들었다.

"정말이냐?"

무선은 아궁이의 불 위에 가마솥을 얹어 놓고 벽란도로 향했다. 무선은 배에서 내리고 있는 사람들을 붙들고 염초 기술자가 있는지 찾았다.

"혹시 이원이라는 분이 누구시오?"

무선을 훑어보던 상인은 두리번거리다가 나루터 끄트머리에서 멀찌감치 누구를 기다리는 한 사람을 가리켰다. 그는 초로의 얼굴에 조금은 초췌해 보이는 인상이었다. 오랜 기간의 항해로 지쳐있는 듯 보였다.

"혹시 이원 선생이십니까?"

무선의 말에 그는 미심쩍은 눈으로 물었다.

"내 이름을 어찌 아시오? 당신은 누구시오?"

"저는 최무선이라 합니다. 혹시 거처를 정하시지 않았다면 저의 집으로 모시고 싶습니다."

이원은 그 말에 긴장하는 표정을 지었다.

"당신 이야기는 대충 들었소. 염초 장인을 만나야 한다고 묻고 다닌다는 그 사람이군요. 위험한 일을 함부로 그렇게 떠벌리고 다니다가는 목숨이 부지하기 어려울게요. 내가 더 해 줄 말은 없을 듯하오. 나는 바쁜 일이 있어서 그만 가보겠소."

무선은 이원의 말에 마음이 다급해졌다.

"맞습니다. 그 제조법을 알고 싶어서 원나라에서 오는 사신이나 상인들에게 모두 묻고 다녔습니다. 이렇게 귀한 당신 같은 분을 만나게 되다니, 그것만으로도 희망이 생긴 것 같고 기쁩니다. 어렵게 생각 마시고 잠시 집에서 쉬어만 가시지요."

무선의 말에 이원은 손사래를 치며 고개를 저었다.

"나도 그 비방을 모릅니다. 나는 그것과는 아무 연관 없는 사람이니 다시는 나를 찾지 마시오. 그럼 이만 가보겠소."

무선은 다급히 이원의 앞을 가로막았다.

"저 아이들을 좀 보시오."

무선이 가리킨 쪽에는 나루터를 드나드는 상인들을 상대로 짚신을 파는 아이들이 옹기종기 모여 앉아 있었다. 열 살 남짓한 아이들이었다. 아직도 엄마 품이 그리울 나이였다. 입성과 먹성이 모두 부족한지, 뼈가 앙상하게 드러났고, 옷은 낡아 군데군데 기워입은 흔적이 있었다. 아이들의 슬픔이 가득 찬 눈망울은, 부산한 상인들의 움직임을 쫓고 있었다.

이원의 눈빛이 흔들리다 조용히 물었다.

"무슨 일이 있었나요?"

"왜구들에게 부모를 한꺼번에 잃었습니다. 아버지는 고려 병사로 지난해 전쟁터에서 죽었습니다. 아비를 잃은 아이들인데 어미조차 올봄에 왜구들에게 죽임을 당했습니다."

무선의 말을 듣고 나니, 이원의 눈에 다른 모습이 보이기 시작했다. 보살핌을 받아야 할 나이의 아이가 자기보다 더 작은 아이를 업고 있는 모습 등 전쟁의 참혹함이 그제야 눈에 보였다. 자신이 만든 화약이 다른 나라를 칠 때도, 이런 지경을 만들어 낸 건 아닌가 하는 마음마저 들었다. 처음 염초를 만들 때는 나라를 위한다는 마음으로 자랑스럽게 힘을 썼다. 그 화약의 힘이 온 나라를 전쟁터로 만들고 있었다. 복잡한 마음으로 이런저런 생각을 하던 이원은 고개를 저었다.

"참으로 슬픈 일이오. 그렇더라도 내가 해줄 건 없소."

"다시 생각해 주시오. 왜구들의 침입이 하루 이틀도 아니고, 부모 잃은 아이들은 점점 더 늘어날 터, 어찌 그냥 보고만 있겠소. 이 마을에 상갓집이 아닌 곳이 없소. 고기잡이 나갔던 어부도 왜구들에게 죽어 고아들과 과부들이 날마다 늘어나고 있소. 내 그런 지경을 보다못해 화약을 만들려 하는 것이오. 염초를 만들기도 했지만, 도무지 그 품질이 만들 때마다 달라, 무슨 영문인지나 알고 싶어서 이리 청하는 것이오."

"최 공이 그리 말하니 내 마음도 편치 않소. 고려의 사정도 딱하지만, 나 역시 한 나라의 녹을 먹고 사는 사람이 아니오. 어찌 위험한 기밀을 함부로 발설할 수 있겠소. 최 공에게는 실망스럽겠지만, 내 처지도 이해해 주시오. 아마도 화약의 위력을 아는 사람이니 충분히 이해할 줄 아오. 그리고 그만한 노력이면 내 도움 없이도 곧 성공할 것이오."

말을 마친 이원은 마침 자신에게로 다가오는 상인과 함께 그 자리를 빠른 걸음으로 떠나버렸다. 무선은 그 실망감에 얼어붙은 듯 한동안 걸음을 뗄 수 없었다.

덕새의 전갈에 부리나케 뛰어나간 무선이 저녁이 늦도록 오지 않자 금주는 집 앞에 나가 하염없이 기다렸다. 여기저기서 밥 짓는 냄새가 났다. 전쟁 통이라 대부분 옹색한 살림이지만 다정하게 살아가는 사람들의 모습에 잠시 마음이 평온해졌다. 추적추적 발걸음 소리가 나 고개를 들었다. 어두운 골목길을 혼자서 돌아오는 무선의 모습이 여간 처량해 보이는 것이 아니었다.

"오늘 나루에서 만나기로 한 사람은 만나셨는지요?"

금주의 말에 무선은 깊은 한숨을 쉬었다.

"그렇소."

"사람은 만났으되, 원하던 것을 얻지 못하셨군요."

금주는 무선의 손을 꼭 쥐었다.

"부인에게 할 말이 없소."

"어서 들어가 요기나 하시지요. 하루 종일 뭘 드시나 걱정했습니다."

무선은 울분에 찬 얼굴로 마루턱에 잠시 앉아 지난날을 되돌아보았다. 오래 기다린 만큼 실망도 컸지만, 이원이 이해되지 않는 것도 아니었다.

과거에 신라인 구진천이 만든 쇠뇌는 남자 어른 걸음으로 천보만큼이나 화살이 멀리 날아간다고 하여, 천보노[1]라고 했다. 일반 화살의 백 보 남짓한 사정거리에 비한다면 열 배 가까운 성능이었다. 당나라 고종이 구진천을 불러들여 쇠뇌를 만들도록 명령했다. 구진천이 당나라에서 만든 쇠뇌는 30보를 겨우 날아가다 떨어졌다. 고종이 문책을 하자, 당나라의 목재가 신라의 것과 달

---

1 천보노(天步弩): 사거리가 1,000보에 이른다고 하여 붙은 이름.

라 그리된 것이니, 신라의 목재로 만들면 될 것이라고 구진천은 대답했다. 고종은 사신을 보내 신라의 목재를 들여왔다. 그 나무로 쇠뇌를 만들게 했으나, 쇠뇌의 화살은 60보를 겨우 넘었다. 고종이 다시 이유를 물으니 구진천은, 아마도 오랜 시간 배를 타고 오는 동안 습기가 먹어서 그런 것 같다고 둘러대었다. 고종이 화가 나 무서운 벌을 내리겠다고 위협했으나 그는 끝내 신라에서 쓰던 것 같은 성능의 쇠뇌는 만들지 않았다.

이원 또한 원나라의 백성이니 타국을 위해 반역에 가까운 행동을 하기가 쉽지 않을 것이었다. 원나라가 지난날의 대원제국은 아니라 해도, 쉽게 무너질 만큼 약하지 않았다.

다음 날 아침, 무선은 해쓱한 얼굴로 나와 해를 보았다. 그러다 어느 순간 기운이 난 사람처럼 허공을 향해 소리를 질렀다.

'운명, 너에게 고한다. 이깟 일로 그만두었을 것 같으면, 시작도 하지 않았다. 운명, 너를 바꾸는 것이 내 일생이 될 것이다. 너에게도 양심이 있을 터이니, 내 염원을 외면하지 못할 것이다.'

날마다 떠오르는 해지만, 그날은 더 특별했다.

"덕새야, 염초토를 구하러 다시 나가자. 한동안 나가지 않았더니 실험 재료가 다 떨어졌느니라."

무선은 망태를 들고 덕새와 같이 다시 길을 나섰다. 비록 이원에게 원하는 바를 얻지는 못했으되, 희망이 모두 사라진 것은 아니었다. 이원이 마지막으로 해 준 말이 뇌리에 박혀 있었다.

"혹시 송나라 때 만들어진 병서를 찾으면 도움이 될지도······."

잊고 있었던 이원의 말이 떠올랐다. 그동안 무선이 찾아본 병서만 해도 수십 권은 되었다. 고려에 들어온 병서는 모두 탐독한 터였다. 그런데 송나라 병서는 무선에게도 생소한 것이었다. 그 책을 찾아야 했다. 무언가 할 일이 생겼다는 것이 다시 의욕을 불어넣었다.

7. 내우외환

1359년(공민왕 8년) 홍건적이 고려를 침공하기 시작했다. 이들은 불교와 미륵신앙, 민간신앙을 결합한 백련교 집단으로, 머리에 붉은 두건을 둘렀다고 하여, 홍건적이라 불렸다. 그동안 원나라는 자연재해로 인한 기근이 덮쳐, 가난하고 힘없는 백성은 무수히 굶어 죽었다. 힘센 자는 도적이 되었고, 관료들은 농민들의 땅을 약탈에 가까운 헐값에 빼앗아 배를 불렸다. 홍건적은 관료들의 부정부패와 한족 차별 정책에 반발해, 새로운 국가를 만들겠다고 난을 일으켰다.

홍건적의 우두머리가 된 주원장이 원나라와 싸울 물자와 식량을 조달하기 위해 고려를 공격하기 시작한 것이다. 지리적으로 고려는 원과 가까웠기에, 서경[1]을 전초기지로 삼기 위해서였다. 이에 최영과 이성계는 모거경이 이끄는 홍건적 2만 명을 물리치고, 서경을 되찾았다.

---

1 서경: 지금의 평양.

1361년 10월 얼어붙은 압록강을 통과하여 다시 홍건적이 10만의 군사를 이끌고 개경까지 침범했다. 최영은 개경을 지켜야 한다고 왕에게 읍소했다.

"폐하, 백성들이 겁을 먹고 우왕좌왕하고 있습니다. 군대를 총동원해 수도 방어에 총력을 기울일 것이니, 궁궐을 떠나면 아니 되옵니다. 개경이 함락되면 전 국토가 위험에 빠지게 됩니다."

이인임은 최영의 말에 반발했다.

"임금이 있어야 나라도 있는 법이오. 서둘러 안전한 곳으로 가시어 훗날을 기약하셔야 합니다."

겁을 먹은 공민왕은 이인임과 함께 경상도 안동으로 몽진했다.

왕이 호위무사들과 함께 숭인문을 나섰을 때, 남대가2 거리에 통곡 소리가 이어지고 있었다. 홍건적을 피해 도망치려는 백성들이 서로 밀치고 엉켜 넘어지며 울부짖었다. 아이의 울음소리가 가을의 하늘을 찌를 듯 날카로웠다. 볕은 따뜻했고, 빛났건만 여기저기서 들려오는 통곡 소리는 더 처연하고 슬프게 퍼져나갔다. 잔인한 도륙의 서곡에 불과했다.

무선도 더 이상 지체할 수가 없었다.

---

2 남대가(南大街): 고려 황성(皇城)의 정문인 광화문에서 동쪽의 관청 거리를 지나, 배천이라는 하천을 따라 남쪽으로 난 큰길.

"당신은 설이 데리고, 고향에 가 있도록 하시오. 아버님이 잘 보살펴 주실 것이오. 나는 최영 장군의 부대에 들어가 함께 싸울 것이오."

"저희 걱정일랑 말고, 부디 몸조심하십시오."

"덕새야, 영주까지 네가 책임지고 잘 모셔야 한다."

"걱정 마십시오. 나으리. 설이 아씨와 마님은 제가 책임질 터이니 꼭 이기고 돌아오십시오."

무선은 금주와 설이를 꼭 안아주고, 배웅했다.

혼자 남은 무선은 화약 방의 재료와 기록들을 베보자기에 싸서 모두 땅에 묻었다. 화약 방 문을 걸어 잠그며, 다시 돌아올 날을 기약할 수밖에 없었다. 화약이 아무리 급하기로서니 나라가 풍전등화이니 힘을 보태야 했다.

무선은 대포 만드는 일에 참여하며 최영과 이성계의 군대에 무기 보급하는 일을 맡았다. 그 몇 달 동안 홍건적은 개경에 머물면서 고려 백성들을 처참하게 살육했다. 살인과 방화와 강간은 비일비재했다. 임산부의 가슴을 잘라 구워 먹기도 하는 등의 온갖 잔인한 악행으로 고려인의 피눈물을 쏟게 했다. 최영과 이성계는 개경 탈환을 위해 20만 명의 군대를 조직하고, 최전선에게 서로 힘을 합해 홍건적과 싸워나갔다.

다음 해, 눈보라와 비바람과 싸우며, 어렵사리 최영의 군대가 개경을 탈환했다. 개경은 초토화 되어 있었다. 송악산 주위에는 개경을 둘러싼 외성이 있었다. 황도 개경을 방어할 목적으로 축조된 것인데, 궁궐의 내성곽과 외성곽이 모두 무너진 데다, 궁궐이 모두 불타 사라졌다. 무선은 허탈한 마음으로 무너진 성터를 보았다. 이 처참한 상황에 뜨거운 피눈물이 흘렀다. 화려하고 웅장했던 회경전은 흔적도 없이 사라졌다. 만월대 궁궐터만이 불탄 흔적으로 남아 있었다. 만월대에서 남대문에 이르는 남대가의 기와집도 모두 불타고 주저앉은 데다, 인적 없는 폐허가 되어 있었다.

무엇보다 너무 많은 고려인이 죽어 나갔다.

'화약만 있었어도 오랑캐가 이렇게 쳐들어오지는 못했을 것이다.'

무선의 분심은 더 솟구쳤다. 나라 힘이 약하면 어찌 되는지 두 눈으로 다시 똑똑히 보고 확인했다. 백성이 나라의 뿌리인데, 그 뿌리가 힘없이 죽어가는 것을 보고만 있어야 하는 것이 너무나 안타까운 노릇이었다.

그런 지경에도 간신들은 제 배를 불리기에 급급했다. 탐욕은 권력이 많을수록 심했다. 그들은 정의나 신념, 인간 됨과 예의를 버렸다. 백성들의 하늘이 무너졌을 때, 그 가녀린 허리를 비틀어

혈세를 착복하고, 노예로 삼으며 인간이 가질 수 있는 가장 밑바닥의 감정인 연민마저 버리고, 피를 빠는 흡혈귀처럼 변했다. 개경의 백성들이 죽어서 주인 없는 땅들이 생기자, 권문세족들이 주인 없는 땅들을 자기 소유로 만들며 배를 불렸다.

어느 누구도 국방에 대해 걱정하고 힘을 기를 생각을 하지 않았다. 공민왕 역시 홍건적의 침입을 다시 걱정하여 천도할 생각만 했다.

"개경보다 아래인 수원에 궁궐을 짓는 건 어떠하냐?"

"아니 되옵니다. 왜구들이 수원까지 들이닥치는데, 개경이나 수원이나 다를 바가 있겠습니까."

"그러면 어떻게 하면 좋단 말인가, 위로는 홍건적이 쳐들어오고, 아래로는 왜구들이 초토화시키니, 고려 땅 어디에도 안전한 곳이 없단 말인가."

같은 해에 호위 병력까지 둘러싼 조운선 60척이 왜구들에 의해 침몰한 일이 있었다.

그 와중에 덕흥군을 옹립하려 한다는 소문도 돌았다. 그것은 단순히 소문이 아니었다. 다음 해, 원나라는 반원 정책을 펼치던 공민왕을 폐위시키기 위해 2만 명의 군사와 친원파 덕흥군 세력들을 이끌고 고려를 침공했다. 노장 최영이 이끄는 군대에 이성계가 우익으로 참여하여 덕흥군 세력을 섬멸하고, 원으로 쫓아냈다.

*

 전쟁에서 돌아온 무선은 화약 방 문을 열고 땅에 묻었던 화약 일지들을 다시 꺼냈다. 그동안 미루었던 『박통사』 공부에도 더 매진했다. 더 이상 지체할 시간이 없었다. 무선은 원나라로 직접 가서 염초 구하는 법을 배워와야겠다고 결심했다.

 "연못 가에서 물고기를 바라기만 하는 것은, 집으로 돌아가서 그물을 짜느니만 못하니라."

 아버지 최동순의 말이 생각났다.

 "원나라에 다녀와야 할 것 같소. 지금으로서는 더 이상의 진전이 없으니, 이렇게 포기할 수는 없지 않겠소. 원에서 안 오면 내 발로 찾아가는 수밖에 없지 않겠소."

 무선의 말에 금주는 고민이 깊었다.

 "배를 타는 데 큰 비용이 들 터인데, 어찌 마련하실 생각이십니까?"

 "사람 사는 일에 방도가 없을 리가 있겠소. 차차 마련해 봅시다."

 덕새는 포기를 모르는 무선의 집념이 대단해 보였다.

 "나으리는 자나 깨나 화약 생각밖에 없습니다. 될지, 안 될지 모르는 일에 한 번밖에 없는 목숨을 쏟아붓는다는 게 쉬운 일이 아닐 텐데요. 대단하십니다. 나으리."

"덕새야, 꿈이란 건 그런 거란다. 불가능한 걸 가능하게 하는 것. 덕새한테도 꿈이 있겠지."

"왜구들이 없는 바닷가 고향으로 돌아가 아들딸 낳고 소박하게 사는 게 제 꿈이었는데…… 아직도 그 꿈이 이루어질 수 있을지 모르겠습니다."

"……옥란이 소식을 아직도 모르고 있는 게지. 굳세고 영민한 처녀니, 어디에든 살아 있을 게야."

"정말 그럴까요? 나중에라도 다시 만날 수 있을까요? 그래서 바닷가에 집을 짓고 한가로이 잔잔한 수평선을 바라보는 일이 가능할까요?"

"그렇게 되어야지. 그런 꿈조차 불가능하다면 어찌 세상에 마음을 붙이고 살겠느냐! 고려군이 왜구들과 싸우는 이유도 다 그런 때문이지! 왜구들이 없는 세상에서 그동안의 한을 다 씻어내고, 태평가를 부르며, 한가로이 노니는 갈매기를 바라보며 바다를 걸을 수만 있다면 내 몸이 으스러져도 괜찮아."

이렇게 무선이 마음먹은 연유는 원나라에 다녀온 문익점이 목화씨 재배에 성공한 것도, 큰 희망이 되어서였다.

"몇 년 전 원나라 사신으로 간 문익점이라는 사람이, 죽을 각오를 하고 고려로 돌아온 일이 있었네. 목화씨를 갖고 들어와 장인과 같이 재배했는데 실패를 거듭하다 이제야 목화솜을 얻는 데 성공했다고 하더구나. 기후가 다르고, 토양도 같지 않으니 쉽게 얻을 수 있는 것이 아니었을 게야. 그 사람은 나보다 어린데도 불구하고 죽을 각오를 하고 나라를 위해 큰일을 했는데 나도 장차 그래야 하지 않겠나!"

무선 역시 나라를 위해서라면 원나라에 가는 것을 무서워할 까닭이 없었다. 문익점은 원나라에 머물 때 공민왕을 배반해 덕흥군의 편에 선 자였다. 공민왕이 기황후의 오빠 기철을 제거하자 기황후의 반발이 거세졌다. 게다가 홍건적의 침입으로 원나라의 도움이 필요해진 공민왕은 기황후를 달래기 위해 사신단을 파견했다. 그 사신들 사이에 문익점도 포함되어 있었다. 기황후가 공민왕을 폐위하고 덕흥군을 고려 왕으로 추대할 때, 문익점은 기울어 가는 고려를 믿지 못하여, 덕흥군의 편에 섰다. 고려로 돌아온다면 목숨마저 위태롭다는 걸 알았다. 그런데도 오직 백성들의 생활이 조금이라도 더 나아지기를 기대하며 돌아왔다.

문익점은 목화에서 나온 무명이 얼마나 사람들에게 유용한 것인지 보아왔다. 고려에 가지고 가서 재배에 성공하기만 한다면, 추운 겨울에 백성들이 더 이상 떨지 않고 솜옷으로 겨울을 날 수 있었다. 당시 비단은 비싸고, 삼베는 추워 겨울을 나기 힘들었다. 목화에서 나온 무명은 가볍고, 솜을 넣으면 겨울에도 요긴하여 사시사철 입을 수 있는 옷감이었다. 게다가 손으로 뽑는 삼베와

명주에 비해 물레를 사용하는 무명은 생산 속도가 5배나 빨랐다.

문익점은 도박과도 같은 결정을 했지만 다행히 목숨은 건졌다. 파직당했지만 목숨이 붙어 있는 것만으로도 감지덕지했던 문익점은 그 빚을 갚기 위해서, 고향으로 내려가 장인 정천익과 함께 목화 재배를 시작했다. 실패에 실패를 거듭하다 3년 만에야 겨우 결실을 맺게 된 것이었다.

무선은 문익점의 수고와 의지에 큰 감복을 하던 터였다. 목화솜은 고려 백성들에게 큰 축복이었으니, 무선 또한 자신의 수고가 헛되지 않을 것이라는 걸 굳고 믿었다.

더구나, 얼마 전 공민왕은 군기감 관리들을 모아 서북면 방어군에 사열하고 남강에서 화포를 발사했다. 무선은 그 은밀하게 이루어진 화포 실험을 뒤늦게 서야 알게 되었다.

"덕새야, 내가 그 자리에 직접 가봤어야 하는데 이런 원통할 때가 없구나. 남강에서 발사한 화포의 탄자가 순천사 남쪽에 떨어졌다네! 그 거리가 3천 보는 족히 될 터인데, 땅에 반쯤 파묻혀 한참을 찾았다 하지 않겠나! 그런데도 화약을 구할 수 없어, 무기를 만들어도 소용이 없다니 이렇게 안타까운 일이 있겠나! 그러니 내 직접 원나라로 가서 화약장을 수소문해 찾아볼 생각이야."

"나으리 부디 몸조심하십시오. 국가기밀을 빼내는 것은 목숨을 내놓는 일이지요."

덕새는 무선의 결심을 아는지라 조심스럽게 말했다.

"그래, 원나라가 송을 넘어뜨린 것도 화약이 한 일이고, 지금 고려에서 온갖 횡포를 하는 것 역시 화약의 힘 때문이니 호락호락 내 손에 들어올 리는 없을 거라 각오하고 있네. 그래도 해봐야지. 지금으로서는 그 방법밖에는 없네. 혹시 옛 송나라 상인들이라도 만나게 된다면 운이 트일지도 모르지. 귀동냥이라도 열심히 해야 하는데, 한 글자라도 못 알아들으면 낭패니 어찌 그동안 공부를 소홀히 할 수 있겠나!"

금세 떠날 수 있을 줄 알았던 무선은 무고로 잡혀들어가 두 달을 더 허비해야 했다.

무선이 떠나던 날 마을 사람들이 무선의 집 앞에 모여들었다.

"나으리, 우리의 정성이니 받아주십시오. 우리가 나으리를 위해 할 수 있는 것은 이것뿐입니다."

마을의 노인들이 저마다 꾸러미를 내려놓았다.

"그 위험한 곳에 직접 가신다니 부디 몸조심하십시오. 그리고 꼭 그 화약 만드는 비법을 찾아내 돌아오실 나으리를 기다리겠습니다."

무선은 마을 사람들의 손을 꼭 잡고 놓지 못했다. '내 그 비법을 알기 전에는 고국에 돌아오지 않으리라.' 무선의 굳은 입매가 그렇게 말해주고 있었다.

8. 무경총요[1]

 마침내 원나라에 가는 배에 오른 무선은 마음이 비장했다. 잔잔한 바다와 맑은 하늘과 평화로운 갈매기 떼를 보니, 열악한 고려의 실정이 더 안타까웠다. 더구나, 파혼당하고 죽은 듯 사는 딸 설이와 이를 걱정하는 금주의 얼굴이 떠올라 더 침통해지는 마음이었다.
 얼마 전 무선은 관아에 끌려갔다. 누군가 무선을 무고한 것이었다. 벽란도를 드나들며 금지된 물품을 반출하고 밀수 행각을 했다는 투서가 들어갔던 까닭이었다. 최영 장군의 부대에서 싸울 때는, 홍건적 무리와 내통했다는 밀고가 들어가서 곤욕을 치른 적도 있었다. 무선을 누구보다 잘 아는 최영의 의지로 풀려나긴 했으나, 누군가 지속적으로 무선을 염탐하고 있다는 느낌을 지우지 못했다. 겨우 관아에서 풀려나 집에 돌아오자 청천벽력 같은 소식이 기다리고 있었다.

---

[1] 무경총요(武經總要): 중국 송나라 강정 9년(1040)에 증공량(曾公亮) 등이 인종의 명에 따라 쓴 병서. 1230년에 간행한 것으로, 고금의 병서를 참고하여 진법 · 기계 · 공방의 도구 따위를 그림으로 그렸다.

덕새의 부축을 받아 집으로 돌아간 무선은 집이 초상집 같음을 알았다.

"이게 무슨 일이오? 내가 돌아왔는데도 집이 이 모양인 걸 보면 필시 큰일이 있는 듯하오. 무슨 일인지 소상히 말해보시오."

무선의 말에 금주는 눈물만 흘렸다.

"서방님이 곤경에 처했는데도 가뵙지 못하였으니 천벌을 받겠습니다. 그래도 하나밖에 없는 여식이 식음을 전폐하고 있어서……."

무선이 관아에서 문초를 당하는 동안, 정혼했던 윤 진사 집에서 파혼을 선언해 왔다. 무선이 무고로 풀려날 것을 알면서도 정혼자의 집안은 무선을 외면했다. 무선의 집에서 한땀 한땀 준비해 놓았던 예단과 이부자리가 소용이 없게 되었다.

윤 진사에게 찾아간 무선은 물었다.

"10년 전 진사 어른의 막내 정수 도령과 설이는 부부의 연을 언약하지 않았소. 가을의 혼인 날짜에 맞춰 혼수 준비에 소홀하지 않으려 무척이나 안사람이 노심초사했는데, 갑자기 어찌 된 일이십니까? 혹시 정수 도령에게 안 좋은 일이라도 있으신지요?"

윤 대감은 헛기침하고 고개를 돌렸다.

"장인이 죄를 지으면 사위까지 덩달아 문초를 받아야 하지 않소. 내 어찌 그런 불안한 집안에 아들을 보낼 수가 있겠소."

"저를 믿지 못하시는 겁니까? 무고라는 것이 밝혀지지 않았습니까!"

"그렇기는 해도 세상에 소문이 무성하고, 당신을 해하려는 자가 있는 듯하오. 그러니 아비의 마음으로 나를 이해해주시오."

그렇게 말한 윤 진사는 한 달도 안 돼 아들을 신흥 사대부 집으로 장가를 보냈다. 무선의 집안이 화약 연구로 가세가 기울자 정혼자가 변심한 것이었다. 사위를 먹이고 재우기 위해서는 장인의 재력이 필요하고, 시집보내는 딸에게 노비와 토지를 물려주어야 하는데 무선이 그럴만한 여건이 아닌 것을 알았던 것이다.

그 소식에 설이가 자취를 감추었다. 수소문하던 끝에, 집에서 꽤 먼 거리의 대흥사에 있다는 사실을 알아냈다. 동네 아낙이 그 절에 설이 또래의 처녀가 공양 보살로 있다는 사실을 듣고 무선에게 알려주었다. 이른 새벽 물에 뛰어든 처녀를 발견한 스님이 절에 공양 보살로 들인 것이었다. 무선은 설이를 찾아 마음을 돌리려 애를 썼다.

"설이야, 살아있어 정말 고맙구나. 내 비록 나라를 위한다고는 하나 가족을 보살피지 못하고 있으니 내 허물이 크다. 나를 용서하지 말거라. 그렇더라도 목숨은 소중한 것이다. 세상이 모두 뜻대로 되면 얼마나 좋겠느냐! 석가모니조차 세상을 마음대로 하지 못하고, 뜻을 깨우치시지 않았느냐!

사람이 성을 가지게 된 것은 짐승과 구별되기 위해서라고 하더구나. 네가 태어났을 때는 얼마나 기쁘고, 천하를 얻은 것처럼 어깨가 으쓱하고, 기뻤는지 아느냐! 나 역시 태어날 때 빈 몸으로 태어나 이 험한 세상에 사지 멀쩡하게 살아있는 일이 얼마나 행운인 줄 내 뒤늦게서야 알았다. 그 빚을 갚아야 하지 않겠니! 또 네 어미를 생각해보거라. 네 어미의 피눈물을 어찌 보려고 하느냐!"

무선은 전에 없이 간곡하게 딸의 마음을 돌리려 애썼다.

"아버님의 뜻을 헤아리지 못한 여식을 용서하세요. 파혼하고 창피하거나, 살아갈 방도가 없어서 여기 머무는 것이 아닙니다. 여기서 수행하며, 아버님의 소원을 염원하겠습니다."

"그렇다면 아비 곁으로 돌아오거라. 왜 비구승이 되려고 하느냐?"

"돈오점수[2]의 깨달음을 얻고 싶습니다. 세속의 기쁨과 슬픔이 얼마나 덧없는지 알게 되었습니다. 팔만대장경의 말씀을 따르고 싶습니다. 경전을 연구하면서 수행하도록 허락해 주십시오."

"아니 된다. 나는 허락할 수 없으니, 네 어미의 허락을 먼저 받아오너라."

---

2 돈오점수(頓悟漸修): 깨달음에 이르는 경지에 이르기까지는 반드시 점진적 수행 단계가 따른다는 말.

"아버님, 제가 출가를 하려는 것이 단순한 충동 때문이 아닙니다. 비록 한 때 잘못된 결심을 했지만, 이미 저는 그때의 제가 아닙니다. 오래전부터 인간사를 해석하는 일에 골몰하여, 이치 높은 스님께 공부하러 가고 싶었습니다."

"네 뜻은 잘 알겠다. 다만 아비가 원나라에 가면 홀로 지낼 네 어미 생각을 하거라. 출가는 그 이후에 해도 늦지 않으니 그때 다시 생각해 보도록 하자."

무선은 이렇게밖에 설이를 설득할 수 없었다.

설이는 집으로 돌아와 분주하게 집 안의 제 물건을 정리하기 시작했다.

"어머니, 이제 이것은 필요 없으니 장에 내다 팔아도 될까요?"

설이는 방 한구석에 싸 놓은 혼수 이부자리를 가리켰다. 금주는 놀라 손사래를 쳤다.

"아니 그건 또 무슨 소리냐? 아니 된다."

"지금 아버님이 진토가 없어 화약 연구를 못 하고 있어요. 혼수로 준비한 것들은 이제 다시 쓸 수가 없을 테니, 처분하고 진토를 구하는 데 보태고 싶습니다."

"설이야, 아비를 끔찍이 생각하는 너의 효심은 알겠다만, 부모로서 그것은 할 짓이 아니다. 너를 평생 홀로 독수공방하게 할 수는 없는 일이야."

"어머님, 저는 이미 마음을 정했습니다."

"미련한 네 아버지 닮아서 너까지 어미의 인내심을 시험하는구나. 하지만 안 된다. 아직 너에게는 시간이 많단다. 그러니 너무 쉽게 결정하지는 말았으면 좋겠구나. 아버지가 원나라에서 돌아오실 때까지만이라도 차분히 기다려 보자."

"승려는 아무나 되는 것이 아니옵니다. 귀족들 자제들도 출가하지 않습니까!"

간절함이 서린 얼굴로 설이가 말하자, 금주는 딸의 마음을 돌리지 못하는 것이 더 안타까웠다.

"승려가 될 사람도 출신 신분이 높지 않으면 행자가 되어 밥 짓고 청소하고 빨래하며 고된 수련을 쌓아야 하는데, 네가 그것을 어떻게 버티어 가겠느냐!"

금주의 말에도 설이는 고집을 굽히지 않았다.

"그 고난보다 더 큰 덕을 얻을 수 있을 것입니다. 왕자들도 승려가 되는 것을 주저하지 않는 데에는 분명 이유가 있을 것입니다. 저는 아버님을 믿습니다. 그리고 아버님을 끝까지 보필해 주실 어머님이 계십니다. 부디 저의 청을 들어주십시오."

설이 역시 무선의 딸답게 쉽게 단념하지는 않았다. 원나라에 다녀온 후까지 그 마음에 변함이 없다면 허락하겠다고 잠시 시간을 벌어놓은 상태였다.

원나라에 도착한 무선은 염초를 만든다는 소문이 난 곳은 아무리 먼 곳이라도 찾아가 염초 장인을 만났다. 그들의 표정은 냉담했고, 긴장한 표정이 역력했다.

"지금 우리 고려는 왜구의 침략으로 선량한 백성들이 큰 고통을 당하고 있습니다. 저에게 염초 굽는 법을 가르쳐주시면 수천 명, 수만 명의 사람을 구하는 선한 일이 될 것입니다."

무선은 이렇게 읍소에 가까운 요청에 그들은 무척이나 놀란 태도를 보이며, 손가락으로 제 입술을 막으며, 조심하라고 당부했다.

"나보고 역적질을 하란 말이오?"

"내 목숨은 하나밖에 없소. 남의 나라 전쟁도 안타까운 일이지만 내게 딸린 식솔들 걱정이 먼저요."

"정신 나간 사람이오. 잡혀가기 전에 얼른 떠나시오."

하나같이 대답은 같았다. 그도 그럴 것이 원나라에서 화약장들을 얼마나 엄격하게 통제하고 관리하는지 무선은 모르고 있었다.

원나라에는 화약 제조에 관한 기록은 어디에도 나와 있는 것이 없었다. 그것은 그저 화약장들의 머릿속에나 있는 것이었다. 그들은 도읍에 모여 살아야 했고, 변방으로 나가는 것이 엄격하게 금지되어 있었다. 그 정도로 화약과 관련한 내용에 대한 유출을 극도로 두려워하고 있었다.

무선은 수소문하여 고려의 유학생과 유학승을 만났다. 그중에는 한석의 아들도 있었다. 그들은 모처럼 제 나라 사람을 만나 반가워했으나, 고려의 암울한 소식에 개탄을 금치 못했다. 무선의 기대와는 달리 화약에 대해서는 아는 이가 없었다.

한석의 아들 원규는 천진의 숙소로 무선을 청했다. 다음날 원규는 숙소 근처의 원나라식 정원을 보여주었다. 희귀한 모양의 돌이 둘러싼 연못과 붉은 단풍은 가을의 고취를 잘 드러내고 있었다. 원형의 문과 키 높은 대나무 숲이 어우러진 풍경이 신기했지만, 무선의 눈에는 아무것도 보이지 않았다. 기암괴석은 그저 자신의 마음을 할퀴는 도끼처럼 보였고, 연잎이 가득한 연못 역시 검은 그림자를 잔뜩 드리운 음지의 침울한 기운만 느껴질 뿐이었다.

"고려의 처지가 그러하니 심려가 크시겠습니다. 부디 원하는 바를 꼭 이루고 가시기를 먼 이국에서나마 염원하겠습니다."

"오냐. 한석에게도 안부 전할 것이니, 몸 건강히 지내도록 하시게."

떠나는 날밤 무선은 한숨도 자지 못했다. 이제는 금주가 챙겨준 노잣돈도 다 떨어지고, 당장 연명해야 하는 방책도 없이, 돌아가는 뱃삯만 남겨둔 처지였다. 아무 성과 없이 고려로 돌아가야 하는 마음은 천근만근이었다.

다음날 무선이 원규와 작별하고 나루터에 도착했을 때, 막막한 바다가 무선의 앞을 가로막았다. 이토록 귀중한 임무를 가지고 타국에 왔건만 성과도 없이 빈털터리로 돌아가야 하는 마음은 바윗덩이를 안고 있는 것만 같았다. 고려로 돌아간다면 다시 처음부터 시작해야 했다. 각오는 되어 있지만, 실망할 금주와 설이, 덕새와 마을 사람들을 생각하면 발길이 떨어지지 않았다.

나루터의 상인들은 제각각 큰 소리로 호객을 하고 있었다. 시끄러운 장터 같은 풍경을 다 지나갈 즈음에 서책을 쌓아놓고 조용히 손님을 기다리는 한 상인을 보았다. 무선은 혹시나 하는 마음으로 그 책들을 훑어보기 시작했다. 그는 오래된 병서들을 들고 아라비아에 다녀온 상인이라고 했다. 그 말을 듣고 실오라기 같은 희망을 품고 서책을 뒤적였다. 병서라면 무기를 만드는 법이며, 쓰는 법 등 각종 병기와 군기의 모든 것이 들어 있을 터였다. 한참을 책 속에 파묻혀 뒤적이던 무선은 그 병서들 가운데 한 권을 들고 손을 떨었다. 그것을 누가 훔쳐 갈세라 품에 끼고 두루마기의 안자락을 뒤졌다. 금주가 비상시에 쓰라고 넣어준 은비녀를 꺼내어 상인에게 내놓았다. 관리에게 붙잡히거나 곤란한 처지에 쓰라고 넣어준 것이었다. 새삼 금주의 마음 씀과 현명함이 고마웠다.

그 책은 소문으로만 듣던 송나라의 병서였다. 송나라는 화약을 사용하여 무기를 만든 최초의 나라였다. 화약 제조 방법이 아니더라도 수군의 전함이나 투석기, 무기 제조 등의 방법이 수록되어 있을 수도 있었다.

*

무선이 없는 동안 설이는 개경의 봉은사에서 혜월 스님의 법문을 매일 들으며 마음을 다스렸다. 금주의 마음은 하루하루 조마조마했지만, 딸이 눈앞에 있으니 안심이 되었다. 무선이 돌아올 날을 기다리며 초조한 날을 보내고 있을 즈음 설이는 어미 앞에 앉았다.

"매일 법문을 듣고, 기도하면서 진실로 제가 무엇을 원하는지 마음의 소리를 듣고 싶었습니다. 이제야 그 해답을 찾은 것 같습니다."

"오냐. 네 뜻을 찾았다니 어미도 기쁘다. 그것이 무엇인지 속히 말해보거라."

금주는 무슨 말을 들어도 놀라지 않으리라, 마음을 다잡고 그 다음 말을 기다렸다.

"일신의 해탈과 나라의 구복을 위해, 속세를 떠나 국교에 몸을 바치는 것도 중요합니다. 제 꿈이기도 하고요. 하지만 아버님을 돕는 일 역시 고려를 구하는 일이며, 효도하는 길이기도 하니 서로 반대되는 길이 아니라고 보았습니다."

금주는 그 말에 설이의 손을 꼭 잡았다.

"네가 어떤 뜻으로 하는 말인지 어미가 더 헤아리지는 못하나, 네 아버지가 기뻐하실 것은 자명하구나. 고맙다."

설이는 불교의 가르침을 통해서, 생겨난 것은 모두 변화하고, 소멸의 과정을 필시 거친다는 것을 배웠다. 그것을 알면서도 한곳에 집착하는 것 역시 자신이 구하고자 하는 것은 아니라는 것을 알았다. 어머니의 웃음과 눈물을 보니 그동안 불효한 것 같아 더 죄송한 마음이 들었다. 무선이 없는 동안 화약 방을 청소하며, 아버지가 돌아오시기만 기다렸다.

무선은 그런 딸이 대견하고 고마웠다. 갑자기 세상이 모두 제 편으로 돌아선 것 같았다.

여독을 풀기도 전에 원나라에서 구해 온 책부터 단숨에 읽어 내려갔다. 그 책은 오래전 이원이 귀띔해 준 『무경총요』였다. 북송 시대에 황제의 명을 받들어 완성한 병서였는데, 금나라에게 도읍을 빼앗겼을 때 원본이 불타 없어졌다. 그 후 남쪽으로 피난 간 후의 남송 시대에 『무경총요』 부본을 토대로 다시 만들어진 책이 바로 무선이 입수한 책이었다.

송나라가 화약 무기를 만들고서도 부국강병에 소홀한 것은 크나큰 실책이었다. 통치를 쉽게 하기 위해 군인의 힘을 약화하고, 문인을 중시했다. 나라를 지킬 힘과 무기가 있었음에도 전쟁을 두려워하여 직접 싸우기보다, 조공이나 뇌물로 싸움을 무마하려 했다. 또, 거란족, 여진족, 몽골족에게 차례로 침략을 당할 때마다 다른 나라의 힘을 빌렸고, 이로써 주권을 빼앗겼다. 힘이 있는 대국이 약소한 주변국들에 의해 멸망한 것은 참으로 아이러니한 일이었고, 무선에게 자주국방의 중요성을 다시 일깨워 주는 계기가 되었다.

무선은 무경총요에 나오는 염초 만드는 법과 자신이 이제껏 했던 방법을 비교해 보며, 어디서부터 잘못되었는지 되짚어 보기 시작했다. 대체로 아버지가 구해주신 병서에 나와 있는 방법과 크게 다르지는 않았으나 작은 것 한 가지도 큰 변화의 계기가 되었으므로 그 작은 한 가지조차도 허투루 보지 않았다.

염초라는 것은 진토를 걸러서 조합해 만든 것인데, 마치 바닷가의 증기가 햇볕을 쬐면, 흰 덩이가 생기는 것과 같으니 짠맛도 소금과 똑같은 까닭에 명칭을 염초라 한다.

이 내용은 다른 병서에서 비슷하게 나와 있었다.

오래된 집안이나 혹 부엌 바닥이나 혹 마루 아래거나 혹 뒷간 벽 아래나 혹 헌 그릇장 밑에 흙을 굽은 삽으로 가만히 윗부분만 긁어 취하고 깊이 취하지 말 것이다. 서로 그 맛을 핥아 맛보면 혹 짜거나 혹 시거나 혹 달거나 맵거나 한 것, 이것이 좋으니 이와 같은 방법으로 거두어 취하라.

무선은 한 글자 한 글자를 씹어먹듯이 다시 염초 만드는 부분을 읽어 내려갔다.

염초 추출 방법을 살펴보면, 먼저 흙을 모으고 재를 받아서 같은 비율로 섞는다. 이것을 오줌에 넣어 섞고, 그 위에 말똥을 덮고, 그것이 마르면 태운다. 그리고 그 태운 가루를 물에 타서 걸러, 세 번 끓이고 식힌다.

여기까지 읽은 무선은 무릎을 쳤다. 이 흙에 재와 오줌, 말똥 등을 섞어 반년 이상 쌓아두어야 얻을 수 있다고 나와 있었다. 덕새가 장터 길가에서 분뇨 묻은 흙을 그대로 쓸어 온 적이 있었다. 그때 불꽃이 튀었던 것이 이 때문이었다.

이렇게 얻은 침전물을 뭉쳐 만든 염초를 다시 정제하는 과정을 거쳤지만, 원하는 결과는 나오지 않았다. 힘들게 얻어낸 염초를 정제하려면 추출한 원액을 여러 번 끓이고 식히며 농축하는 과정을 거쳐야 하는 데다 건조 과정까지 마쳐야 하는데, 그 과정 사이에 이물질이 들어가거나, 불순물이 생기기도 했다. 우연히 만들어진 염초도 폭발의 힘이 크지 않았다. 염초 성분이 부족해서인지, 심지에 불이 붙었다가 쉬이 꺼지며, 폭발에 이르지 못했다. 염초의 확산 성질을 높이기 위해서 또 무엇이 필요할까 고민하기 시작했다.

"재를 먼저 섞어보면 어떻게 될까?"

무선의 말에 덕새는 다시 물었다.

"뽕나무 숯에 유황을 섞으면 어떨까요?"

무선은 빙긋이 웃었다. 어릴 적 놀이가 생각났기 때문이었다. 뽕나무 숯은 타면서 불똥을 튀겼다. 그래서 아이들은 뽕나무 가지를 태운 숯을 가루로 만들어 주머니에 담아 보관했다. 저녁이 되면 막대 끝에 그 주머니를 매달고 심지에 불을 붙이면 숯가루가 타면서 불똥을 튀겼다.

"그래, 뽕나무 숯을 써 보자. 그래서 불씨를 확산시킬 수 있는 힘이 있는지 알아보자."

저녁나절이 되어 무선과 덕새는 화약 방의 마루 끝에 앉았다.

"확실히 어떻게 해야 불길을 확산시킬 수 있는지 원리는 알았는데, 지속시키는 힘이 부족하니 무엇이 문제일까?"

남은 과제는 폭발력을 키우고, 그것을 규칙적으로 일어나게 할 수 있는가 하는 게 또 풀어야 할 과제였다.

무선은 하늘 끝을 바라보았다. 벌써 수십 년을 보낸 끝에야 알아낸 미미한 성과였지만, 아무리 작아도 의미 있는 일이었다.

'앞으로 나아가고 있다. 조금만 더 참고 견디자. 그동안의 실험 일지 되살리면서 다시 검토해 보자.'

무선은 결의를 다졌다.

방으로 들어가 그날의 실험 일지를 쓰고 있는 무선에게 금주가 다가왔다.

"서방님, 마구간에서 먼지를 긁어 왔는데 쓸 수 있습니까?"

무선은 웃으며 말했다.

"고맙소. 이제 당신도 곧 염초 장인이 되겠구려."

무선의 웃음에 금주 또한 화색이 돌았다.

"그런데 오늘 실험은 어찌 됐습니까?"

"오늘 실험은 절반의 성공이오. 그래도 좋은 소식은 있소이다. 한 번의 실패는 그만큼 경우의 수를 줄여주는 게 아니겠소."

무선은 금주에게 여유 있는 웃음을 지어 보였다.

다음날 무선은 덕새와 함께 집을 나섰다. 반닫이와 가재도구 몇 가지가 덕새의 지게 바구니에 실려 있었다.

"나으리, 이건 어디 가져가십니까?"

"이걸 장에다 팔아서 황을 사려고 하느니라. 진토라면 어디서든 얻을 수 있지만 유황은 자연에서 구하기 어려우니 수입품을 사야 하네."

무선은 반달이를 팔고, 그 돈으로 황을 샀다. 돌아오는 길에 덕새에게 심부름을 시켰다. 덕새는 농사짓고 남은 짚을 이웃에서 얻어왔다. 금주는 덕새의 지게에 잔뜩 실린 것을 보고 무선에게 물었다.

"서방님, 이런 것은 무엇에 쓰자고 지고 오셨습니까?"

금주의 물음에 무선이 대답했다.

"새끼라도 꼬아서 짚신을 만들어 팔면 그 돈으로 황을 더 살 수 있을 것이오. 이제 덕새에게 가마니 만드는 법도 배울 것이오."

덕새는 놀라 물었다.

"나으리가요?"

"사람이 하는 일인데 나라고 못 할까! 덕새한테 배우면 잘할 수 있을 게야. 이거라도 해서 내다 팔면 실험을 계속할 수 있느니라."

금주는 천연덕스럽게 말하는 무선의 말에 얼굴이 달아올랐다.

"이 동네 양반 중에 아무리 가난해도 이런 일 하는 사람은 없는데, 남의 웃음거리가 되지 않을지 걱정됩니다."

무선의 목소리에 노여움이 서렸다.

"나라가 있어야 양반도 있고, 백성도 있는 거요. 나라가 어지러운데도 양반이라고 뒷짐 지고 있던 시대는 지났소. 필요한 것은 필요한 사람이 직접 얻어야 하는 거요. 그것이 수치스러울 리가 있나."

"저와 설이는 그러려니 하지만…… 하늘이 서방님의 정성을 빨리 알아주기만 바라겠습니다."

"그래. 내 기필코 꼭 만들어낼 거요!"

다음 날도 무선은 덕새와 새벽에 진토를 구하러 일찍 집을 나섰다. 그동안에도 먼동이 트기 전에 일어나 화약 방 청소를 하고, 항아리를 닦고 정리하는 일을 마다하지 않았다.

덕새는 고요한 골목길을 지나며 무선을 보았다. 무선의 귀밑머리며 눈썹이 새기 시작했다.

"나으리도 흰 머리가 많아졌습니다."

덕새의 말에 무선은 지나온 세월이 짧게 지나갔다. 혼자만의 생각이 깊어졌다.

"나으리 어린 시절이 떠오릅니다. 대장간에 도련님 찾으러 다닐 때가 좋았지요. 이렇게 젊은 날을 보낸 것이 아깝지 않으십니까?"

무선은 물끄러미 덕새를 보았다.

"네가 믿지 않겠지만, 행복한 인생이었느니라. 하고 싶은 것을 하고 있으니 그러하지. 끝내 성취하고 말 일인데, 그것이 어찌 고난이겠느냐. 사람이란 무릇 올라갈 때 자신감도 충만하고, 기쁨이 있느니라. 더 이상 올라갈 곳이 없는 사람이 가장 두려운 법이지. 언제나 올라갈 준비를 하고 있고, 올라갈 자리가 있는 사람은 결코 불행해질 수가 없느니라. 나는 아직 할 일이 많이 남은 사람이니 불행이란 것이 올 수가 없는 것이야."

덕새는 알듯도 하고 모를 듯도 한 이야기를 들으며, 그저 고개를 끄덕였다. 덕새의 마음 한구석에 옥란이 떠올랐다. 아직은 힘을 내서 살아야 할 이유기도 했다.

새벽 별이 두 사람의 머리 위를 비추고 있었다.

9. 희생

1368년(공민왕 17년) 원나라는 주원장이 이끄는 홍건적에게 무너져 몽골 쪽으로 쫓겨났다. 이후 홍무제[1]의 명나라가 탄생했다. 송나라를 화약으로 차지했던 원나라는 뛰어난 화약 무기들을 많이 개발했으나, 자신들이 개발한 그 총통으로 인해 멸망했다. 고려에서도 권력의 정점에 있었던 신돈이 죽은 후, 1371년 최영은 귀양에서 6년 만에 돌아왔다.

"나으리, 최영 장군님이 배를 탈 군인들을 모집한답니다."

마을에 다녀온 덕새가 호들갑을 떨었다. 무선은 그 소식이 자못 반가웠다.

"이제야 귀양에서 돌아오셨구나. 귀한 사람을 알아보지 못하고서 어찌 나라가 잘되겠느냐. 그렇다면 나도 내일 당장 최영 장군을 만나러 가야겠다. 내 하는 일을 알아줄 일은 그분뿐인가 하네. 내 장군을 만나, 화약 만드는 일을 계속할 수 있도록 조정에

---

[1] 홍무제(洪武帝): 주원장. 중국의 명(明)을 건국한 황제로, '홍무'라는 연호를 사용하였기 때문에 홍무제라고도 한다.

지원요청을 부탁하려고 하네. 조정에서도 최 장군의 말이라면 감히 무시 못 할 것이다. 조만간 화약은 성공할 것이야. 그날이 멀지 않았어."

공민왕이 사랑하던 아내, 노국대장공주를 잃은 후 정신적으로 의지하고 있던 신돈에게 모든 권력을 쥐여주었는데, 어찌나 횡포가 심한지 태양이 지면 달이 제왕으로 군림하는 것과 같다고, 신하들은 통탄했다. 공민왕은 그를 처형하기에 이르러, 한때 고려를 쥐락펴락하며 휘두르던 그의 운명도 막을 내렸다. 신돈은 과도한 권력욕으로 인해 충신이었던 유숙을 모함해 죽음에 이르게 하고, 자신에게 반대하는 세력들을 제거하는 과정에서 최영까지 좌천시켰던 것이다.

자나 깨나 왜구 문제를 걱정하던 최영은 복귀하자마자, 전문 수군을 양성하는 동시에, 2천 척의 배를 건조해서 왜구에 대비해야 한다고 공민왕에게 건의했다.

"우리 고려는 어떤 나라보다 더 훌륭한 선박 제조술을 가지고 있습니다. 과거 칭기즈칸이 이끄는 여몽 연합군이 가미카제[2]라는

---

2 가미카제((神風): 왜는 몽골군을 물리쳐준 태풍에 신이 도왔다고 생각하여 가미카제(신풍)이라는 이름을 붙였다.

태풍을 만나 대패했을 때, 원나라 배는 700여 척이 모두 부서졌지만, 고려의 배는 한 척도 부서지지 않고 모두 무사했습니다. 그 훌륭한 기술이 나라를 지키는 데 사용되지 못하고 있습니다.

 더구나 그동안 원나라의 요청으로 많은 고려 수군이 투입되다 보니, 정작 고려를 지키는 데는 군사력이 턱없이 부족한 실정입니다. 지금 있는 함선은 백 척도 되지 않습니다. 최소한 2천 척은 더 만들어 왜에 대비해야 합니다. 그리고 아직 해전에 대비하는, 독립된 수군이 없습니다. 지금이라도 전문 수군을 양성해야 합니다.

 내륙의 병사들은 배를 부리는 데 익숙하지 못하니, 왜구를 막아내는 데 역부족입니다. 해안에서 나고 자라 바다에 익숙한 자나, 해전에 출전하기를 원하는 자를 수군으로 훈련시키면 왜구를 깨끗이 물리칠 수 있을 것입니다."

 최영은 고려 수군의 약점을 정확히 알고 있었다. 그의 상소에 공민왕은 고민이 깊어졌다.

 실제로 고려의 대형 선박은 곡식을 3천 가마까지 싣거나, 말을 타고 달릴 수도 있을 정도의 크기인 데다, 풍랑과 태풍에 견딜 정도로 튼튼했다. 몽골과 왜는 용골에 판자를 붙이는 선형구조의 배를 만들었지만, 고려에서는 통나무를 이용하여 바닥을 두껍고 평평하게 만들었다.

 평저선은 물살의 저항을 적게 받아 방향을 바꾸는데 용이했고,

갯벌이 많은 서해안을 드나들기 쉽도록 만든 구조였다. 썰물 때 배를 갯벌 위에 올려놓은 상태로 수리를 할 수도 있었고, 항구가 아닌 곳에도 배를 정박시킬 수 있었다.

전함을 건조하는 속도 또한 탁월했다. 여몽 연합군이 왜구를 토벌할 때는 부안의 구진마을 바닷가에서 3만 5천 명을 동원해 4개월 만에 대선 3백 척, 중형선 3백 척, 보급선 3백 척을 만든 적도 있었다. 왕의 허락만 떨어진다면 군함을 만드는 데 지체할 이유가 없었다.

하지만, 권문세족 이인임의 반대는 거셌다.

"장군, 배를 만드는 비용이 어디 한두 푼으로 되는 일이요? 숱한 전쟁으로 나라 곳간이 다 말랐소. 배를 만들려면 백성들이 더 힘들어지니 대규모 선박 건조는 지금 할 만한 일이 아니오!"

최영은 격노하여 말했다.

"나라를 구하는 일보다 더 시급한 일이 어디 있습니까?"

공민왕은 최영과 이인임을 중재했다.

"대감의 말도 맞소. 대신 수군 부대를 창설하고, 육군 소속이 아닌 독립된 별개의 부대로 만들어 장군이 훈련시키도록 하시오."

최영은 낙심했으나, 수군을 모으고 훈련하는 데 온 힘을 쏟는 수밖에 없었다.

그날 저녁에도 무선은 덕새와 함께 실험을 계속했다. 한쪽에서는 진토를 재와 함께 섞고, 오줌을 넣어 다시 배합하여, 그 위에 말똥을 덮었다. 또 다른 쪽에서는 오래전에 섞어놓은 재료들이 잘 마른 것을 확인하고, 불을 붙였다. 말똥은 오래오래 타면서, 일정한 화력으로 타올랐다. 말똥이 타는 과정을 무선은 묵묵히 바라보았다. 연한 주황 불빛이 넘실거렸고, 그 불은 무선의 희망만큼이나 크게 활활 잘 타올랐다.

아궁이에서는 말똥을 태워서 만들어놓은 가루가 끓고 있었고, 시렁 위에는 서너 번을 끓여 식혀 얻은 하얀 결정을 빻아 만든 가루가 날짜별로, 조합 비율별로 구분해 올려져 있었다. 책에 있는 내용이 맞다면 그것이 염초일 것이었다.

무선은 그중 하나에서 흰색 가루를 덜어내어 그릇에 담았다. 황과 숯을 되는 데로 흰색 가루와 섞어 주먹으로 뭉쳐보았다.

"이렇게 섞은 것을 뭉쳐서 아궁이에 넣어 보자."

"혹여 잘못 터지기도 하니 조심하시지요. 나으리. 요 며칠 몸을 혹사하시는 것 같습니다. 너무 무리하시다 병이 나면 아니 됩니다."

덕새의 걱정에 무선은 호탕하게 웃었다.

"제대로 터지기만 한다면 내 목숨이 아깝겠느냐! 그 시간이 헛되지 말아야지! 목화씨를 가져왔다는 문익점 어른도 간난신고(艱

難辛苦)를 무릅쓰고 목화 재배에 성공한 것도 대단한 일인데, 요즘은 실을 뽑는 기구까지 만들고 있다고 하더구나. 백성을 사랑하지 않고서는 그 고난을 견디지 못했을 것이다. 값지게 사는 것이 어떤 건지 몸소 보여주는구나. 내 오늘 죽어도 하늘에는 부끄럼이 없지만, 이 꿈을 위해서는 죽어서도 포기하지 않을 것이야."

덕새는 미심쩍은 목소리로 낮게 말했다.

"그런데 요즘 왜구들이 조용한 게 이상하지 않습니까? 왠지 주변에서 얼쩡거리고 있다는 느낌이 듭니다. 나으리."

무선은 통쾌하게 웃었다.

"화약 소문이 나면 날수록 더 좋지. 겁을 먹고 오지 않으면 더 좋겠구나. 왜구들의 기질이라는 게 강자에게 굽실거리고, 약자 앞에서 잔인한 놈들이 아니더냐. 겁을 주어 도망치면 이 땅에 더 좋은 일이다."

무선은 무심히 손에 쥐고 있던 하얀 덩어리를 아궁이 안에 던져넣었다. 그 순간 무서운 폭발음과 함께 무선은 귀를 막고 뒤로 넘어졌다. 무엇인가 터지는 것처럼 공기가 쩍 갈라지는 소리는 화약 방의 아궁이가 깨져 날아가는 소리였다. 무선에게도 그 뜨거움이 훅 전해졌다.

"덕새야, 불이다. 불이야!"

무선이 기뻐할 사이도 없이, 요란한 소리와 함께 아궁이가 부서지고 불똥은 화약 방 전체로 튀었다. 지붕의 지푸라기에 옮겨붙은 불은 삽시간에 지붕을 덮었다.

"아, 내 실험 일지가……."

수십 권의 실험일지가 쌓여있는 시렁이 우지끈 소리를 내며 내려앉았다. 무선은 몸을 날려 그것들을 온몸으로 덮치려 했다. 무슨 일인지 다리가 움직이지 않았다.

'전쟁 통에 땅에 묻어놓았던 것을 겨우 찾았는데. 이것만은 안 된다. 안 돼.'

그런 생각 외에는 아무것도 할 수 없었다.

잠시 후 아무것도 보이지 않은 상태에서 정신이 아득해지고 있었다. 설이가 무선을 부르는 소리가 났다.

'설이야, 나는 무사하구나. 그런데…….'

의식이 점점 희미해지고 있었다. 덕새가 설이를 부르는 소리를 마지막으로 들으며 무선은 정신을 잃었다.

10. 수적천석[1]

1373년(공민왕 22년) 가을이 무르익을 무렵 공민왕은 군기감의 주부와 왕실 병력을 데리고 인월곶으로 갔다. 수평선은 잔잔하게 펼쳐져 있었지만, 그것을 감상할 만한 여유가 없었다. 비밀스럽게 이곳으로 온 것은 화전을 시험하기 위해서였다. 지난 여몽 연합군이 쓰던 화포를 입수하여, 그동안 그것을 모방하여 개발한 것이었다.

왕이 명령하자, 앞으로 나간 병사는 화살 끝에 헝겊으로 감싼 화약 뭉치를 매달았다. 축포용으로 수입한 화약을 아껴 놓은 것이었다. 화살에 불을 붙이자 불은 순식간에 타들어 갔고, 대나무 통 속의 화살은 순식간에 날아가 눈앞에서 사라졌다.

"그동안 수고 많았다. 이 정도면 성공했다고 말할 수 있겠구나."

공민왕은 화살이 사라진 먼바다를 보며 다음 화살을 기다렸다. 화약은 단 두 번의 실험으로 바닥이 났다.

---

[1] 수적천석(水滴穿石): 작은 물방울이 계속해서 떨어지면 돌을 뚫는다는 뜻.

"이렇게 안타까운 일이 있나. 화약 무기가 있어도, 화약이 없어 쏘지 못하다니……."

왕은 명나라에 사신을 보내 친서를 전달했다.

"왜구들이 고려에 들어와 소란을 일으키며 다닌 지 벌써 20년이 넘어갑니다. 그동안 고려의 연해에 있는 군대의 요새에서 병사들을 총동원하여 방어하기에 급급했습니다. 왜구를 추격하기에는 왜구의 세력이 너무 커서 가능하지 않았습니다. 이제는 수동적으로 왜구의 침입에 대해 막는 것이 아니라, 공격적으로 추격하고 섬멸하여, 백성의 근심을 덜고, 다시는 고려의 연해에 오지 못하게 해야 할 것입니다. 수군도 배도 부족하여 왜구를 무찌를 배를 더 만들어야 하고, 그 배에서 사용할 무기들도 필요합니다. 무기를 만들 수는 있으되, 화약과 유황, 염초 등은 고려에서 구할 수가 없는 것들입니다. 황제께 아뢰니 이것들을 하사해 주시어, 더 이상 이 땅에서 왜구들이 횡포 부리는 것을 막을 수 있도록 해주십시오."

사신은 얼른 돌아오지 않았다. 노심초사 기다리던 공민왕에게 한겨울이 되어서야 서신이 도착했다. 서둘러 펼쳐본 왕은 실망을 금할 수가 없었다. 섣부른 기대는 하지 않았지만, 역시나 거절은 뼈아픈 것이었다.

"그대가 백성을 걱정하는 마음은 하늘이 감명할 것이다. 진정

군주 된 도리가 마땅하다. 하지만 명나라에서 화약이 생산되기는 하나, 쓰임새가 많아 타국에 수출할 수 있을 정도의 양은 아니다. 그래도 꼭 필요한 것이라면, 염초 50만 근과 유황 10만 근을 구해서 명으로 가지고 오너라. 그러면 여기서 필요한 화약을 배합하여, 고려에 보내도록 할 것이다.

명나라와 고려는 모두 같은 하늘, 같은 태양 아래 있는데, 어찌 여기에는 있고, 거기에는 없겠는가. 이것들은 어디에나 있는데, 그것을 배합하는 방법을 모르는 것일 뿐이니, 도움을 줄 것이니라."

공민왕은 낙심했다. 애초에 고려에서 염초 생산이 어려우니, 이는 거절과 같은 뜻이었다. 염초 광산이 중국에는 있다고 하나, 고려에는 없는 데다, 염초를 만드는 방법조차 고려는 알지 못했다. 명나라는 화약으로 나라를 세웠으므로, 호락호락 무기 재료를 내어줄 리가 없었다.

뒤늦게 이 소식을 들은 무선은 마음이 착잡했다. 그렇지만 다시 화약 방으로 가는 것은 지옥으로 가는 길이었다. 화약 방이 있던 자리는 불탄 채로 남아있었다.

한동안 무선은 화약 방에 들어가지 못했다. 설이의 죽음을 받아들일 수 없었다. 설이의 주검이 무선의 마음을 무너뜨렸다. 아궁이가 터지면서 무선의 다리도 온전하지 못했다. 가슴과 다리에 남은 화상자국은 흔적만 남기고 아물어 갔으나, 무선의 방황은 계속되었다.

'미련한 나 대신 갔구나. 화약과 바꾼 내 불쌍한 딸!'

차라리 화약을 포기하고, 최영 장군의 수군에 들어갔다면 설이를 잃지는 않았을 것이다. 차라리 비구니가 되도록 내버려 두었다면 설이를 잃지는 않았을 것이다. 설이의 가슴팍에서 멀쩡히 살아있던 실험 일지가 오히려 원망스러웠다.

하나뿐인 딸마저 저세상으로 보내고 나니, 희망이고 뭐고 도무지 중요한 것이 없었다. 살아있으나 죽은 것과 같은 아내, 금주를 보살피고, 슬픔을 감내하는데 모든 에너지를 다 쏟을 수밖에 없었다. 금주는 참척의 슬픔을 이기지 못하여 실신했다. 깨어난 금주는 처음으로 무선을 원망했다.

"내 딸이 만 명의 백성보다 소중합니다. 내 하나뿐인 딸이 고려인 전부보다 소중합니다. 당신을 원망하고 싶지 않지만, 다시는 볼 수 없는 설이를 가슴에 묻을 수는 없습니다."

금주는 눈 오는 날도 마다하지 않고 설이의 무덤을 지켰다. 그것을 보는 무선의 마음은 천 갈래, 만 갈래로 피의 강이 흘렀다. 스스로 죄인을 길을 걸을 수밖에 없었고, 가슴에 화인은 사라지지 않았다. 끝내 기력을 회복하지 못하는 금주를 친정에 보내 주었다.

그러는 동안에도 왜구의 침입은 계속되었고, 나라는 급물살에 휩쓸리고 있었다. 왜구의 선박 350척이 경남 합포로 들어왔다. 고려군이 맞서 싸웠으나 5천 명의 군사가 전사했다. 또, 최영이 목호의 난을 진압하러 탐라2에 간 사이 공민왕이 시해당했다. 그러자 나라의 곳간 도둑이나 마찬가지였던 이인임이 어린 우왕을 대신하여 섭정을 시작했다.

1376년 왜구는 전라도 서부 쪽으로 침입하여 교동 강화도까지 올라갔다가 부여 공주, 옥천 등 내륙으로 들어왔다. 조운선을 이용해서 곡식을 운반하던 것을 왜구의 출몰로 내륙으로 수송하기 시작하니 왜구들 또한 진로를 내륙으로 방향을 바꾸었다. 말을 타고 다니면서 불을 질러 마을을 초토화시켰다. 시체들이 산과 들에 쌓였고, 노략질한 곡식을 운반하느라 땅에 떨어진 곡식들이 언덕을 이루었다.

산이 울부짖었다. 강이 속울음을 울었다. 바다가 붉은 피를 토했다. 아기의 숨소리마저 멎었다. 가는 곳마다 피비린내가 진동했다. 피난 가던 사람들은 길가에 펼쳐진 시신들에 걸려 넘어졌다. 힘이 없는 나라 백성들은 파리목숨이었다. 삼남 지방의 해안

2 탐라: 지금의 제주특별자치도.

마을은 사람들이 살지 않는 황폐한 땅이 되었다. 모두 왜구들을 피해 산으로 숨어 있다 어쩌다 한 번씩 뭍으로 내려와 필요한 것을 가지고 또다시 얼른 산으로 숨었다.

덕새와 무선은 화약 방을 다시 짓기 시작했다. 이제는 더 이상 물러설 곳이 없었다.

다시 일어서야 했다. 이제 이 길에서 한치도 더 물러설 곳이 없었다. 화약 방에서 『무경총요』와 실험일지를 가슴에 품고 숨을 거둔 설이에게 부끄럽지 않은 아버지가 되어야 했다. 어떻게든 화약을 만들어내야 설이의 죽음이 헛되지 않을 것이고, 딸의 영혼을 위로하는 길일 것이었다.

그동안 무선의 화약 연구 역시 진전이 있었다. 분뇨 섞인 진토를 달인 물을 몇 차례 증류시켜, 건조하는 과정에서 하얀 결정체를 얻었고, 그것의 폭발력 역시 확인했다. 큰 대가를 지불한 후였다. 하지만 규격화된 제조법이나 계량으로 가능한 수치를 찾아내지 못한 상태였다. 또 염초를 안정적으로 얻었다 해도, 책에서는 재료만 소개할 뿐 그것을 다른 재료와 어떤 비율로 어떻게 섞어야 하는지 나와 있지 않았다.

"덕새야, 염초와 황과 재의 비율이 나와 있지 않구나."

염초 가루에 재와 유황 가루를 같은 비율로 섞고, 쌀뜨물로 반죽하여 방아에 넣고 조심스럽게 찧었다. 이제는 염초와 황과 숯의 비율이 관건이었다. 첫 번째 실험은 실패였다. 폭발이 일어나기는 했지만, 순식간에 사그라들었다.

"이 정도로는 아직 모자라. 화살이 날아가려면 더 큰 폭발이 있어야 해. 폭발력을 더 세게 하기 위해서 황을 더 섞는 방법은 어떨까? 염초를 두 배로 해야 할까? 화살이 아니라 무거운 탄자도 날릴 수 있어야 하는데 어려운 일이구나."

무선은 자신이 시도했던 방법을 기록하고 결과를 적어 넣었다. 염초의 양을 조금씩 늘려가며 수십 번 실험해보았다. 몇 차례 실패를 거듭하던 무선은 강으로 나가 몸을 가누지 못할 정도로 술을 마셨다. 시간이 원망스러웠다. 이렇게 세월을 보낼 수 있는 처지가 아니었다. 정초의 결심은 다시 좌절로 인해 옅어지고 있었.

덕새가 한 노인과 함께 나루터로 무선을 찾아왔다.

"나으리, 지금 이러고 있을 때가 아닙니다. 무작정 저를 찾아와 무선 나으리에게 데려다 달라고 하였습니다."

촌로의 행색은 변변하나, 그 얼굴빛은 죽은 이와 같았다.

"왜구들을 불태우는 그런 화약은 어떻게 되었습니까? 나는 지금 살아있는 사람이 아니올시다. 어떻게 눈을 감을 수 있겠습니까. 부디 이 늙은이의 마지막 부탁을 들어주시오. 꼭 원수를 갚아 내 지옥에서라도 눈을 감을 수 있도록 해주시오."

무선은 더 울분이 가시지 않아 자괴감에 빠져있던 자신을 되돌아보았다.

"아, 이 왜놈들!"

악에 받친 단말마였다.

간밤에 무선은 잠을 뒤척였다. 꿈에서도 무선은 장마당으로 나가 똥 묻은 흙을 모았고, 가마솥에 찌고 거르는 일을, 허리도 펼 새 없이 했다. 귓등으로 설이의 울음소리가 계속되더니, 어느 순간 쫓고 쫓기는 발소리를 들었다. 누군가 허겁지겁 쫓기고 있었고, 무선 역시 그 사람을 쫓고 있었다. 그 사람의 뒷모습은 눈에 익었지만, 누군지도 모른 채 무선은 앞을 향해 달렸다. 꿈에서 깨어난 무선은 허탈한 마음으로 새벽 별을 보았다. 어린 시절 설이가 좋아했던 별이었다.

"왜 저 별은 하늘에 있나요, 아버지?"

"훌륭한 일을 많이 한 사람은 하늘에서도 별이 되어 세상을 보살핀단다."

"그러면 저도 저렇게 아름다운 별이 되겠습니다."

"허허, 아니 된다. 너는 아직 이 아비의 별이어야 하느니라."

그랬던 설이 영원히 무선의 가슴에 별이 되어 무선의 마음을 찌르고 있었다.

무선은 깨어나서도 상심한 마음을 달랠 길 없어 일찌감치 망태를 주워 들었다. 덕새도 헐레벌떡 일어나 따라나섰다.

무선은 새벽 장마당의 마소가 지나간 길을 훑으며 염초의 재료가 될 만한 흙들을 쓸어 담았다.

"저기 웬 사람이 쓰러져 있습니다."

덕새가 호들갑스럽게 무선의 팔을 끌었다. 이 새벽에 맞닥뜨릴 수 있는 광경은 아니었다. 남대가의 담벼락 근처에 누군가 쓰러져 있었다. 그 복장이 흔한 고려인의 것이 아니었다. 무선은 남자를 뒤집어 똑바로 눕혔다.

"아니 이게 뉘시더냐. 덕새야, 귀한 분이시다. 얼른 집으로 모셔야 한다."

무선은 쓰러진 사내를 등에 업었다. 덕새에게는 의원을 불러오라고 하고 서둘러 집으로 향했다. 사랑방의 아랫목에 이원을 눕히고 물수건으로 피 묻은 얼굴을 닦고 있을 때 의원이 들어왔다. 덕새는 아궁이에 불을 지피고 땔감을 넉넉하게 넣었다. 꼭 살려야 한다는 무선의 말에 의원은 자못 비장한 표정이 되었다. 의원은 피 묻은 옷을 보고 벗겨내었다. 핏자국이 말라붙은 옷은 잘 떨어지지 않았다.

"무슨 일인지 모르나, 옆구리 상처가 깊소. 하지만 급소를 피해 가서 목숨은 건질 수 있을 것이오. 다만 피를 많이 흘려 어지럼증이 있을 것이오. 내 궁귀탕과 생지금련탕을 지어줄 터이니 차례로 달여 먹이시오. 그리고 나서도 차도가 없거든 다시 찾아오시오."

의원은 지혈할 수 있도록 가루를 상처 부위에 뿌리고 베로 동여맸다. 덕새는 의원을 따라가 한약 두 첩을 받아왔다. 며칠 동안 무선의 집에서는 약 달이는 냄새가 났다. 무선은 부뚜막에 앉아 약이 타지 않도록 부채질해가며, 정성을 들였다.

다음 날 해가 중천으로 떠오를 무렵 힘없이 눈을 뜬 이원은 초점 없는 눈으로 자신을 내려다보고 있는 무선을 보았다. 몸을 움직이기 힘들었던 그는 눈을 굴려 방안을 보았다.

"여기가 어디요?"

무선은 이원의 목소리에 뛸 듯이 기뻐하며 대답했다.

"누추하지만 저의 집입니다. 며칠 전 새벽, 이원 선생이 저잣거리에 쓰러져 있는 것을 업고 왔습니다. 기억이 나십니까?"

"누구신데 나를……."

기운이 다했던지 말을 멈추고 이원은 다시 눈을 감았다.

"고비는 넘겼다고 하니 기운 차리는 데 온 기운을 쓰십시오."

저녁에야 다시 기운을 차린 이원은 앉아서 약사발을 들었다.

"이제 기억이 났소이다."

그는 고개를 끄덕였다.

"내가 벌을 받은 것 같소."

"무슨 말씀이신지요? 선생께서 말씀해 주신 책을 구해서 도움을 받고 있습니다."

"당신이 꼭 성공할 줄 알고 있었소."

"아직 완성했다고 하기에는 이릅니다. 그런데 어쩌다가 이런 변을 당하셨는지요?"

무선이 궁금증을 보이자, 이원은 나지막이 한숨을 쉬었다.

"나라를 위해 평생을 대도3에 갇혀 일했을 뿐인데, 어찌 나한테 이런 억울한 일이 생길 수가 있습니까!"

"어떤 연유가 있으셨는지 여쭈어도 될는지요?"

무선의 물음에 이원은 깊은 한숨을 쉬었다.

"이제 와서 숨길 것이 뭐가 있겠소. 나를 이렇게 만든 사람은 북쪽으로 쫓겨간 원나라의 첩자들이오. 태조가 명나라를 세우려고 원나라와 싸우던 중 화약 기술자를 데려가려고 찾아다니던 때가 있었지요. 당시 화약장과 염초장 중 일부가 반역자로 낙인찍혀 살아남지 못했습니다. 저 역시 화약 기술을 빼돌린 첩자로 오해받아 쫓기고 있었습니다. 그때 병든 노모를 위해 인삼

---

3 대도(大都, Ta-tu): 원나라의 수도(현 베이징).

을 구하러 간다고 핑계를 대고 고려로 온 것이었습니다. 여기서 숨어 살다가 그놈들한테 쫓겨 어젯밤 같은 변을 당한 것이었지요."

무선도 그 비슷한 이야기를 소문으로 들어 알고 있었다.

"원나라 황제께 전해야 할 물건들을 가로채려는 자들도 있다는 소문은 들었습니다."

"나라가 기우니, 온갖 비방과 유언비어들이 난무하기 시작한 것이지요."

일주일이 지난 후에야 이원은 혼자서 앉거나 거동을 할 수 있게 되었다. 무선의 극진한 보살핌에 오랫동안 숨어다니며 겪었던 피로와 외로움이 해소되는 느낌이었다. 무선은 아침, 저녁으로 와서 하루의 일을 들려주었다. 그동안 화약 만들기 위해 벌였던 일들과 현재 시도하고 있는 방법들을 두서없이 생각나는 대로 주고받았다.

늦은 오후가 되자, 볕이 드는 마루에서 마을을 바라보던 이원이 화약 방에서 돌아오는 무선에게 말했다.

"늦었지만 화약 방을 보고 싶군요."

이원의 말에 무선은 화색을 띠며 그를 화약 방으로 안내했다.

"이쪽으로 오시지요. 염치없이 모든 걸 가르쳐달라고 하지 않겠습니다. 다만 제가 하는 방법이 맞는지 봐주시기만 해도 큰 도움이 될 것 같습니다."

무선의 화약 방은 갖가지 냄새가 희미하게 뒤섞여 있었다. 이원에게는 이미 익숙한 냄새였다. 작은 창의 빛이 두 개의 아궁이와 부뚜막을 비추었고, 지붕 아래 나무 시렁에는 항아리들이 줄지어 있었다. 두 번 달인 것, 세 번 달인 것, 흙을 채취한 시기와 흙의 종류, 재를 섞는 비율 등, 항아리마다 이름표가 붙어 있었고, 날짜별로, 연도별로 열을 지어 놓여있었다.

화약 방 밖의 창고에도 수백 개의 작은 항아리들이 고요히 시간을 견디고 있었다. 달인 물을 거르고, 다시 달이는 과정의 반복 속에서 기다림은 가장 중요한 순간이기도 했다. 마음이 급하여, 덜 말리거나, 덜 달이거나, 급하게 거르거나 하면 늘 그보다 더 많은 수고로 작업을 되돌려야 했다.

"최 공, 당신은 정말 대단한 사람이오. 이 많은 실험을 모두 혼자서 했단 말이오!"

"새로운 것을 얻는데 이 정도의 수고 없이 얻어질 것이라 생각하지 않았습니다."

"수천수만 가지의 경우의 수만 해도 진이 빠질 텐데 그걸 중도에 그만두지 않으시다니 정말 존경스럽소이다."

이원이 회복한 후, 무선의 화약 방은 다시 활기를 띠었다. 그동안 수천 번의 실험을 해오며 기록해 놓았던 실험일지도 함께 보여주었다. 설이가 목숨을 걸고 지켜낸 것이었다. 어떤 흙으로 얼마나 달이고, 몇 번 달이고, 몇 도에서 달이고, 그것을 얼마나 말리고, 또 어떤 식으로 가루를 추출했는지에 대한 빽빽한 기록이었다.

 "최 공은 버드나무와 뽕나무 숯을 쓰시는구려. 최 공이 보여준 방법은 우리가 화약 만드는 방법과 거의 흡사하오. 그걸 혼자서 알아내다니 대단한 끈기요."

 "그런데 아직은 결과물을 안정적으로 만들지는 못하고 있습니다."

 "아직 성공을 못 한 것은 두 가지 이유가 아닐까 생각하오."

 이원의 말에 무선은 다가앉으며 물었다.

 "그 두 가지가 무엇입니까?"

 "염초에 섞인 이물질이 아마도 불꽃이 일어나는 데 방해를 하고 있을 것입니다."

 "달인 물의 찌꺼기를 더 걸러내야 한다는 말씀이십니까?"

 "그렇소. 그리고 두 번째는 그 배합 비율에서 차이가 나는 것이 아닐까 하오. 최 공이 하는 방법을 처음부터 차례대로 보여주시겠오?"

무선은 항아리에 진흙과 물을 넣고 막대로 저었다. 물 위로 찌꺼기가 둥둥 떠다녔다.

"저 찌꺼기들이 하나도 남지 않도록 몇 번이나 걸러야 하오."

무선은 흙탕물 위에 뜬 부유물들을 걷어내고 다시 가마솥에 넣고 끓이기를 며칠 동안 반복했다.

일주일이 지난 이른 새벽, 화약 방으로 간 무선은 항아리 속의 흙 속에 조그만 알갱이를 보았다. 그것을 다시 구워 물기를 없앴다. 이원의 말대로 불순물 없는 순수한 염초가 완성되었다. 무선은 그것을 입에 넣고 맛을 보았다. 짜고 쓰고 오묘한 인생의 맛이었다. 이제껏 달려온 세월이 주마등처럼 지나갔다.

무선은 이원을 껴안았다. 이제 화약에서 가장 중요한 재료인 염초를 확실히 만들 수 있게 되었다. 이제 백성들이 두려움 없이 살 수 있게 될 것이다. 무선은 이제부터 해야 할 일이 많아졌음을 깨달았다.

몸을 완전히 회복한 이원은 무선에게 하직 인사를 했다.

"고려의 국운이 최 공에게 달려있소. 부디 외세로부터 나라를 지키고, 백성을 지키고, 수많은 원혼을 달래주시오. 또 나루터에서 보았던 아이들이 더는 나오게 해서는 안 되지요."

무선은 이원의 손에 가죽신과 노자와 먹을 것을 챙긴 바랑을 들려주었다.

"이원 선생은 이제 어디로 가십니까?"

"나도 이제는 내 나라로 돌아가야 할 듯하오. 가족이 그립소. 가서 죽든 살든 그곳에서 인생을 정리하려 하오."

"언제든 고려로 다시 오시는 날을 고대하겠습니다."

무선은 아쉬워했다.

벽란도 나루터는 여전히 상인들로 붐볐다. 단출한 차림의 이원이 배에 올랐다. 그의 마음가짐만큼이나 가벼운 짐이었다. 한 나라의 흥망성쇠를 같이 한 이원의 운명도 참으로 기구했다. 무선은 이원이 보이지 않을 때까지 손을 흔들었다.

다음날 무선은 염초와 유황과 재의 양을 저울에 달아 섞어 버무렸다. 이원은 염초 장인이라 화약의 비율에 대해서는 정확하게 알지 못한다고 한발 물러났다. 다만 염초를 구우면서 귀동냥한 것을 무선에게 실험해 볼 것을 권했다.

무선은 쌀뜨물을 넣고 나무절구에서 그것들이 부드럽게 섞일 때까지 찧었다. 조금만 힘을 가하면 폭발할 수 있기에 큰 주의가 필요했다. 그런 작업을 통해 재료들이 검은 반죽처럼 부드러워지면 폭발력을 갖춘 화약이 되고, 이것을 잘 말리면, 그 폭발이 추진력이 되어 화살이나 포탄이 날아가는 화약이 될 것이었다.

나무절구의 달그락거리는 소리에 마음을 담아 염원을 빌었다. 고려 백성의 한과 설이의 비통함과 옥란에 대한 안타까움, 금주에 대한 미안함이 무선의 손에서 반죽으로 흘러들었다.

무선은 각기 다른 비율로 조합한 화약 덩어리를 여러 개 준비했다. 염초의 양을 4분의 1, 4분의 2, 4분의 3분 등으로 조절하고, 그 나머지를 황과 숯으로 채워 넣었다. 화약마다 도화선의 길이도 달리하여 구분 지어 놓았다.

"저도 같이 가면 안 될까요?"

화약 뭉치를 넣은 보자기를 조심스레 싸고 있을 때 덕새가 물었다.

"아직은 아니 된다. 지난번처럼 실수한다면 더 큰 일이 생길 거야. 오늘은 혼자 다녀오마."

"알겠습니다, 나으리. 부디 몸조심하시고 꼭 성공하기를 빌겠습니다."

무선은 온몸을 정갈하게 목욕하여 깨끗한 옷으로 갈아입었다. 만들어 놓은 화약 뭉치 세 개를 조심스레 베보자기에 감싸 들고 산 아래 빈 들판으로 갔다. 가을의 산들바람이 무선의 뺨을 스쳤다. 멀리 자작나무가 희부옇게 보였다. 오늘이 왠지 역사적인 날이 될 것 같았다. 그 전초를 천천히 음미하고 싶었다.

첫 번째 화약 뭉치를 단 심지에 불을 붙여 힘껏 던졌다. 무선은 동시에 머리를 땅에 박고 귀를 막았다. 1초, 2초, 3초, 예상했던 시간보다 지체가 되었다. 십 여초가 지나도록 반응이 없자 무선은 조심스럽게 화약이 떨어진 곳으로 달려갔다. 심지는 다 타 들어 갔지만 화약은 터지지 않았다.

무선은 실망하지 않고 두 번째 화약 뭉치에 불을 붙였다. 같은 장소에 두 번째 화약을 던지고 얼굴을 묻었다. 다시 수 초의 시간이 흘렀다. 무선이 실망한 얼굴로 고개를 들려는 순간 꽝 소리가 났다. 그 폭발음이 들고, 무선은 그 자리에 주저앉았다. 눈으로 보았으나 믿어지지 않았다. 연기가 가시는 것을 기다렸다. 폭발이 일어난 곳으로 달려간 무선은 흩어진 나무 둥치와 뿌리째 뽑힌 관목들에서 작은 연기가 피어오르는 것을 보았다. 폭발의 현장을 눈으로 보는 것은 처음이었으나, 그것만으로도 성공했다는 것을 짐작할 수 있었다. 흥분을 가라앉혔다. 마지막 하나가 남아있었다.

무선은 폭발이 일어난 지점보다 더 멀리 나머지 화약 뭉치를 마지막 힘을 다해 날렸다. 있는 힘껏 반대편으로 달렸다. 몸을 숨길 사이도 없이 화약은 땅에 닿자마자 터져 천지를 진동시켰다. 공기가 무서운 힘으로 갈라지는 소리였다. 굉음과 함께 돌 파편이 사방으로 튀었다. 하늘에서 돌가루가 비처럼 쏟아졌다. 시간이 멈춘 것 같았다. 무선은 땅바닥에 엎드린 채 한동안 그 광경을 보느라 일어나지 못했다. 기쁨도 잠시 무선의 눈에서 한없이 눈물이 흘러내렸다.

"설이야, 보고 있니?"

무선은 하늘을 보았다.

"고맙구나. 하늘에서도 나를 돕고 있구나."

이런 신기하고 귀한 순간을 혼자서만 본 것이 원통할 지경이었다.

"이제 이 화약으로 네놈들을 몽땅 다 날려 보내고 말 테다."

허공을 향해 소리쳤다.

덕새가 허겁지겁 뛰어왔다.

"이것이 화약이 폭발하는 소리 맞습니까?"

덕새는 검게 변한 땅을 향해 뛰어갔다.

"땅이 한 자나 패였습니다. 정말 대단한 위력입니다."

무선도 달려가 흙이 팬 자국을 확인했다.

"이제야 제대로 성공한 것 같구나. 드디어 오늘 같은 날이 왔구나!"

"이거라면 왜구들도 꼼짝 못 할 것입니다. 이제 옥란만 돌아오면 저는 죽어도 한이 없겠습니다."

덕새는 말했다.

무선은 설이의 무덤에 화약이 터지고 난 파편을 묻었다. 아비가 약속을 지켰음을 보여주고 싶었다.

"보고 있느냐! 사랑하는 내 딸. 오늘도 너를 보고 싶어 찾아왔구나. 이승에서 아비의 일이 다 끝나면 그때 너를 보러 가마."

무선은 설이의 무덤을 쓰다듬고, 풀을 뽑으며 설이가 살아있는 것처럼 말을 건넸다. 바람이 불어 찔레 이파리가 살짝 흔들렸다. 설이의 고갯짓 같았다.

해 질 무렵 덕새와 무선은 나란히 벽란도 나루터에서 먼바다를 보았다. 노을이 아름답게 지고 있었다.

"이 얼마나 아름다운 강이냐. 이제 이 고려의 강과 바다를 지키고 고려의 백성이 두려움 없이 살게 될 것이다. 어떤 외적도 이 땅에 발을 못 붙이게 할 것이다. 힘이 없으면 백성이 울부짖는다. 힘이 있어야 백성이 웃는다. 이제부터는 달라질 것이다."

꿈을 이룬 자만이 가지는 신성함이 무선의 표정에 서렸다.

무선은 눈을 감았다. 부드러운 바닷바람이 그동안의 과정을 모두 위로해 주는 것 같았다. 그 순간 무선은 살아가면서 느끼는 시간의 위대함을 보았다. 긴 시간이 무선에게 보답을 한 것이었다. 하늘을 보았다. 설이의 웃는 모습이 구름이 되어 나타났다. 설이를 생각하자 다시금 눈물이 솟았다. 하지만 무선은 눈물 대신 이를 깨물고 주먹을 쥐었다.

2부

11. 자작나무의 인내

 1376년(우왕 2년) 동, 서, 남해를 아우르는 한반도 전체에 왜구들이 들끓었다. 무선은 마음이 급했다. 화약을 양산할 수 있도록 서둘러야 했다. 도평의사사에 화약 만들기에 성공했음을 알리고, 화약 무기를 만들 전담 관청을 신설해달라고 상소했다.

 고려의 백성으로서 폐하께 엎드려 상소합니다.
 아뢰옵기 황송하오나, 화약과 화약 무기를 만들 전담 부서를 만들고, 화약 실험을 할 수 있도록 지원을 해줄 것을 바라옵니다. 북쪽 오랑캐와 왜구를 무찌를 수 있는 방법은 화약을 개발하여, 화약 무기를 사용하는 것뿐입니다. 특히, 왜적 떼가 고려 땅에 들어서지 못하도록 하려면, 바다에서 이들을 공격해서 격파할 수 있는 특별한 무기가 절실히 필요합니다. 그동안 적선에 접근하지 않고도 적을 물리칠 수 있는 방법을 연구했는데, 그 유일한 방법이 화약입니다. 원나라 역시 화약의 힘을 등에 업고 횡포가 이만저만이 아닙니다. 제 일생을 바쳐 이제 그 화약을 만들어 내는 방법을 개발했으나, 화약과 화약 무기의 양산에 더 큰 힘이 필요합니다. 외적을 물리치고, 나라에 조금이나마 힘이 되고자 이 상소문을 올리니 삼가 굽어살펴 주시옵소서.

병진년 7월, 최무선 올림.

상소를 올린 지 한 달이 넘도록 소식이 없었다.

"덕새야, 오늘도 소식이 없느냐?"

우왕은 왕비의 죽음으로 인해 실음에 빠져있어, 나랏일에 소홀했다. 도평의사사의 관리들에게도 같은 요청을 했으나, 누구도 무선의 말을 믿어주지 않았다.

무선은 무관 출신의 관리 경복흠을 찾아갔다. 경복흠은 공민왕을 도와 기철을 처단했고, 덕흥군 세력이 쳐들어왔을 때 공을 세운 무인 출신의 좌시중이었다.

"대감, 저 최무선이 화약을 만들어내는 데 성공했습니다. 이제 화약을 대량 생산하고, 화공 무기 실험에 전력을 기울여, 무기 개발에도 힘을 써야 할 때입니다. 화약 실험을 하고 무기를 생산할 수 있도록 도와주십시오."

"왜 화포가 아니면 안 된다 하는가? 지금 전쟁으로 물자가 부족하여, 화포를 생산하는 데 필요한 쇠를 구하는 것도 많이 어려울 것이오."

"싸움에서는 방어만 해서는 안 되옵니다. 특히나 해전에서는 더 그렇습니다. 적극적으로 공격하여, 도발의 시도조차 못 하게 하는 것이 전쟁으로 인한 백성과 병사들의 피해를 줄이는 것입니다. 화포는 그래서 필요합니다. 우리의 배는 왜의 배와 다르게 선체가 높고 크고, 무기와 장비를 많이 실을 수 있습니다. 배에 화약과 무기를 실어야 합니다. 활은 사거리가 짧아 제약이 많습니다. 여러 적을 동시에 제압할 수 있는 화약 무기가 있어야 합니다."

고려는 원거리 전술로는 불화살이나 불 뭉치를 이용하여 적선을 불태우는 전법을 주로 사용했다. 그러나 불화살은 멀리 날아가지 못했고, 가다가 꺼지기도 했다.

"그대가 생각하는 방책을 자세히 설명해보시오."

"고대로 해전에서는 주로 세 가지 전술이 쓰이고 있습니다. 첫째는 뱃머리에 뾰족한 쇠기둥을 박아넣어, 적선에 가까이 갔을 때 선체를 공격하여 침몰시키는 것이고, 그보다 더 가까워졌을 때는 적선에 배를 붙이고 타고 넘어가 싸우는 것이 두 번째이고, 마지막으로는 적선에 접근하기 전에 불화살 같은 무기를 날려 적선을 불태우는 것입니다.

고려가 첫 번째 충각 전술과 세 번째 원거리 화살을 주로 쓴다면, 왜는 두 번째 백병전으로 승부를 걸고 있습니다. 고려는 절대적으로 불리한 위치에 있습니다. 불화살은 적선이 적정 거리 안에 들어와야 효과가 있습니다. 너무 멀리 있을 때는 불화살의 낭비가 심하고, 운이 좋아 적선에 명중해도, 바다 한복판에서는 작은 불을 끄는 데는 어려움이 없습니다. 또, 선체 자체가 젖어 있어 크게 효과를 보지 못하는 데다, 왜구의 배는 가볍고 빨라서, 재빠르게 접근해 백병전으로 몰고 갑니다.

그러니 왜구를 막기 위해서는 오직 강력한 폭발력과 높은 열을 내는 화약을 원거리에서 이용함으로써만 해결될 수 있습니다."

"그대의 소문은 듣고 있었소. 내 직접 전쟁터를 겪은 경험으로 보아 그대의 말에도 일리가 있소. 하나 명나라에서는 화약 수출을 금지해 화약을 더 들여올 수 없으니 원나라에 청해보리다. 나 역시 나랏일이 이만저만 걱정이 아니니 힘을 모아보세나."

명나라에 쫓겨 북쪽 몽골 지방으로 간 북원은 힘이 약해진 탓에 고려의 화친에 거절하지 못할 터였다.

하지만 북원에서 받은 화약으로는 일회성 시험에 그칠 따름이었다. 화약의 부족으로 화포 개발은 더 이상의 진전을 보지 못하고 다시 한 해를 흘려보냈다. 그동안 무선은 계속하여 조정의 힘 있는 관리들에게 지원을 요청했으나, 아무도 귀 기울여 주지 않았다. 그럴 때마다 최영 장군이 떠올랐다.

최영은 노구를 이끌고 왜구 토벌을 위해 동분서주하고 있었다.

왜구들은 최영을 피해, 서해와 동해를 빙빙 돌다가 그가 없는 쪽을 골라 침투하거나, 최영을 유인한 후, 수도 개경을 노리기도 했다. 이에 해안 지역에 50리 간격으로 소규모 방어 기지를 만들어 왜구를 막았다. 하지만 왜는 허술한 틈을 뚫거나, 연해를 배회하다가 불시에 기습 상륙하는 수법을 썼다. 해안의 고려군을 습격하고, 해안 마을을 약탈하여 재빠르게 배로 도망쳤다.

사방의 적을 모두 막을 수 있을 만큼 고려의 군사는 넉넉하지 않았다. 그동안 몽골의 침략에 군사력을 많이 소진한 데다, 여몽 연합군을 지원하는데, 고려의 배와 수군을 소모했다. 또 왜는 전략적으로 첩자들을 통해 고려의 행정을 염탐하여 고려의 기밀을 빼냈다.

어느 날 포졸들이 무선의 화약 방으로 들이닥쳤다.
"이 반역자를 오라로 묶어라."
포졸들은 화약 방의 아궁이 앞에서 부채질을 하고 있던 무선의 양팔을 잡아 새끼줄로 동여맸다. 덕새가 포졸들에게 매달리다 이영구의 발밑에 꿇어앉았다.
"만호 나으리, 그게 무슨 소리입니까? 반역자라니요? 우리 무선 나으리를 잘 알고 있지 않습니까?"
무선 역시 큰 소리로 그들을 나무랐다.

"내 평생 한 일이라고는 화약을 만드는 것뿐이었는데, 그게 어찌 죄가 된다는 말이오?"

무선의 말에 포졸의 우두머리가 호통을 쳤다.

"북원과 내통하여, 나라의 기강을 어지럽히고 기만하였는데도, 그 죄의 무거움을 모른단 말이냐?"

이영구는 이원이 무선의 집에 묵었던 것을 빌미 삼아 무선을 북원의 첩자와 밀통했다고 몰아가는 것이었다.

부정부패에 여흥으로 타락해가던 문무 대신들은 무선을 질투하고 모함했다. 이인임은 그즈음 무선이 조정을 상대로 상소 올리는 것을 알았다. 비상한 책략가인 그는 무선이 드디어 화약을 완성했고, 조만간 그 모습을 드러내리라는 것을 알고 있었다. 과거에 무선이 화약을 만드는 데 도움을 요청했을 때 거절한 것이 마음에 걸렸던 그는 이영구로 하여금 무선을 역적으로 몰아 옴짝달싹 못하게 하도록 사주했다. 그 나머지 일은 이영구의 하수인 염 씨가 짠 계략이었다. 염 씨는 호시탐탐 무선을 엿보며, 화약이 만들어지는 과정을 노심초사 주시하고 있었다.

"뭣들 하느냐? 화약 방을 모두 불태워라!"

이영구의 말에 무선은 소리쳤다.

"무슨 말이오? 나는 나라 법을 어긴 적이 없소. 내 힘으로 만든 화약이란 말이오."

포졸들은 무선의 말에도 아랑곳없이 밧줄로 옭아매고, 들고 있던 불방망이를 화약 방 문과 시렁, 아궁이 할 것 없이 닥치는 대로 휘둘렀다. 불은 나무 장작과 지푸라기에 옮겨붙어 활활 타올랐다. 펑, 펑 소리를 내며, 항아리들이 깨졌다. 무선이 그동안 시간을 달리하며 말리고, 달이고, 거른 찌꺼기들을 보관한 항아리들이 하나, 둘씩 터져나갔다. 설이가 목숨을 걸고 지킨 화약 방이었다.

펑, 펑, 펑.

항아리들이 깨지는 소리가 들릴 때마다 무선의 몸과 정신이 아득해졌다.

무선은 초인적인 힘으로 양팔을 뿌리치고 화약 방 안으로 뛰어 들어가려 했다. 화약 일지의 일부는 홍건적의 침입 때 땅에 묻었지만, 새로운 작업 일지가 화약 방에 그대로 있었다. 불타는 화약 방 문을 뚫고 들어가려 할 때, 문이 내려앉았다.

*

그즈음 우왕의 근심은 끊일 날이 없었다. 왜구들의 수가 줄어들지 않는 것은, 중앙 정부의 통제를 받지 않는 호족과 무사 집단이 고려를 약탈하여 지방 세력을 키우려 했기 때문이었다. 한 달에 한 번꼴로 수십 척에서 수백 척의 배를 이끌고 왜구들이 침입했다. 그동안 약탈당한 조운선만 해도 200여 척이 넘었다. 그들은 고려왕의 영정을 약탈하는 행위도 서슴지 않았다. 고려군의 사망자 수는 수천에 이르렀다.

"왜구의 침입으로 죽임을 당해 쓰러진 고려 백성의 시신이 너무 많아 차마 눈 뜨고 볼 수가 없구나. 양광도 원수도 살아남지 못했다는 데 조정에서는 무엇을 하고 있느냐?"

"황공하옵니다. 폐하!"

"지금 그런 말을 듣고 싶어서 하는 말이 아니지 않느냐! 왜구들이 곧 개경을 칠 것이라고 호언장담하고 다닌다는데 무슨 방도를 내어놓아 보아라."

"아직 고려는 수군을 양성하는 처지인데, 내륙의 군량미보다 두 배는 더 들어간다 하옵니다. 재정이 부족하여 배를 건조하는 데도 시간이 필요하여 수군을 급파하는 데 실패했다 하니, 적의 전세에 따라 판삼사사 최영 장군을 출정시킬까 하옵니다."

"지금 적의 전세는 어떠한가?"

"왜구는 양광도에서 도망쳐 공주를 거쳐 논산으로 향하고 있사옵니다. 그리하여 최영 장군이 출정 준비를 기다리고 있사옵니다."

"최 장군은 이미 예순이 넘지 않았는가? 내 차마 그것을 허락할 수는 없노라."

"당장 최영 장군 외에는 내륙의 왜구들을 막을 자가 없사옵니다. 이성계는 북방의 외적 떼를 몰아 나가는 중이라 출정에 시간이 걸립니다. 그리고 최영 장군의 의지가 확고합니다. 폐하의 허락을 꼭 받아달라고 청하였습니다."

우왕의 윤허를 얻은 최영은 각 도의 장수들에게 명령했다.

"사직의 존망이 이 싸움에 걸려있다. 고려의 전 군사를 동원하여라."

최영은 개경에서 10킬로 떨어진 해풍군에 동원할 수 있는 최대의 병력을 배치했다. 왜구들은 최영의 군대만 물리치면 개경을 바로 함락시킬 수 있었기에, 겁 없이 덤벼들었다. 그동안 소진한 군사력으로 인해 최영의 군사는 왜구의 수에 비해 턱없이 부족했다. 최영은 물러서지 않았다. 매복하고 있던 왜구의 화살에 입술을 맞아 수염이 온통 붉게 물들었지만, 입술에 박힌 화살을 뽑아내고, 자신을 저격했던 왜구를 향해 화살을 날렸다. 왜구의 비명을 들으며, 앞으로 돌진하니 적들은 바람에 쓰러지는 촛불 같았다. 백전백패의 노장이었다.

*

차가운 바닥에 칼을 쓰고 있는 무선의 눈앞에 시뻘건 바다가 피를 품고 울고 있었다. 고려 백성의 억울한 원한과 치욕을 품고 있기에 어찌 고요할 수 있으랴! 힘없는 나라 백성이 겪어야 하는 참담함에 힘을 키워야 함을 알면서도, 그것을 실현할 만한 힘이 부족하기에 더 통탄할 노릇이었다.

무선은 화약 무기를 북원으로 빼돌렸다는 누명과 함께 옥에 투옥되었다. 개경의 서린방[1] 근처 대리시[2]의 감옥이었다. 화약방 안으로 뛰어든 무선 위로 덮치는 불벼락을 덕새가 가까스로 밀쳐 막았다. 덕새는 제 몸으로 무선의 옷에 붙은 불을 껐다.

이인임과 그 무리를 떠올리자 다시금 무선은 분노가 치밀었다. 심약한 이영구가 혼자서 꾸민 일이 아니라는 것은 누구보다 무선이 잘 알았다. 세상에서 권력보다 추악한 것은 없었다. 탐관오리들은 오만방자하게 회초리를 들며 백성들의 재물을 끌어모으고, 그것도 모자라 무선을 모함했다. 이인임도 한때는 구국 영웅이었다. 홍건적이 두 번째로 쳐들어와 개경이 함락되었을 때, 다시 개경을 탈환하고 공민왕이 궁으로 돌아오는데 이인임의 공이 컸다. 그 일로 포상을 받고 최고 관직에 오를 수 있었는데, 그것이 독이었다. 그는 자신이 가진 권력으로 매관매직하며 약탈을 자행하

---

1 서린방: 개경 8방 중 하나.
2 대리시: 고려시대 형옥에 관한 일을 맡아본 관청.

고 부귀와 영달을 취했다. 이제는 우왕을 좌지우지하며 고려를 농락하고 있었다.

'도무지 진짜 나라를 구할 자 누구냐! 나라를 위해 목숨을 버릴 자 누구냐!'

무선의 울분이 큰 만큼 최영 장군의 존재가 더 절실했다. 그의 청렴함은 온 나라가 다 아는 사실이었다. '황금 보기를 돌같이 하라'는 선친의 글귀는 최영의 방 한가운데 있었다. 그 글귀가 형형하게 그의 방을 밝히고, 마음의 삿된 욕망을 다스리고, 자체로 빛이 나게 해주었다. 또 겸손하기까지 한 최영은 자신의 공을 자랑하지 않았다.

전투에 승리한 최영에게 우왕은 문하시중 벼슬을 내리려 했으나 사양했다. 자신이 관리직에 오르면 전쟁에 직접 참여하기 어려우니, 나라가 완전히 평정을 되찾은 연후에 받겠다고 미루었다. 최영은 명실상부 고려 최고의 명장이자, 명성에 걸맞은 인격의 소유자였다. 무엇보다 고려의 최고 장수이고, 화약을 필요성을 알고, 무선을 뒷받침해 줄 유일한 동아줄이었다. 그 나머지는 모두 눈이 있어도 제대로 보지 못하는 눈 뜬 소경의 무리였다.

'어서 최영 장군을 만나야 한다.'

무선의 바람은 쉽게 이루어지지 않았다.

눈을 부릅뜨고 앞으로 나아가기로 마음먹자 옥 안에서 새로운 것이 눈에 들어오기 시작했다. 옥 바닥의 흙이었다. 염초 만들기에 적당한 진토였다. 그 진토를 소중히 한쪽으로 긁어모아 놓고, 바닥에 함선의 모형을 그리기 시작했다. 바다에서 화약을 쏠 수 있는 화포를 만들고, 그 화포를 배에 실어야 한다. 지금의 배도 튼튼하지만, 화포의 무게와 화포를 쏘았을 때의 반동을 견딜 수 있어야 한다. 균형을 잃고 배가 침몰할 수도 있고, 방향이 비틀리면서 목표물에 정확하게 가 맞지 않을 수도 있다. 무게 중심을 잡고 하중을 견디기 위해 무거운 돌을 배의 밑바닥에 넣어야 할 것이다. 무선은 함선 연구에 골몰하면서 옥중 생활을 버텨나갔다.

'감옥 밖에 자작나무가 보이다니 얼마나 행운이더냐. 저 나무는 너무 작아 용케 아직 살아남았구나. 저 나무도 커지고 둥치를 가지면 베어지겠지. 그래도 저 자작나무 같은 사람이 되고 싶구나. 죽어서도, 살아서도 도움이 되는 삶이다. 껍질은 화선지 대신이오, 몸은 가구가 되고, 약재가 되어 해독하고, 사람을 살린다. 그 성질은 또 얼마나 꼿꼿하더냐! 한겨울 북쪽의 칼바람을 맞을 때 제 몸의 수분을 말려서 얼어 죽지 않고, 봄이 되면 다시 싹을 틔운다 하지 않느냐! 이제는 땔감으로도 쓸 수 없을 정도로 왜구들이 모두 훔쳐 가 버렸지만, 어딘가는 자작나무 씨앗이 흩어져 있을 테고, 베어져 버린 나무 둥치에서 곁가지가 나와 자라고 있을 것이다. 나 역시 다시 일어날 것이다. 모든 것이 다 불타고, 사라져 버려도 내 머릿속에 있는 것은 훔쳐 가지 못할 것이다. 내가 살아있는 한, 내가 살아남는 한. 몸이 다쳐도 정신만 올곧으면 다시 일어선다. 겨울바람이 내 몸을 얼려도 나는 살아날 것이다.'

무선은 머릿속으로 그동안 무수한 실험과 이원의 도움으로 익힌 방법을 되뇌며, 누명을 벗고 밖으로 나가 해야 할 일을 하루도 빠짐없이 기억하고, 또 되새겼다. 또 틈틈이 상소문을 올리는 것도 게을리하지 않았다.

날마다 덕새와 금주가 찾아왔다. 첫날 금주는 울기만 했다.

"금주, 당신이 찾아와주었구려."

"서방님, 몸이……."

앙상하게 말라버린 무선의 몸을 보고 금주는 눈물을 감추지 못했다. 분뇨와 오물 냄새가 나는 좁은 곳에서 무거운 형틀을 목에 건 무선의 몰골은 보기만 해도 살아있는 사람 같지 않았다. 눈빛만이 시퍼렇게 빛났을 뿐이었다. 다행히 대리시의 형리들은 무선을 다른 죄인처럼 다루지 않았다. 옥에 갇혀있지만, 날마다 정좌하고 몸가짐을 허투루 하지 않고, 늘 골똘히 생각하고, 흙에다가 무엇인가를 그리고 쓰는 등, 여느 선비의 일상처럼 정갈한 것을 형리들도 눈여겨보았다. 나라가 어지러울 때는 충신이 억울하게 누명을 쓰거나, 모함을 받아 옥에 갇히는 일이 많다는 것을 형리들도 알고 있었다.

"너무 슬퍼 마시오. 육신의 껍데기가 아직 마음을 해칠 정도는 아니오. 그보다 이렇게 당신이 와주니 반갑고, 고맙소. 내 당신에게는 죄인의 마음일 뿐이오."

덕새의 등에는 화상자국이 선명했다.

"고맙구나. 덕새야. 너는 내 생명의 은인이다."

"제가 할 수 있는 일이었을 뿐입니다. 그런데 이제는 더 힘이 없습니다."

덕새는 이인임을 찾아가 읍소하며 무선을 풀어달라 사정했지만, 곤장만 맞고 쫓겨났다.

"조금만 더 기다려 주십시오. 제가 나으리를 꼭 구해내겠습니다."

덕새는 양반들에게는 도움을 청할 수 없다는 생각에 마을 사람들을 불러 뜻을 한데 모으고 있었다.

다음날, 마을 사람들은 대리시 관아 문 앞에 무릎을 꿇었다.

"화약 만드는 일은 나라를 부강하게 하는 일이며, 아래로는 왜구들에게 한 맺힌 백성의 한을 푸는 유일한 방편인데, 어찌 그것이 죄가 될 수 있다고 할 수 있습니까!"

"죄 없는 무선 나으리를 풀어줄 때까지 우리는 여기서 기다리겠습니다."

금주도 날마다 옥으로 찾아왔다. 손에는 형리들에게 줄 음식과 무선을 위한 옥바라지 물건들을 담은 커다란 꾸러미가 들려있었다. 무선은 누구보다 금주가 반가웠다. 아직도 자신을 믿어주고 있는 이가, 아내라는 것이 감격스럽기까지 하였다. 설이의 죽음 후 늘 미안한 마음으로 다가서지 못하고 있는 무선에게 금주는 더 없이 힘이 되어주었다.

"서방님, 설이의 죽음을 헛되지 않게 하십시오."

무선은 금주의 손을 꼭 잡았다.

"내 기어이 불타버린 실험일지를 모두 되살릴 거요. 설이의 목숨과 바꾼 그것을 어찌 잊어버릴 수 있단 말이오. 예로부터 눈이 와야 소나무의 푸르름을 알 수 있다 하지 않소. 이런 시련이 내게 오히려 힘을 줄 것이오. 이렇게 주저앉으면서 내 어찌 나라를 위한다 할 수 있겠소. 고려의 국운이 아직 다하지 않았소. 최영과 이성계 장군처럼 나를 믿어주는 이가 있으니, 희망은 있소."

금주는 눈물을 흘리며 고개를 끄덕였다.

"반드시 그렇게 될 것입니다. 지금 밖에는 온 마을 사람들이 서방님을 구하고자 상소를 하고 있습니다. 하늘이 응답할 것입니다."

무선의 표정에 더 의지가 서렸다.

"백성은 물과 같아 약해 보여도, 그 물이 모여 배를 띄우기도 하고, 뒤집기도 하지. 백성들의 힘이 내게 큰 의지가 되오. 내 운명 또한 백성들의 운명과 같이 할 것인데, 어찌 주저앉을 수 있겠소. 어떤 운명의 가시덤불도 내 무섭지 않소."

최영은 뒤늦게서야 무선이 옥에 갇혀있다는 소식을 들었다. 이 제나저제나 무선의 화약 소식을 기다리고 있었는데, 무슨 날벼락이란 말인가! 수군을 창설하고, 해상전에 대비하기 위해서는 화약이 무엇보다 절실했다. 동에 번쩍 서에 번쩍, 하는 왜구들의 뿌리를 없애려면 화약 외에는 방법이 없다는 것을 알았다.

"여봐라, 최 공 들라 하라."

최영의 분부에 무선은 기쁜 마음으로 그토록 보고 싶은 최영 장군을 알현했다.

"내 그대를 빨리 찾지 않은 것을 용서하시오, 그리고 이 일에 대해서도 내가 대신해서 용서를 구하오. 자네를 못 알아보는 관리들이 까막눈이요. 그래도 오늘 같은 기쁜 날이 또 있을까! 드디어 그대의 화약을 보게 되었으니 내 천군만마보다 든든하오."

무선은 최영을 만났다는 기쁨에 더 힘이 났다.

"나라를 사랑하는 백성들의 뜨거운 진정에 제 작은 마음이나

마 보태려고 했을 뿐입니다. 이제 화약이 완성되어 그 염원을 풀게 되어 저 역시 기쁩니다."

"그대는 정말 큰일을 했소. 내가 전장에서 백발이 되도록 쌓은 공보다 더 클 것이오. 나라와 백성을 위한 그대의 공은 후세에 길이 남을 것이오. 이제 나를 도와 왜구를 물리치세."

최영은 다시 무선을 모함한 이영구와 그 하수인 염 씨를 불러 들였다.

"네 이놈, 고려의 신하 된 자로써 어찌 나랏일을 도와주지는 못할망정, 군력을 다지는 일을 방해하고, 무고한 사람을 역적으로 몰아 사지로 보내는가! 네 죄의 크기는 하늘보다 더 크다. 마땅히 벌을 받아야 한다. 더구나 이 마을의 군적을 조사해 보니, 미심쩍은 부분이 많구나. 왜구들이 창궐하는 위기에 군기가 흐트러져 있는데, 어떻게 백성을 보호하고, 마을을 지켜내겠는가! 더구나 그 와중에 주지육림3을 즐기는 것이 어찌 신하 된 도리라 할 수 있겠는가! 그 죄가 가볍지 않으니 마땅히 중벌을 내릴 것이니 참회하고, 나라를 위해 전장에 나가 목숨을 바치는 것이 옳을 것이다."

---

3 주지육림(酒池肉林): 술이 연못을 이루고 고기가 수풀을 이룬다는 뜻으로, 매우 호화스럽고 방탕한 생활을 이르는 말.

이영구는 머리를 조아렸다.

"네 이놈 염 씨 듣거라. 너는 일찍이 왜구로 이 땅에 들어와 노략질하다 어린 나이로 잡혔다 하더구나. 마음을 고쳐먹고 고려 땅에 살게 해달라고 하여, 목숨을 앗지 않고 허락을 해주었음에도 왜구와 내통을 하였느냐. 은혜를 원수로 갚는 첩자의 행태는 용서받지 못할 것이기에 효수형에 처하노라."

염 씨는 그 자리에서 참수되었다. 붉은 피는 거적을 적셨고, 염 씨의 머리는 한동안 남대가 한가운데에 걸려 왜구들에게 본보기가 되었다.

*

집으로 무사히 돌아온 무선은 불타버린 화약 방 앞에 섰다. 부서진 항아리와 불타버린 화약 일지는 덕새가 모두 모아 광에 보관하여 두었다. 30년의 세월이 묻어있는 물건들이었다. 덕새와 같이 화약 방을 다시 짓고, 마을 사람들에게 고마움을 표했다.

"나으리가 필요하신 양식은 우리가 십시일반 모으고 보낼 것입니다. 이제 화약 만들기에 성공했으니, 화포를 만들어 왜구들을 몰아내 주십시오. 그것이 우리에게 남은 염원입니다."

최영의 상소문은 우왕과 조정의 신하들에게 믿음직스럽게 받아들여겼다. 그동안 무선이 올린 상소만 해도 여러 번이었다. 그 정성 또한 감동하지 않을 수 없었다. 고려 조정의 고위 관료들도 마침내 무선의 집념과 노력을 인정했다. 우왕은 화통도감을 설치하도록 하고, 무선에게 책임자가 되어, 화약과 화포를 만들도록 허락했다.

무덤가의 풀은 계절이 바뀌어 초록의 새싹이 돋고 있었다. 그동안의 단장지애4는 무선에게 고통이면서도, 동력이기도 했다. 새끼 잃은 어미 원숭이의 창자는 토막토막 끊어져 있고, 공자의 제자 자하는 자식이 죽어 곡기를 끊고 사흘 밤낮을 우니 눈이 멀었다. 눈이 멀지도, 창자가 끊어지지도 않은 자신이 때로는 원망스러웠으나, 살아서 해야 할 일이 남아있었다.

'미안하고, 고맙구나, 설이야! 아비는 오늘도 앞으로 나아가마. 네가 끝까지 지켜봐다오!'

---

4 단장지애(斷腸之哀): 창자가 끊어질 듯한 슬픔이라는 뜻으로, 자식을 잃은 부모의 슬픔을 이르는 말.

12. 꿈의 포성

1377년(우왕 3년) 화포시방식에 갑옷과 투구를 쓴 우왕이 나타났다. 무선이 화통도감(火㷁都監)에서 만든 화기들을 왕에게 선보이는 자리였다. 청명한 하늘이 가을을 알리고 있을 즈음이었다. 미리 나와 기다리던 귀족들과 군인들이 머리를 조아렸다. 조정의 각료들과 친위부대 장군들까지 모두 나와 기다리고 있었다. 멀찌감치서 구경하는 양반들과 백성들은 반신반의하며 저마다 수군거렸다.

"정말 될까?"

"임금을 농락한 죄로 끌려가지나 않으면 다행이겠지."

그동안 그들은 귀신 씻나락 까먹는 소리라며 무선을 무시하고, 거짓말쟁이로 몰아붙였던 터였다.

사람들은 줄지어 선 화포와 처음 보는 화구들을 신기하게 바라보았다. 공명심에 사로잡혀 사람들을 현혹한다고 하여 몇 번 관가에 끌려 들어간 것을 사람들은 기억하고 있었다.

우왕은 무선을 향해 손을 들고 허락의 미소를 보냈다. 화포의 실험 시작을 알리는 나팔 소리가 울렸다. 무선은 이날을 위해 지난 수십 년의 실패와 좌절을 견뎌온 것 같았다. 이 하루를 위해서. 하지만 이 하루는 앞으로 다가올 수많은 전쟁에서 승리하는 전초에 불과하리라는 것을 무선은 믿고 있었기에, 흥분도 자랑스러움도 잠시 뒤로 미루었다.

"오늘은 제가 만든 화약과 새로 개발한 포와 탄자를 함께 보여드리겠습니다."

무선이 우왕에게 말하자, 우왕이 되물었다.

"이것들이 선왕께서 그토록 원하시던 화약을 이용한 무기이더냐?"

"네, 맞습니다."

"그토록 탐내던 것이었는데 끝내 구할 수가 없어 무산되어버린 그 화약과 화포가 맞더냐?"

"그렇습니다. 이 무기만 있다면 어떠한 적의 침입도 막을 수 있습니다."

우왕의 표정이 한층 밝아졌다.

"오늘 그대가 만든 화포를 마음껏 시험하도록 하여라."

"망극하옵니다. 오늘은 주화와 촉천화, 그리고 철환이나 철 화살을 날리는 대장군포와 이장군포, 삼장군포와 육화석포를 보여드리겠습니다. 또한 화포로 쏠 수 있는 철 화살 철령전과 피령전도 함께 보여드리겠습니다."

무선이 말을 끝내고 화통도감의 군졸에게 명령을 내리자, 사거리를 재기 위한 군사 몇 명이 뛰어나왔다. 그들은 100보가 넘는 거리에 지푸라기를 엮어 만든 허수아비를 차례대로 세웠다.

"화약을 준비하여라!"

무선의 명령에 병사들은 일사불란하게 움직였다.

"저것이 정말 날아간다는 것이냐?"

여기저기서 수군거렸다. 지방 만호들은 무선의 등을 묵묵히 바라보고 있었다. 늘 그를 비웃어 오던 참이었다. 그런데 왕 앞에서 시연해 보인다니 그의 말이 실현될 것 같은 두려움에 긴장감을 가지고 주시했다.

"주화 발사 준비!"

무선이 명령하자, 시범을 보이는 군사들이 제각기 가지고 있던 화살 끝에 불을 붙였다. 화살 몸통에 한지로 싸맨 화약통이 매달려 있었다. 도화선에 불을 붙여 화살을 쏘아 날리는 것이었다.

"불을 붙여라!"

무선의 고함소리에 병사들은 열을 맞추어 화살에 불을 붙였다.

"발사!"

동시에 병사들은 화살을 과녁에 날렸다. 불을 매단 화살은 흡사 불이 달리듯이 파동을 그리며 날아갔다. 불이 춤을 추는 것과도 같았다. 주화가 바람 소리를 내며 날아갈 때 사람들은 모두 숨을 죽였다. 빠르게 날아간 화전은 목표물인 허수아비를 정확히 맞혔다. 지푸라기가 타들어 가면서 화약 냄새를 피웠다.

화약의 폭발로 추진력을 얻은 화살은 송진이나 기름을 묻힌 화살과 비교가 되지 않을 정도로 빨랐다. 쇠뇌보다도 두 배는 더 멀리 갔고, 위력 또한 강했다. 바람의 저항을 받지 않고 곧장 날아간 불은 꺼지지 않은 채로 목표물을 정확히 맞히고, 주위를 불길로 휩쌌다.

사람들의 감탄이 쏟아져 나올 즈음, 무선은 더 크게 소리쳤다.

"촉천화 발사 준비!"

'하늘과 부딪치는 불'이라는 별명이 붙은 이 무기 역시 주화와 같은 분사식 무기로, 대나무 화살에 화약통을 매달아 날리는 것이었다. 무선의 명령에 따라 번개처럼 날아간 촉천화는 공중으로 빠르게 상승하다 폭발하여 불꽃놀이처럼 터졌다. 기존의 신호탄보다 두 배는 더 높이 올라갔고, 대낮인데도 그 불꽃은 사방으로 퍼져, 사람들의 탄성과 신음을 자아냈다.

무선은 긴장을 늦추지 않고 야심 차게 소리쳤다.

"방포 준비!"

무선의 말에 병사들이 각기 포 옆에 둘러싸고 화약에 불을 붙일 준비를 했다.

"이장군포에 피령전을 장착하여 멀리 보이는 바위를 목표물로 쏘겠습니다."

목표물인 바위는 어른 남자 3백 보의 거리에 있었다.

"조준! 이장군포, 발사!"

병사들이 도화선에 불을 붙이자 심지가 타들어 가다가 한순간 굉음을 내며 불을 뿜었다. 우레와 같은 소리가 나고, 우왕을 포함한 귀족과 백성들의 함성이 연이어 터져 나왔다. 묵직하고 길쭉한 쇠 몸통 끝에 쇠 탄두가 달린 피령전은 6척의 길이에 무게는 3근이 넘었다. 대나무 주변을 쇠로 감아, 사방에 가죽으로 된 십자 날개를 단 쇠 화살이 들판 한가운데 버티고 선 바위를 산산조각 냈다. 사람들이 우레와 같이 박수를 치기 시작했다.

무선은 준비한 삼장군포와 육화석포를 차례로 선보였다. 삼장군포의 탄자는 더 작은 목표물에 정교하게 갖다 꽂혔으며, 육화석포의 탄자는 여러 가지 불꽃 색깔을 내며 날아가 목표물을 명중시켰다. 사람들의 표정은 경이로움으로 인해 말을 잃었고, 얼굴빛은 한껏 상기되었다.

"다음으로는 대장군 포에 철령전을 장착하여 목표물에 명중시키겠습니다. 조준!"

몸통 끝에 3근 무게의 쇠 탄두가 달린 철령전에는 쇠로 만든 날개가 사방으로 돌아가면서 달려있었다. 잠시 숨을 참았던 무선이 큰 소리로 외쳤다.

"대장군포 나가신다. 발사!"

심지에 불이 붙은 화포가 쾅, 소리를 내자, 철령전이 빠르게 날아갔다. 사람들은 천둥 같은 소리와 불을 뿜어내는 무시무시한 광경에 입을 다물지 못했다. 삼백 보 너머에 있던 벼랑 한쪽이 뿌연 연기를 내뿜으며 맥없이 무너졌다.

무선의 마음은 포 소리를 넘어 점점 더 뜨거워지고 팽팽하게 부풀어 오르는 것이 느껴졌다. 대장군포는 전쟁에서 그동안 사용해 왔던 쇠구슬을 지렛대 원리로 날리던 것과는 위력 자체가 달랐다. 더 멀리, 더 빠르게 목표물을 명중시켰고, 화약으로 인한 폭발력 또한 커서, 주변을 불바다로 만들 수 있었다.

대장군포의 구멍에서 화약 연기가 피어올랐고, 알싸한 화약 냄새가 무선에게도 전해졌다.

'내가 고려를 지켜낼 수 있다. 꿈이 실현되었다.'

무선의 가슴이 두방망이질을 치기 시작했다. 더 이상 왜구의 수탈을 두고 볼 수 없을 지경에 거둔 성공이었기에 무선의 감격은 이루 말할 수 없었다. 화약 냄새는 어머니의 젖 냄새보다 더 강력한 흡입력이 있는 향기였다. 그것은 비로소 나라를 바로 세울 수 있게 하는 유일한 냄새였으며, 더 이상 왜구들에게 고려의 여인들이 희생되지 않아도 되는 단 하나의 신호였다. 화약 냄새와 백성들의 환호 소리에 무선의 눈이 뜨거워졌다. 화려한 비단옷의 관리들과 귀족들의 신음도 바람처럼 흘러들었다.

"대단한 위력이구나. 저 대장군 포는 무엇으로 만드는고?"

화포시방식이 모두 끝났을 때 우왕은 무선을 가까이 오라 하여 물었다.

"포는 안정성을 위해 구리와 무쇠로 만들고, 철환은 강력한 타격을 위해 무쇠를 사용합니다. 공성전에서 성문이나 성벽을 부술 때는 철령전 대신 철환을 넣어 쏘면 그 위력이 더 커집니다."

무선의 대답에 우왕은 감탄을 금치 못했다.

"도대체 주화란 것은 어떤 이유로 그토록 빠르게 날아갈 수 있는가?"

위력은 대장군포를 못 따라갔지만, 화포시방식에서 가장 인기를 끈 것은 주화였다. 왜구와의 근접전에서 연이어 패했던 고려군이 해상 전투의 전세를 뒤엎을 수 있도록 사거리를 늘인 원거리 전술에 알맞은 무기였다.

"주화는 질려포 같은 폭탄을 장착한 화살과 같습니다. 화약 뭉치가 타면서 생기는 압력이 화약통 내부의 공기 구멍으로 빠져나가면서 추진력을 만들어냅니다. 꼬리에 날개를 달아 무게 중심을 잡아 목표물에 정확히 명중할 수 있으며, 주화의 중간에, 화약통이 빠르게 회전하면서 직진 비행을 가능하게 하는 막대가 설치되어 있습니다. 그래서 폭발력뿐 아니라 주화가 날아가는 소리에 적들이 무서워 떨 것이며, 밤에 주화를 쏘면 그 불꽃에 적들은 두려움에 떨며 싸울 의지를 상실하고 항복할 것입니다."

주화는 심지의 불이 아래위로 춤을 추며 날아가는 것 같다고 하여 '달리는 불'이라고도 불렀다. 왜구를 바다에서 불태워 침몰시키기에 이보다 더 좋을 수는 없었다.

"크기가 여느 화살과 큰 차이가 없으니, 말을 타고서도 쏠 수 있겠구나."

"그렇습니다. 무게가 적고, 발사가 쉬우니 지친 병사들에게도 유용한 무기가 될 것입니다."

주화는 활처럼 화살을 당기는 무기가 아니었기에 한 손으로 발사가 가능한 데다, 대나무 통이나 화살통에 넣어 어깨에 메고 다니면 되는 것이었다. 이에 우왕은 대단히 흡족해했다.

"그대가 과연 충신이로구나. 그동안 왜구들의 소행에 백성의 고통이 극에 달했다. 그대의 신무기가 그것을 끝낼 수 있을 것이라 믿는다. 그동안 아주 힘든 일을 많이 겪었다고 들었네."

"망극하옵니다. 화약의 폭발력은 유황과 염초, 재의 비율에 있사온데, 그 정확한 비율을 알아내는 데 시간이 오래 걸렸사옵니다. 이제 왜구들의 침략에서 벗어날 수 있을 것이옵니다."

"그대의 수고에 상을 내리고 싶네. 그대가 원하는 것은 무엇인가?"

"화약을 만들기 위해서는 많은 양의 염초가 필요합니다. 그 염초를 만들려면 진토가 필요한데, 그것을 구하기가 어렵습니다. 전문적으로 흙을 모으는 취토군이 있다면, 화약 생산에 큰 도움이 될 것입니다. 또한 화통도감에서 제작한 화포와 무기들을 적재적소에 쓰려면, 그 화포들을 전문으로 다룰 줄 아는 화통방사군이 필요합니다."

우왕은 무선의 말에 고개를 끄덕였다.

"나라를 위해 그대가 애쓴 공을 잊지 않겠네. 곧 명나라 사신이 올 것이네. 성대한 불꽃놀이를 준비하여, 우리 고려가 화약을 만들어냈음을 세상 만방에 알릴 것이네."

왕이 박수를 치자 신하들도 따라서 만세를 부르기 시작했다.

무선의 귀에는 아무 소리도 들리지 않았다. 눈앞으로 왜구들에게 무참히 도륙당했던 백성들, 왜구들에게 끌려갔을 옥란의 얼굴이 떠올랐다. 벌써 백성들의 함성과 승리의 만세 소리, 개선의 북소리가 멀리서 들려오는 듯했다.

무선의 눈가에 눈물이 맺혔다. 백성들도 드디어 마음 편히 농사짓고 고기 잡을 수 있을 것이다. 나라가 힘이 없으면 백성도 없다. 나라가 있어야 백성도 있다. 그러려면 나라에 힘이 있어야 한다. 힘을 길러야 한다. 이제 그 힘을 얻게 되었다.

금주는 무선보다 더 기뻐했다. 그 화포시방식의 소식은 화약이 완성되었을 때보다 더 감격스럽고 영광스러운 순간이었다. 가난한 것은 죄가 아니었지만, 사람들이 금주의 천한 살림을 무시하는 것은 견디기 힘들었다. 이제 무선의 존재감에 왕까지 치하를 하니, 누구도 금주를 얕보지 못했다. 덩달아 집 안 사정도 나아져서 금주가 직접 하던 고달픈 일도 새로 들인 하녀에게 맡길 수 있게 되었다. 누구보다 무선의 수고를 아는 금주였다. 그 고마움을 금주는 무선에게 전했다. 아내의 인정에 지아비로서 무선은 마음이 더 뿌듯해졌다. 그동안 아무도 모르는 마음고생을 금주는 알고 있었다.

화포를 만드는 일은 화약을 만드는 일만큼이나 실패의 연속이었다. 화약의 폭발력을 견디기 위해서는 포신이 튼튼해야 해서 그 자체로 무게가 많이 나갔다. 지름 10센티미터의 철환을 쏘아 올리는 화약의 위력은 무시무시했다. 그 위력 때문에 그것을 쏘아 올린 포는 폭발의 충격을 이기지 못하고 둘로 쪼개져 버렸다. 무선은 그 일로 인해 더 이상의 진척을 내지 못하고 방황했다.

새벽까지 잠 못 드는 밤이 계속되었다. 왕에게까지 큰소리친 마당에 진전없는 날들이 계속되자, 무선의 초조함이 극에 달했다. 약속한 화포시방식 날짜는 다가오고 있었다.

그즈음 새로운 소식이 날아들었다. 청주의 흥덕사에서 쇠를 녹여 만든 활자판으로『백운화상 불조직지심체요절』을 여러 권 찍어 각 절에 배포했다는 소식이었다. 공민왕 때 백운화상(경한스님)이 원나라에서 가지고 온『불조직지심체요절』[1]의 1권 내용을 설명한 책이었다.

고려는 불심으로 거란족의 침입을 막고자 목판으로 팔만대장경을 만들었다. 그 초조대장경이 고종 때 몽골군의 침략으로 모두 소실되자, 재조대장경을 다시 조판한 일이 있었다. 나무의 변형이나 불에 타 소실되는 불상사를 막기 위해 백운화상은 금속으로 경판을 만들어내는 데 성공했다. 글자를 밀랍으로 양각하여 황토로 감싸 구워 틀을 만들고, 밀랍을 녹여 낸 자리에 금속을 부어 활자판을 만드는 방식이었다. 금속으로 활자를 만들어 두면, 인쇄할 때 필요한 글자를 짜 맞추어 어떤 책이든 찍어낼 수

---

[1] 불조직지심체요절(佛祖直指心體要節): '직지인심 견성성불(直指人心 見性成佛)' 사람이 마음을 바르게 가지면 그 심성이 곧 부처의 마음이라는 내용을 풀이한 불교 서적.

있었다. 고려의 금속 기술은 정밀하게 발달했기에 무선의 고민도 해결할 수 있을 것이었다.

　무선은 흥덕사에 찾아가기로 했다. 먼 여정이 될 것이지만, 실낱같은 기대도 소중한 무선에게 거리는 중요한 것이 아니었다. 또다시 희망이 생기자 흥분으로 잠이 들 수 없었다. 아침까지 이런, 저런 희망적인 상상으로 밤을 새우고, 새벽 예불 종소리를 들었다. 은은한 종소리는 묵직한 울림을 주며 길게 이어졌다.

　무선은 문득 의문이 들었다. 저 거대한 종은 아무리 쳐도 깨지지 않는데 그것은 무슨 이유에서일까? 그 해답에 화포를 만들 수 있는 비밀이 있을지도 몰랐다.

　다음날, 무선은 흥덕사로 가는 대신 종을 만드는 장인을 찾아 나섰다. 어릴 적 무선이 자주 가던 대장간에도 물어보았고, 설이가 잠시 머물렀던 대흥사와 설이가 법문을 들었던 봉은사에도 찾아갔다. 주지는 봉은사의 종을 만든 주철장 광철을 소개해주었다. 쇠로 기물들을 주조하는 기술자로, 팔관회나 새 절에 필요한 불상이나 종을 만드는데, 지금은 강화도에 은거하고 있다고 했다.

　무선은 그의 거처를 수소문해 마니산 아래의 초막으로 찾아갔다. 광철의 외모는 속세를 떠나 사는 도인의 풍모였으나 눈빛만은 날카로웠다.

12. 꿈의 포성 … 199

"나는 화통도감에서 화포를 만드는 최무선이오. 그대의 기술이 출중하다는 소문을 듣고 찾아왔소. 내 나라를 위하여 화약을 개발하고 화포를 만들었으나, 화포가 화약의 힘을 감당하지 못하고 있소. 크기와 무게를 키워보았지만, 번번이 깨지거나 갈라지지 않소. 그대가 그 해답을 알고 있는 것 같아 먼 길을 달려왔소."

광철은 위험한 쇳물을 다루는 사람이어서인지 눈빛이 강하고, 빈틈이 없어 보였다.

"세상에서 물과 불을 이기는 것은 없지요. 불은 강철을 녹이고, 물은 불을 이기고, 강철을 담금질하여 단단하게 해주지요. 그렇게 단련된 쇠를 잘 쓰면 천하를 얻을 수 있을 것이고, 잘못 쓰면, 제 칼에 제가 베이게 될 것입니다. 각오가 되어 있습니까?"

그의 물음에 무선은 힘 있게 고개를 끄덕였다.

"나라가 없다면 이미 죽은 목숨이오. 남은 일을 끝내야 할 때이니 무엇이 두렵겠소."

"결기가 보이니 믿겠습니다. 저를 따라오십시오."

광철의 뒤를 따라가자 허허벌판 한가운데 십여 명의 사람들이 머리에 흰 띠를 두르고 땀을 뻘뻘 흘리고 있었다. 거푸집을 만드는 사람, 밀랍을 녹이는 사람, 거푸집 속에 넣을 모래를 붓는 사람 등 쉴 새 없이 분주하게 일하는 모습이었다.

"범종은 동과 주석을 합하여 만듭니다. 크기에 따라 다르기는 하나, 동이 8할이 넘어야 충격에 부서지지 않습니다. 거푸집을 만들 때 밀랍에 소기름을 섞어야 굳기가 단단해져 모양틀을 잡을 수 있습니다. 그 비율은 계절마다, 화포의 크기에 따라 달라질 것입니다."

그는 새해에 쓸 종이 만들어지는 과정을 무선에게 보여주었다. 외형 틀과 내형 틀을 각각 만들어 놓고, 그 사이에 쇳물을 붓고 있었다.

"아마도 화포가 깨지는 것은 무쇠 비중이 크거나, 금속에 불순물이나 금속이 아닌 다른 물질이 섞여 있어서 그럴 것입니다. 이 물질이 섞이면 강도가 약해지고, 충격에 파손이 되기 쉽습니다. 쇳물에 구리를 8할 가까이 섞어보십시오. 정확한 비율은 시행착오를 거쳐야 할 것입니다."

"고맙소, 그대의 말대로 실행에 옮겨보리다. 이 일이 성공한다면 다시는 왜구를 볼 수 없을 것이오."

"꼭 성공하기를 빕니다. 혹여 실패하면 다시 저를 찾아오십시오."

개경으로 돌아온 무선은 광철의 말대로 쇳물에 구리의 양을 늘려 화포를 만들었다. 그가 가르쳐준 비율은 정확했고, 화포는 화약이 폭발하는 순간에도 깨지지 않았다. 철환은 멀리 날아갔고, 화포는 뜨거운 연기를 피우며 굳건히 서 있었다. 화약을 만들 때만큼이나 큰 두려움에 마주하고 난 후의 성공이었다.

13. 함포의 탄생

우왕은 무선과의 약속을 지켰다. 다음 해 봄, 개경과 지방의 부대마다 화통방사군을 편성해, 서너 명씩 배치했다. 화기를 다루는 전문 병사가 생긴 만큼 화기 제작은 더 활발해졌다. 화통도감에는 인원을 더 보충하여 철을 생산하고, 화포와 군기를 제작하는 야장 130명, 연장 장인 160명, 칠장인 12명, 화살촉 만드는 마조장 12명, 금속을 녹이는 주조장 20명, 군기의 녹을 방지하기 위해 기름칠하고 관리하는 유칠장 2명, 목재를 다루는 목장을 2명을 각기 따로 두었다. 무선은 한시름 놓으며, 함포를 실을 수 있는 군함을 만들어야 한다는 새로운 사명에 빠졌다. 왜구들이 해안에 접근하지 못하도록 바다에서 공격할 수 있도록 준비해야 했다.

화포시방식이 끝났을 때 누구보다 기뻐한 것은 최영 장군이었다.

"축하하네. 내 이런 날이 꼭 오리라 믿었네."

"장군께서 힘이 되어 주신 덕분입니다."

"이제 좀 쉬게나. 자네 성격에 화포 제작하느라 하루도 편하게 쉬지 못하였을 것이 분명하네."

"아직은 아닙니다. 배를 건조하기 위해 양광도로 떠날 생각입니다. 배에 함포를 싣는 날까지는 쉬어갈 틈이 있어서는 안 됩니다."

최영은 자신의 생각과 같은 무선이 더 미더웠다.

"함포를 실을 전함까지 만들면 이제 왜구들은 육지와 바다 어느 쪽으로도 얼씬을 못할 것이네."

"맞습니다. 고려 수군이 밤 고양이 같은 도적 떼들을 이길 방법은 이 땅에 발을 디디기 전에 물리치는 수밖에 없습니다. 병서에서 보았습니다. 바다를 건너오는 적과의 싸움에 있어 그 첫 번째 방책은 나라의 힘을 만방에 과시하여, 적이 두려움에 떨며, 애초에 바다를 건너오지 못하게 하는 방법이오, 두 번째는 바다 위에서 싸워 적선을 침몰시켜, 영토에 침입하지 못하게 하는 것이오, 세 번째는 바다를 건너온 적과 육지에서 백병전으로 물리치는 것입니다. 세 번째 방법이 가장 하수요, 첫 번째가 가장 상책이나, 고려의 현실로서는 두 번째 방법 외에는 길이 없습니다. 왜구를 바다에서 물리친다면, 더 이상 고려의 영토에 침범하지 못할 것이며, 무고한 백성들이 무참히 도륙당하는 일도 없을 것입니다. 그러려면 갑판에 포를 배치해야 합니다. 화포는 지금처럼 성을 지키는 용도보다 더 큰 힘을 발휘할 수 있을 것입니다.

고려의 건조 기술이면 충분히 가능할 것입니다."

"그렇다고는 하나, 대단한 무게를 가진 화포니 쉬운 일은 아닐 것이오."

"맞습니다. 무쇠 덩어리인 화포와 탄자들을 실으면 그 무게에 침몰 위험도 있고, 또 화포를 쏘았을 때 반동과 후풍으로 균형을 잃거나, 그 진동에 목표물에 똑바로 가 닿지 못할 수도 있습니다. 함포를 직접 실어보고, 실험하는 과정을 거치면서 하나하나 장애물들을 치워나가면 될 것입니다."

최영은 크게 고개를 끄덕이며 흡족해하였다.

"과연 무선 자네는 나를 실망시키지 않구려. 고려에 자네 같은 사람이 있어 안심이오. 왜구들에게 우리의 힘을 보여줄 수 있게 되어 정말 기쁘오."

무선에게 최영은 언제나 든든한 후원군이었다. 이성계 역시 훌륭한 장수였다. 다만 최영은 장수로서뿐 아니라 존경받을 수 있을 만큼의 훌륭한 인격의 소유자였다. 두 사람은 서로의 마음에 깊은 양각을 새기며 고려의 앞날을 함께 이끌어가기로 약조했다.

*

양광도 두포 해변을 둘러싼 소나무들은 하늘로 쭉쭉 뻗어있고, 숲이 울창했다. 두포는 덕새의 고향이기도 했다. 덕새는 오랜만에 와보는 고향이 마냥 정겹지만은 않았다. 어린 시절의 꿈과 옥란과의 꿈이 떠올랐다.

해안에는 커다란 둥치의 통나무 여러 개가 해안과 나란히 평행을 이루며 줄지어 누워있었다.

벌목 책임자이자 마을의 상좌어른에게 무선은 물었다.

"상좌 어르신, 이 통나무들은 무엇을 하는 것입니까?"

"이 통나무들을 받침대처럼 놓고, 그 위에 배를 만듭니다. 다 완성되면 배를 밀지요. 그러면 통나무들이 굴러가면서 배를 바다로 내보내는 거지요."

"참으로 유용한 방법입니다. 그동안 배 건조 기술도 많이 발전했습니다."

무선과 덕새는 두포 마을 사람들과 함께 새로운 배를 건조하기 시작했다. 소나무로 배를 만들고 왕골로 돛을 만들어 세우고, 틈새를 막았다.

"배 앞에 큰 쇠뿔도 다는 것도 좋을 것 같습니다, 나으리. 해전에서 쇠뿔만 한 것이 없지요."

"맞는 말이다. 덕새가 수군 훈련을 제대로 받았구나. 배끼리 충돌했을 때 적선을 부수는 충각 전술은 해전에서 빼놓을 수 없

13. 함포의 탄생 ··· 205

는 방법이지. 쇠로 만든 뿔을 배 앞머리에 붙여야지. 배 밑바닥에는 무거운 포를 실었을 때나, 또 그 포를 발사했을 때, 흔들리거나 뒤로 밀리지 않도록, 무거운 돌을 깔아 무게 중심을 잡도록 할 것이야."

"그 돌들은 유사시에 적선을 부수는 데 사용할 수도 있겠습니다."

"맞는 말이다. 그러려면 갑판을 두 층으로 나누고, 위층에 노꾼들이 노를 젓거나 갑옷과 무기를 보관할 수 있는 2층 바닥을 만들면 돼."

"화포나 화전을 장전하는 동안 적에게 노출되어 위험에 이르는 것은 어떻게 보완하는 것이 좋겠습니까?"

"내 그것도 감옥 안에서 많이 생각해 봤느니라. 공성전이 유리한 것은 아군의 위치가 적보다 위에 있어서지. 성이라는 엄폐물이 있어 적에게 완전히 노출되지 않으면서, 아군의 약점을 보완할 수 있는 시간을 벌 수 있다. 배에 누각을 세워 공성전의 효과를 보면 될 듯하구나."

무선은 그 한해를 전함으로 쓸 누선을 만들고, 수군과 화통방사군을 훈련하는데 모두 보냈다. 배의 뼈대를 완성한 다음에는 배의 갑판 위 동서남북 사방에 화포를 고정하여 포의 방향이 사방으로 동시에 향할 수 있도록 설치했다. 뱃머리에 쇠를 덧씌운 뿔을 달고, 망루를 세워 적의 전세를 파악하기 쉽게 하고, 배의 난간에는 창과 방패를 달아 수시로 사용할 수 있도록 만들었다.

그해 겨울, 모든 시험을 통과한 함선이 성공적으로 건조되었다. 다음 해, 화포로 무장한 100척의 누선을 완성하고, 화약 무기에 정통한 3천 명의 수군 부대를 갖출 수 있었다.

봄이 시작될 무렵부터 무선은 화통방사군과 수군 부대와 같이 배를 타고 나가 함포 사격 훈련을 비롯한 해상 전투 훈련을 날마다 게을리하지 않았다. 그러는 와중에도 더 성능 좋은 화기를 개발하기 위한 끊임없는 연구를 계속했고, 전술 탐구에도 골몰했다. 무선은 2년여를 양광도 해안에서 묵으며 고려 수군의 성장 모습을 하루하루 지켜보며, 전의를 다졌다.

4월의 훈풍이 불어오던 때 무선이 지휘하는 배는 해안을 벗어나고 있었다. 피로 물든 바다가 아니라, 화약 냄새로 가득 채운 바다는, 적의 근접을 애초에 막을 수 있을 정도로 무장한 고려군의 바다였다. 무선의 지휘에 따라 화포는 규칙적으로 철환을 날렸고, 철환은 정확하게 목표지점에 명중했다. 드디어 준비가 끝났다. 기나긴 시간 동안 긴장 속에서 훈련을 지휘했고, 어떤 전투에서도 승리를 확신할 수 있었다. 마음은 어느 때보다 든든해졌고, 바다의 갈매기도, 바람도, 짠 내도 평화롭게 느껴졌다.

"덕새야, 이제 이 바다가 온전히 고려의 것이 될 것이다."

덕새는 모처럼 평화로운 표정으로, 무선의 말에 가만히 고개를 끄덕였다.

*

그즈음 무선의 집에는 또 하나의 기쁜 소식이 도착해 있었다. 전갈을 받은 무선과 덕새는 서둘러 집으로 돌아갔다. 덕새의 흥분된 얼굴은 집으로 돌아오는 내내 긴장으로 굳어져 있었다. 금주가 먼저 뛰어나왔다.

"서방님 옥란이 돌아왔습니다."

그 말에 덕새가 먼저 반응했다. 옥란을 찾는 눈빛이 언제 또 사라져 버릴지 모를 빛을 헤매는 것처럼 불안하고 떨렸다. 옥란은 밖에서 나는 발짝 소리에 고개를 내밀다 덕새를 보고 눈물을 터뜨렸다. 돌아서서 어깨를 들썩이는 옥란을 보자, 덕새의 마음이 무너졌다. 지켜주지 못했다는 미안한 마음에 한 발짝도 다가가지 못했다.

"덕새야, 그동안 힘들었을 옥란을 위로해 주거라."

무선은 덕새에게 말했다.

"옥란이도 그동안 고생이 많았겠구나. 살아 돌아와서 정말 고맙고 기쁘다."

옥란에게도 열흘 동안의 시간을 주었다. 집안일 하기보다, 덕새와 그동안의 밀린 이야기를 하며 회포를 풀라고 하며, 두 사람의 혼인에 필요한 것을 살펴주었다.

"무서웠습니다. 배에 고려인들을 짐짝처럼 잔뜩 실었어요. 배를 안 타려고 하는 고려인은 무자비하게 죽였지요. 어찌나 무섭고 두려웠는지 몰라요. 하늘도 바다도 서럽게 울었고, 세상이 모두 울었어요. 바다 한복판에서 폭풍우가 치고 배가 기운다 싶으면 사정없이 포로들을 바다로 던져넣었고요. 다치거나 병들거나 해도 그날로 죽은 목숨이었지요. 함께 탔던 사람들 절반이 바다에 빠져 죽었어요. 어리고, 일할 수 없는 사람들, 특히나 노인, 병자, 아이들이 제일 먼저 희생당했어요. 그 어린아이들을……."

덕새는 두려움에 떨며 말을 하는 옥란의 손을 힘을 다해 꼭 잡아주었다. 옥란은 계속 말을 이었다. 옥란은 당시의 기억을 떠올리며 몸서리를 쳤다.

"며칠 지난 후 배에 식량이 바닥나니 왜구들이 칼을 갈기 시작했어요. 눈빛은 사나워지고 살기가 도니, 무서워 제 발로 바다에 뛰어드는 사람도 생겨났어요. 고려인들이 하나, 둘씩 사라졌어요. 또 반항하는 고려인을 잡아다 꿇어앉혀 놓고, 칼을 휘둘렀어요.

사람의 머리 윗동이 싹둑 잘려 나가는 끔찍한 광경도 보았어요. 왜구들은 사람이 아니었어요.

밤이면 누린내가 연기 사이로 흘러나왔지요. 술 냄새와 고기 타는 냄새에 구역질을 참을 수 없었어요. 남은 시체를 난도질하는 것도 모자라, 그것으로 장난을 치고, 심지어, 그것을 고려인에게 억지로 먹이기까지 했어요."

옥란은 가슴을 움켜쥐고 눈을 감았다.

"곱분이도 내리자마자 기다리고 있던 다른 왜인들 손에 끌려갔어요. 배에서 서로 헤어지지 말자고 꼭 손을 걸고 약속했는데, 칼이 눈앞에 있으니 눈물만 흘렸습니다."

덕새는 살아 돌아온 옥란이 대견하고 고맙기만 했다. 다시는 놓치지 않으리라 생각하며, 옥란의 손을 놓아주지 않았다.

지난해 왜에 사절단으로 갔던 정몽주의 담판으로 포로로 잡혀 있던 많은 고려인 노예들이 풀려났다. 옥란 역시 그 노예 중 한 명이었다. 아무도 가고 싶어하지 않는 적지인 왜에 정몽주는 친선 및 교섭을 위한 보빙사(報聘使)로 갔다. 정몽주에게 원한을 품은 조정의 관리가 의도적으로 적지인 왜로 보낸 것이었다. 큐슈 지방 장관인 이마가와 료슌(今川了俊)을 만나 왜구의 약탈로 인해 일본과 외교가 어려운 점을 지적하고, 왜구의 단속을 요청함과 동시에 그 응낙을 얻어오라는 명이었다. 죽으라고 보낸 길이었는데 정몽주는 거절하지 않았다.

 그는 국교의 이해관계를 설명하고 왜를 설득해 일시적이나마 협상을 성사시켰다. 이마가와는 정몽주의 학식과 인품, 언행과 해박한 지식에 탄복했다. 날마다 왜의 승려들이 정몽주에게 시를 청해 듣거나, 그를 가마에 태워 규슈의 명승지들을 구경시켜 주었다. 이때 정몽주는 노예로 끌려가던 고려 사람들을 발견하고 자기 재산을 털어 이들을 구해냈다. 또 다른 고위 관리들을 설득하여 자금을 마련해 고려인 포로들 수백 명을 구해낸 것이었다.

 해가 바뀐 후 7월 조정의 임무를 끝내고 고려인 노예들과 함께 돌아왔다. 왜에 끌려갔다가 무사히 살 돌아온 여인 중에서 일부만 가족들의 환영을 받았고, 지아비가 있는 여자는 대부분 친정으로 돌려보내졌다. 친정에서조차 거부당한 여인들은 다른 길을 찾아 떠났다. 거친 운명인 걸 알았던 옥란은 덕새의 따뜻한 환영에 눈물부터 쏟았던 것이다.

 금주의 도움으로 가정을 이루게 된 덕새와 옥란은 이듬해 득녀의 기쁨을 안았다. 금주의 기쁨도 이루 말할 수가 없었다. 설이를 잃고 난 다음의 허전한 마음이 아기에게로 향하면서 금주는 건강과 생기를 되찾았다. 어쩌면 둘째에 대한 가능성이 있을지도 모른다는 또 다른 희망을 품을 수 있었다.

14. 기적의 진포

1380년 8월(우왕 6년) 무선은 밤새 뒤척였다. 간밤에 꾼 꿈이 사나웠다. 한더위가 갔는데도 땀이 흥건한 채 깨어났다. 새벽에 일어난 무선은 봉수대에서 피어오르는 연기를 보았다. 무선이 만든 신호탄인 신포가 하늘을 밝혔다.

'하루도 왜구들에게 풀려날 길이 없는데, 저리 밝힌 불은 또 어떤 연유란 말인가! 어쩌면 그날이 왔는가!'

복잡한 심사가 된 무선은 날이 밝는 대로 화통도감으로 나갔다. 급보를 가지고 온 군사가 있었다. 젊은 군정은 사색이 된 채로, 숨이 넘어갈 것 같이 헐떡이면서도 쉽게 말을 쏟아내지 못했다. 긴장된 표정과 절망적인 눈빛만 봐도 비보일 것이 틀림없었다.

"장군, 5백 척의 왜선이 진포[1]로 몰려왔다 하옵니다."

왜구의 병선이 전라도 남쪽 해안에서부터 서해 쪽으로 북상하

---

1 진포(鎭浦): 지금의 군산.

여 진포에 모여 있다는 급보였다.

"왜구 중 일부만 배에 남아 수비를 하고, 나머지는 약탈을 위해 상륙하여 각 주, 군으로 들어가고 있다 합니다."

경남이 이미 왜구들에 의해 땅이 초토화되어 수탈할 곡식이 적어지자 전라도로 눈을 돌린 것이다. 진포는 서남해안 물류의 중심지였고, 고려 최대의 조세용 곡식 창고인 진성창이 있는 곳이었다. 고려의 곳간이라고 해도 될 정도로 곡식 생산이 풍부하고, 전라도 충청도 경상도 등 삼남에서 생산되는 쌀이 모두 모이는 곳이었다. 또, 진포에 모인 쌀은 조운선을 통해 개경의 경창으로 올려보내졌다. 그러기에 진성창 주변으로는 왜구의 침입에 대비하여 토성을 쌓아놓았다. 그 토성이 시간은 지연시킬 수 있으나 막아내지는 못할 것이 명백했다.

"도무지 왜구들의 소행은 끝이 없구나."

"한시라도 빨리 우리 병사를 진포로 급파해 주십시오."

왜구들의 크고 작은 약탈을 막아내던 중이었지만 이런 대규모의 침략은 처음이었다.

비슷한 시각, 전라도 수군장이 보내온 급보를 받은 최영과 이성계는 화통도감에 있던 무선을 조정으로 불러들였다. 수군 총사령관인 해도 도통사 최영과 경상도 순찰사였던 이성계는 드디어 올 것이 왔구나, 하는 표정으로 입을 굳게 다물었다. 5백 척이면 수만 명이 넘는 왜구들이 쳐들어온다는 소리였다. 해적 조무래기가 아니라 고려를 뒤엎으려는 노릇이 아닌가! 우왕이 어서 명령을 내려주기만 기다렸다.

우왕은 기가 막힐 노릇이었다. 선대에도 침략은 흔했으나 이런 대규모의 침략은 없었다.

"이를 어찌하면 좋단 말인가!"

우왕은 두려운 마음을 감추며 말했다. 이에 최영은 결의를 다지며 왕에게 아뢰었다.

"전하, 너무 심려 마시옵소서. 그동안 잘 훈련된 우리 수군의 숫자와 새로 만든 배의 숫자만 해도 전과는 비교도 안 될 정도로 많아졌고, 그 역량 또한 두 배는 뛰어나옵니다. 더구나 왜구가 모르는 비밀 병기인 화약과 화포가 있습니다. 분명 그 전과는 다르게 승산이 있는 싸움입니다."

"장군이 그리 말해주니 과인도 두렵지 않소."

"더구나 고려는 왜구들의 배보다 훨씬 크고 단단한 배가 백여 척입니다. 배에서 화포를 쏘면, 왜구의 배가 뭍에 닿기도 전에 바다에서 침몰시킬 수 있습니다. 화포를 실은 전함으로 그동안 훈련해 왔기에 한치 두려움 없으니, 왜구들을 모두 소탕할 수 있도록, 얼른 명령을 내려주시옵소서."

최영의 말에 이인임이 옆에서 반기를 들었다.

"적을 얕보면 백전 필패이옵니다. 우리 고려의 배는 백 척이 다입니다. 더구나 우리는 지난 수십 년 동안 왜구를 상대로 제대로 이겨본 적이 없지 않습니까! 오래전 홍건적의 침입에 개경이 함락되어 전하께서 남쪽으로 피신한 일이 아직도 생생합니다. 고려의 해상 전력이 백 척인데 이 싸움에서 진다면 국운이 위태롭게 됩니다. 그러니 일단 철원으로 피신하시어, 옥체를 보존하시고, 왜구를 피하여 도읍을 북쪽으로 옮기는 것이 마땅할 줄로 아뢰오."

최영은 이인임의 말을 수긍할 수 없었다.

"이 대감. 어찌 국난에 도망칠 궁리만 하시오? 나라가 힘이 없는 것도 아니고, 두렵다고 도망만 쳐서야 어떻게 나라를 지탱할 수 있겠습니까?"

"나를 겁쟁이로 모욕하다니 무엄하오, 장군. 나 역시 홍건적을 물리쳐 이 자리까지 오지 않았소. 혼자서 공을 세우고 싶으시오? 이치를 따지고, 실리를 생각하시오."

이인임이 버럭 소리를 지르자 이성계가 자신의 뜻을 밝혔다.

"이 대감, 저 역시 최영 장군과 같은 생각입니다. 최영 장군이 수군을 통솔하고, 저 이성계가 육지로 도망치는 왜구들을 섬멸하겠습니다. 고려 군사들을 너무 얕보지 마십시오."

무선이 이성계의 말에 덧붙였다.

"소신 한 말씀 아룁니다. 저 역시 두 장군의 의견과 같습니다. 이제 고려에는 화포를 실은 함선과 잘 훈련된 수군과 화통방사군이 있습니다. 고려의 군선에 화포를 장착하고 무장하여 오늘 같은 날이 올 때를 대비했습니다. 충분히 승산이 있는 싸움입니다. 겨우 백 척이 아니라, 왜선 10배를 능가하는 힘이 있습니다. 화포의 위력은 이제껏 봐왔던 것과는 상상할 수 없을 정도로 큰 힘을 가지고 있습니다. 왜구들은 그런 신무기의 존재조차 알지 못합니다. 적의 방심이 그들을 스스로 무너지도록 할 것입니다."

우왕은 고개를 끄덕였다.

"과인의 생각도 그러하오. 3년 동안 신무기를 만들고, 수군을 양성하면서, 칼을 갈지 않았소! 언제까지 도망칠 수만은 없는 노릇이오. 여러 용맹한 장군들이 있으니 그대들을 믿고 싶소."

"최영 장군의 야심이 장차 나라를 망치지 않기를 바랄 뿐이오."

이인임이 야비한 웃음을 띠었다.

"야심이라니요. 최영 장군이 한 번이라도 자신의 공을 자랑한 적이 있습니까? 무슨 말을 그렇게 함부로 하시오! 앞으로 그런 무례한 언동은 용납하지 않겠습니다. 홍건적의 난에서 이 대감과 함께 싸운 정이 남아있어 드리는 말씀입니다."

이성계가 이인임을 향해 무섭게 맞받았다.

"한낱 변방의 장수가 감히…… 무엄하오.

"대감, 말씀이 지나치시오. 변방의 장수라니요. 그를 모욕하지 마시오."

최영은 이인임의 말에 서운함을 감추지 못했다. 이자춘, 이성계 부자가 공민왕을 도와 쌍성총관부를 탈환할 때 최영과 이성계는 처음 만났다. 당시 이성계는 여진 지역 출신의 지방 호족으로 활 솜씨가 특출했다. 가별초라는 3천 명의 기마 사병을 거느린 장수로, 출전 때마다 큰 소라 나팔을 불어 진군을 지휘했는데, 그가 가는 곳마다 백전백승이었다. 그가 쓸고 지나간 자리에는 살아남은 적군이 없었고, 전장은 피바다가 되었다. 소라 나팔 소리만 들어도 홍건적과 왜구들은 벌벌 떨었고, 고려군은 사기가 충천했다. 최영과 함께 홍건적의 난을 진압하고, 서경을 탈환하면서 이성계와는 부자의 연을 이어오고 있던 터였다.

"그만 진정하오. 한시가 급하니 어서 출전 준비를 하도록 하시오."

우왕은 출정 명령을 내렸다.

무선은 이런 날을 손꼽아 기다렸다. 오히려 마음이 가라앉고 담담해졌다.

'드디어 왔구나. 이 대포를 실전에서 써 볼 날이! 얼른 가서 왜를 토벌하여, 다시는 고려의 해안을 넘보지 못하게 하리라. 달리는 불이 드디어 그 진가를 발휘할 것이다.'

무선의 다짐은 비장했다. 국운을 건 승부였다. 무선의 피는 활활 타오르기 시작했다. 물러설 수 없는 싸움이었고, 기적을 시험할 기회였다. 무선은 스스로 달리는 불이 되어 30여 년을 달려왔다. 철저히 준비된 자가 무서워할 것은 없었다. 출전을 기다리는 내내 무선은 밤새 자신이 나르는 불이 되어 창공을 날아 왜선의 한복판에 날아가 꽂히는 꿈을 꾸었다. 적의 배는 불타고, 돛이 꺾이고, 왜구들이 불타는 배에서 아우성을 쳤다. 수백 척의 배가 화염에 뒤덮여 시야가 온통 붉은 전장이었다.

깨어나면 어린 시절 화약 불꽃을 보았던 때가 떠올랐고, 원통한 설이의 주검도 떠올랐다. 실험일지를 양팔로 껴안다시피 하고 죽어간 여식과 그로 인해 식음을 전폐하고 사경을 헤매었던 아내에게 조금이나마 빚을 갚고 싶었다.

무선은 배에 실을 무기들과 대장군포를 옮길 준비를 하고 있다가 최영을 맞았다. 최영은 무선의 한쪽 손을 잡아 눈앞으로 올리며 불끈 주먹을 쥐었다.

"드디어 최 장군의 무기가 빛을 발할 순간이네. 함께 가세. 이번 작전에서 수군을 통솔할 상원수로 나세 장군을 임명했네. 도원수로는 심덕부를, 부원수로 자네를 추천했네. 당장 출정 준비를 하게나."

원나라 출신의 해도 원수 나세는 오래전 고려에 귀화하여 홍건적을 물리치는 데 공을 세워 신임을 받은 인물이었다. 심덕부는 궁궐의 경호를 하다가 서해 도원수가 된 장수였다.

"제가 감히 부원수로서 지휘를 맡아도 되는지요."

"화약을 최 장군보다 더 잘 다루는 사람이 어디 있겠나? 더구나 함포며 화통방사대를 거느린 최 장군이 당연히 지휘해야지! 나는 최 장군을 믿소. 자네는 한 사람이 아니라 백 사람, 천 사람 이상의 몫을 할 수 있을 것이니 용기를 가지시오."

"최영 장군께서 저를 믿어주시니, 더 용기가 솟아납니다. 저 역시 두려움이 앞서지만, 한편으로는 오늘을 기다려 왔습니다. 죽을 때까지 후회 없이 싸우고자 하니, 염려 마십시오. 더구나 장군이 저를 이끌어 주시니 지옥까지 쫓아가서 왜구들을 토벌하고 돌아오겠습니다."

"육지에서 왜구들을 상대하는 이성계 장군에게도 이 무기들을 좀 보내도록 하지 않겠나? 긴급 요청이 있었소."

"비상시에 쓸 화약 무기를 남겨놓았습니다. 이성계 장군의 부대에 보내도록 하겠습니다."

무선은 무기고에서 주화와 촉천화 열 개씩과 육화석포와 질려포통 각 두 문, 그리고 화약과 탄자를 싣고 이성계의 부대로 갔다. 이성계는 크게 기뻐하며, 무선의 손을 꽉 잡았다. 아직 젊은 이성계지만 패기에 있어서는 최영 이상이었다.

"최 장군, 육지는 걱정 마십시오. 나 이성계가 아직 못 맞춘 적장이 없소. 이 끓는 피를 이번에야말로 구국을 위해 모두 쓸 것이오. 바다에서 도망친 왜구들을 수륙병진책으로 일망타진하겠소."

이성계의 늠름하고도 강인한 눈매를 보고, 무선 또한 그의 장담을 믿었다.

*

무선의 수염이 해풍에 흩날렸다. 갑판 위에 버티고 선 무선의 결기가 온몸으로 뿜어져 나왔다. 무선의 가슴이 무섭게 뛰기 시작했다. 날씨는 청명하고, 음력 8월의 덥지도 춥지도 않은 날씨지만, 식은땀이 나고, 온몸이 긴장하여 솜털이 솟구치는 듯했다. 40년의 세월을 바쳐 기다린 시간이었다. 홍건적에게 도읍을 빼앗기고, 백성이 가족들 눈앞에서 도륙당했던, 피가 솟구치는 기억들이 다시금 무선의 머리에 떠올랐다. 인신 공양 같은 아기 제사에 자식을 잃고, 눈앞에서 참척의 장면을 보아야 했던 젊은 아낙의 애통한 울음이 생생히 전해졌다. 저절로 두 주먹이 불끈 쥐어졌다.

이럴 때일수록 침착해야 했다. 각 배에 실린 화포와 화통방사군들의 준비상태를 세심히 살피며 어서 적의 배가 보이기만 손꼽아 기다렸다. 화포들은 전투를 대비해 매일 같이 기름칠하고, 관리해 왔다. 무선이 젊음을 바쳐 얻는 화포들을 굽어보니, 혈기가 용솟음쳤다. 이 땅의 평화, 이 바다의 평화가 이리도 힘들단 말인가! 오늘에야 고려 백성들 평생의 한을 풀 순간이었다.

대장군포 주위로 대여섯 명의 사수들이 때를 기다리고 있었다. 한쪽에는 분사식 무기인 주화와 촉천화를 쏠 궁수들이 대기하고 있었다. 멀리 있는 적도 문제없었다. 사람이 맞으면 단숨에 절명할 것이오, 배에 맞아도 배를 불태울 것이었다.

펄럭이는 깃발이 무선의 심장처럼 힘차게 바람을 맞고 있었다. 흰 수염이 백성들이 뿌린 억울한 흰 피처럼 바람에 날렸다. 비록 젊음은 지났으나 아직도 피가 끓고 있음이 느껴졌다.

'다시는 해안 사람들이 왜구를 피해 도망치게 하지 않으리라, 살 터전을 버리고 숨어 살게 하지 않으리라. 그들의 원수를 갚으리라.'

그때 우렁찬 목소리가 울렸다.

"적이 보인다."

나세 장군이 먼바다를 가리켰다.

먼 해안에 수백 척의 왜선들이 모습을 드러냈다. 바다를 뒤덮은 병선이 해안선을 가로막고 있었다.

"저놈들의 배가 모두 한데 모여 있구나. 하늘이 고려를 돕고 있구나."

무선이 말했다.

까마득하게 보이는 배들 사이로 첩첩이 가려진 깃발들이 해안에서 펄럭였다. 왜구의 배들은 성벽처럼 해안을 둘러싸고 있었다. 배를 기지처럼 활용하며, 왜구들이 곡물을 탈취하고 포로들을 잡아 오길 기다리고 있을 터였다. 어림잡아도 2만 명이 넘는 왜구가 바다와 육지에서 약탈을 자행할 것이었다. 이에 맞선 고려 수군은 비록 백 척이지만, 일사불란하게 발포 명령을 기다리고 있었다.

고려의 배가 다가오는 것이 눈에 보일 법한데도 왜선은 움직임이 없었다. 오히려 왜선은 고려의 배가 가까이 오기만 기다리고 있었다. 다가온 배에 건너가 칼을 휘두르는 것이 왜구의 특기였다.

"한 놈도 빠져나가지 못하게 포위하라."

심덕부가 소리치자, 이어 무선이 명령했다.

"화통방사군은 각자 제 위치로."

병사들이 대장군포를 뱃전으로 바싹 끌어다 붙였다. 왜구들은 배의 갑판에서 갈고리와 칼을 들고 기다리고 있었다. 왜구의 칼 솜씨는 백병전을 백전백승으로 이끌었다. 고려 전함은 그 사정거리에 들기 전에 멈추고, 왜선을 완전히 포위하여, 진포 앞바다에서 밖으로 나가지 못하게 봉쇄했다. 화포에 화약을 장전하기 시작했다.

그때까지도 왜구들은 고려 전함이 더 가까이 오기만 기다렸다. 이제껏 싸움의 방식은 그러했다. 갈고리를 적선에 걸어 고정해 놓고, 월선하기만을 기다리고 있을 것이었다. 왜구들 선박은 바람에 떠내려가지 말라고 배들끼리 밧줄로 묶어 놓았다. 약탈한 곡식을 배에 실을 때 흔들리지 않게 하는 목적도 있었다. 고려 전함이 서서히 포위를 좁혀오는데도, 배들을 풀 생각도 하지 않았다.

왜구의 장수 손시제는 그때까지도 느긋했다. 승리가 눈앞이었다. 머리를 정수리에서 하나로 묶어 변발을 한 그는 철갑옷으로 무장했다. 평소에는 사루마다 한 장만 걸치는 복장을 하고 있었지만, 전투에 나갈 때는 갑옷을 모두 갖춰 입었다. 그가 이끄는 왜구는 규슈를 중심으로 하는 수군이면서 때로는 도적질을 하는 마쓰우라당을 모아 정규군처럼 훈련시킨 군사들이었다.

"고려 전함이 몰려오고 있습니다. 배들을 풀어서 적의 공격에 대비해야 합니다."

부하의 말에도 손시제는 꿈쩍도 하지 않았다.

"아무 걱정하지 마라. 고려군이 할 수 있는 것은 아무것도 없다. 배가 다가오면 갈고리를 던져라."

왜구는 고려가 화약 무기를 개발했다는 것을 모르고 있었다.

무선은 적의 배가 화포의 사정거리 안에 들어오자 하늘을 향해 포효하듯이 소리쳤다.

"배를 옆으로 돌려라."

갑판에 놓인 함포가 왜선을 향하도록 뱃머리를 돌렸다. 갑판에는 화포가 줄지어 서 있었다.

"지금이다. 화약에 불을 붙여라."

화통방사군은 일제히 들고 있던 불을 대장군포의 화약통 심지에 붙였다. 동시에 진군의 북소리가 울리기 시작했다.

"발사."

무선의 외침에 대장군포에서 불이 뿜어져 나가며 굉음을 토해 냈다. 화포에서 날아간 탄자는 불을 뿜으며 공중으로 동시에 날아올랐다.

"저것이 무엇입니까?. 불덩어리가 날아오고 있습니다."

"저것이 무엇이냐? 우리를 향해 오고 있구나. 어서 피해라."

손시제의 말이 끝나기도 전에 왜선에 불이 붙기 시작했다.

"배에 불이 붙었다. 어서 불을 꺼라."

삽시간에 비명과 아우성이 하늘을 찔렀다. 그제야 손시제는 전세를 파악하려고 애썼다. 곧 철환이 날아와 왜선의 고물과 갑판을 부수었다.

"갑판에 구멍이 뚫렸다. 어서 배에서 도망쳐라."

왜구들의 아우성이 고려 전함에까지 들렸다.

"2열 주화부대는 다시 불을 붙여라."

병사들은 일사불란하게 화살 끝에 붙은 지화통에 불을 붙였다.

"발사!"

무선은 왜구들이 숨돌릴 겨를도 없게 화전과 화포를 발사했다. 왜구들의 배는 순식간에 아비규환이 되었다. 배의 돛이 불붙어 넘어겼고, 그 아래 깔린 왜구는 비명을 질렀다. 불이 붙은 옷을 벗느라 허겁지겁하며, 바다로 뛰어드는 무리도 있고, 뒤집히는 배에 매달리려고 안간힘을 쓰는 왜구들도 있었다. 왜선의 집단 대형이 흐트러졌다. 주화와 탄자는 왜구들에게 공포심을 불러일으켰고, 주위의 적선까지 함께 불태웠다.

"다시 장전."

천지가 함포 소리로 진동했다. 바다는 불의 공격으로 빨갛게 물들었고, 적들은 필사적으로 도망치기 시작했다.

"한 놈도 남기지 말고 공격하라."

무선은 더 힘차게 소리쳤다. 하늘도 곧 화염에 휩싸였다. 노을처럼 붉게 물든 하늘 아래, 지옥도가 펼쳐지고 있었다. 뒤늦게 손시제는 배를 묶은 밧줄을 풀라고 명령했지만, 이미 대장군포에서 날아온 지름 11센티미터의 쇠공은 무서운 괴력으로 갑판을 뚫었다. 주화의 위력은 한층 더 셌다. 주화 중에서도 가장 큰 대장군전은 길이 6자에 50근의 쇠를 이용해서 만든 불화살이었다. 한 번만 맞아도 배는 침몰했다.

바다는 아수라장이 되었다. 오랫동안 수탈당하고 도륙당한 고려군의 대반전 복수극이었다. 불꽃이 동시다발적으로 왜선을 공격하여, 왜선 대부분은 불이 붙어 침몰했다. 그 불구덩이를 피해서 부서진 갑판이라도 잡으려고 안간힘을 쓰는 왜구와 불붙은 갑판을 붙들고도 바다에 뛰어들지 못해 대롱대롱 매달린 왜구, 불붙은 왜선을 버리고 고려의 누선에 매달리는 왜구들 등등 눈 뜨고 볼 수 없는 광경들이 이어졌다.

왜구들은 속수무책으로 두려움에 떨며 도망치기에 바빴다. 몇몇 왜구는 운이 좋게 육지로 도주했다. 고려의 통쾌한 대반격은 50년 동안의 패배를 설욕해 주었다.

"적장이 도망친다."

나세의 외침에 무선은 바다 한복판으로 도망치는 적선을 향해 마지막 포를 쏘았다. 왜구의 적장 손시제가 탄 배는 정확히 두 동강 나 서서히 침몰했다. 이로써 5백 척의 왜선이 흔적도 없이 사라졌다. 바다 위에는 불타는 갑판 조각과 돛들, 그리고 뜨거운 물 속에서 허우적거리는 왜구들의 비명만 난무했다.

무선은 그 모습이 통쾌하면서도 참혹함에 몸을 떨었다. 막다른 길로 내몰린 왜구들의 발악이 멈출 때까지는 더 강력한 힘이 필요했다.

해전에서의 큰 성과는 그것뿐이 아니었다. 노꾼으로 감금되어 있던 고려인들과 아라비아나 중국에 노예로 팔기 위해 갇혀있던 고려인 포로들 334명을 구출할 수 있었다. 그들의 표정은 지옥에서 살아 돌아온 것처럼 어리둥절해 있었다.

"승전고를 울려라."

"만세, 만세, 만세."

병사들의 외침이 무선의 마음을 울렸다.

나세와 심덕부 장군이 무선의 손을 잡았다.

"최 장군, 이런 날이 오다니 꼭 꿈만 같소. 정말 화약이란 것이 이렇게 대단한 것인 줄 몰랐소."

나세 장군의 말에 심덕부도 이어 말했다.

"그렇습니다. 도무지 내 눈으로 봐도 믿어지지 않소. 일찍이 최 장군을 돕지 못한 것이 한이오."

"과찬이십니다. 두 장군께서 제게 큰 힘을 주었습니다. 우리 부하들의 피해가 없어 다행입니다."

무선이 말했다.

"왜구들이 겁을 먹고 다시는 고려를 넘보지 못할 것이오."

"그렇기는 하나 이미 육지로 도망친 왜구들이 마을들을 습격할 테니, 지속적으로 왜구를 막아낼 수 있는 특단의 조치가 있어야 할 것입니다. 그렇지 않다면, 호시탐탐 왜구들이 허점을 노려 언제 또 쳐들어올지 모르니 말입니다."

"나라가 힘이 있어야 한다는 걸 이번에 크게 깨닫습니다."

"맞소. 이 싸움으로 느끼는 바가 크오."

"이제 화포를 내륙으로 가지고 가서 이성계 장군을 도와야겠습니다."

"그러시오. 나는 진무를 보내 승전보를 임금에게 올려야겠소."

무선의 말에 나세는 말했다.

왜선 5백 척을 품은 바다는 흔적도 없이 고요해졌다.

'이 아름다운 바다를 지켜내리라.'

수평선으로 해가 넘어가는 것을 보며 무선은 생각했다. 수십 년 동안 왜구에 시달려 온 고려가 최초로 대승을 거둔 것이었다. 접전이라고 할 게 없었으므로 고려군의 피해는 전무 하다시피 했다. 일생을 바쳐 만든 화약 무기로 이끈 승리였기에 그 감격은 말할 수도 없이 컸다. 백발이 되도록 매달리고, 감옥에 갇히기도 한 지난 세월이 한순간 지나갔다. 나라를 구할 수 있게 되었다는 안도감과 함께, 기분 좋은 피로감이 덮쳤다.

고려 조정은 왜구들의 잔당을 일시에 토벌하기 위해 이성계를 비롯한 장수 17명을 전투에 내려보냈다. 그동안 왜구는 진포에서 배가 불타서 본국으로 돌아가기 힘들어지자, 금강을 따라 강경, 논산, 공주를 거쳐, 경상도 상주에 이르렀다. 왜구들은 상주에 일주일 가까이 머물며 한 살배기 어린아이를 잡아 제사를 지내고, 점을 쳤다. 점괘가 불리하게 나오자 서둘러 이동하기 시작하여 함양 수동의 사근내역에 다시 주둔했다.

사근내역 전투에서 고려군은 아지발도가 이끄는 왜구에게 무참히 참패하여 사근산성이 무너졌다. 이후 왜구들은 지리산으로 향했다. 이성계와 이지란은 3천 명의 군사를 이끌고 왜구들이 있는 지리산 운봉에 집결했다. 이지란은 무예에 출중한 이성계의 오른팔이었다. 여진족 족장의 아들이었으나 활쏘기 내기에서 이성계를 만나 의형제를 맺고, 자신이 가진 영토와 군사를 모두 데리고 고려로 귀화하여, 이성계의 휘하에 들어간 인물이었다.

"이렇게 참혹할 수가······."

운봉까지 오는 도중 이성계는 고려군의 시체들이 널려있는 광경을 목격하고, 그 참담함과 분노에 밥을 삼키지 못했다.

무선 역시 남아있는 육화석포와 질려포통을 모두 운봉으로 집결시켰다.

"너무 급하게 전진하면 위험할 수도 있습니다. 적의 정황을 살펴봐야 합니다."

이지란의 염려에도 이성계는 물러서지 않았다. 돌아갈 퇴로가 막힌 왜구들이 악에 받쳐 악랄하게 복수하는 것을 두고 볼 수 없었다. 이인임 같은 간신 일파들이 조정을 장악하고 있는데, 왜구들이 개경으로 올라간다면 임금과 개경을 버리고 도망칠 것이 뻔했다. 더구나, 왜구들의 적장은 아지발도였다.

겨우 열여섯 살의, 혈기 왕성하고 죽음을 무서워하지 않는 아지발도는, 철갑옷을 두르고 흰 말을 타고 나타나 창을 휘둘렀다. 거구의 몸집에 죽음의 두려움조차 무엇인지 모르는 그였기에, 모두 그의 이름만 듣고도 사기가 꺾였다. 그는 고려를 멸망시키겠다고 호언장담하던 인물이기도 했다. 여기서 막지 않으면 개경이 위험해졌다.

"겁나는 사람은 물러가라. 나는 적에게 죽을 것이다."

고지대에서 고려군을 기다리고 있는 왜구들을 향해 몸을 사리지 않고 이성계는 앞장섰다. 쏟아지는 화살에 다리를 맞았지만, 태연히 화살을 뽑아내고 다시 싸웠다.

"아지발도를 믿고 왜구들이 겁 없이 날뛰고 있다. 왜구의 기를 꺾어야 한다. 아지발도를 잡으면 반은 이긴 것이다."

이성계는 말하며, 이지란을 바라보았다. 이지란은 이성계의 눈빛만 봐도 무엇을 요구하는지 알았다.

"하지만 참으로 아깝구나. 저 용감한 자가 왜구라니! 산 채로 잡아서 우리 가별초에 넣고 싶구나."

이성계의 말에 이지란은 고개를 저었다.

"그리되기만 하면 좋겠으나, 산 채로 잡으려면 우리 군사들이 많이 다치게 될 것입니다."

이지란의 말은 늘 이치에 맞았다. 빈틈없이 철갑으로 무장한 아지발도를 잡기란 쉽지 않을 것이었다.

이성계와 이지란은 함께 그를 처치하기로 했다. 먼저 두 사람이 동시에 활을 쏘아, 아지발도의 양쪽에 서 있던 왜구 둘을 동시에 쓰러뜨렸다. 이때 이성계는 소리쳤다.

"아지발도의 투구 꼭지를 떨어뜨릴 것이니, 자네가 아지발도를 맞추게."

말이 마치기도 전에 이성계의 화살이 허공을 가르며 날아갔다. 화살은 갑옷으로 온몸을 빈틈없이 감싼 아지발도의 투구 꼭지를 정확히 맞추었다. 투구가 떨어지면서 균형을 잃은 아지발도의 목 한가운데를 이지란의 화살이 뚫었다. 절묘한 타이밍이었다.

적장 아지발도의 절명을 눈앞에서 본 고려군은 용기백배하여 앞으로 달려 나가며 활을 쏘았다. 반대로 왜구들은 충격으로 전의를 상실했고, 금세 전열이 붕괴되었다. 왜구들의 비명과 통곡 소리가 소의 울음처럼 길게 끊이지 않았다. 왜구들은 말을 버리고 황산으로 숨어들기 시작했다.

이성계의 부대는 그 기세를 이어 북을 치고 함성을 지르며 왜구들을 뒤쫓기 시작했다. 냇물이 곧 왜구들의 피로 뒤덮였다. 최영의 부대까지 합류하여 싸우자 왜구들은 황산에서 완전히 토벌되었다.

15. 구국의 운명

무선의 집에 아기 울음소리가 가득 퍼졌다.

"고맙소, 부인. 노산에 무척 고생하였소."

전쟁에서 돌아온 무선은 금주의 해산을 지켜볼 수 있었다.

"저도 기쁩니다. 아들 이름을 지어 주시지요."

금주의 말에 무선은 잠시 골똘히 생각에 잠겼다.

"해산(海山)이 어떻소? 바다 해에 뫼 산, 평화로운 고려의 바다와 산을 품었으면 하는 아비의 뜻이오."

"당신 뜻이 그러한데, 반대할 이유가 무엇입니까! 저도 좋습니다. 해산이라고 부르겠습니다."

무선은 왜구들의 괴롭힘이 없는 세상에 아들이 태어난 것이 무엇보다 기뻤다.

진포대첩 이후 무선은 명실상부한 고려의 재상의 반열에 오르게 되었다. 황산대첩을 대승으로 이끈 이성계 역시 변방의 장수 이미지를 벗고 백성들에게 구국 영웅으로 떠올랐다. 무선의 함포는 바다의 평화를 지키는 힘이 되었고, 더 이상 왜구에 대한 두려움을 갖지 않게 되었다. 그동안 숨어 살던 삼남 지방의 백성들이 다시 해안 마을로 돌아왔다. 농사를 짓고, 고기를 잡으며 생업을 이어 나갈 수 있었다. 무선의 꿈이 이루어진 것이다.

하지만 그런 평화도 잠시였다.

1383년(우왕 9년) 해산이 걸음마를 시작하고, 옹알이할 무렵 왜구들이 다시 남해에 모습을 드러냈다. 훈풍이 불던 5월, 왜는 새로 만든 대선 120여 척의 배에 2,400명이 나눠 타고 관음포에 나타났다.

"고려에 투항하여 양민으로 살던 왜인들이 첩자가 되어 고려의 정세를 밀고하는 반역을 저질렀다 하옵니다."

남해의 지역 수비군만으로는 막아내기 힘들어 조정에 구원요청을 왔던 전령의 말이었다.

무선은 우왕에게 부원수로 출정할 수 있기를 아뢰었다. 예순에 가까운 나이였지만, 왜구를 두고 볼 수는 없었다. 황산대첩에서 함께 싸운 적이 있는 해도원수 정지 장군과 함께 47척의 함선을 이끌고 관음포로 내려갔다. 왜선은 한배에 백여 명이 승선할 수 있을 정도로 규모가 커져 있었다. 대선 스무 척에 각 백여 명씩의 왜구를 태운 선단이 빠르게 고려 누선에 접근하고 있었다. 무선은 배들이 서로 닿기 전에 원거리에서 화포를 적들을 향해 돌려놓았다.

"방포 준비!"

무선은 함포의 방향을 왜선과 나란히 놓고, 왜선이 움직이는 거리를 가늠하며, 포를 발사했다. 포는 정확히, 빠르게 이동 중이던 왜선의 중심에 가 박혔고, 순식간에 커다란 배가 두 동강 났다.

"포의 방향을 바꾸어라."

무선의 말에 화통방사군은 직각으로 포를 돌려 다시 발사했다. 도망쳐 달아나던 왜선의 옆구리를 화염이 둘러쌌고, 그 연기가 하늘을 뒤덮었다. 바다에는 시체가 둥둥 떠다녔고, 남은 적들은 활을 쏘아 거꾸러뜨렸다. 왜선 17척과 왜구 2천여 명이 순식간에 불에 타거나 물속으로 사라졌다.

정지는 그 모습을 보고 감탄하며 외쳤다.

"이제껏 많은 전쟁을 치러왔지만, 오늘처럼 통쾌한 일은 없습니다!"

무선 또한 반신반의하던 화포의 기동성에 또 한 번 안심했다. 진포대첩의 승리보다 더 큰 소득이었다. 진포대첩에서는 해안에 묶여있는 배에 포격을 가한 것이라면, 관음포에서는 해상에서 이동 중인 왜선을 거꾸러뜨린 것이었다.

"이제 왜구는 고려에 얼씬을 못 할 것입니다. 최 장군의 함포는 실로 기적 같습니다."

정지는 무선에게 깊은 경의를 표했다.

관음포에서 가까스로 도망친 왜구들은 내륙으로 숨어들었다. 고려의 험준한 산에서 지형지물을 이용한 방어진지를 구축하고 버텼으나, 화포는 한 방에 왜적의 진지를 부수고 불태웠다. 50여 년 동안 고려의 내륙과 해안을 도륙했던 왜구는 무선의 화포로 인해 더 이상 해안에 접근하지 못했다.

1389년(창왕 1년) 조정은 긴급회의를 열었다. 경상도 도순문사 박위는 창왕에게 아뢰었다.

"명나라가 왜구를 칠 것이라고 합니다. 고려에 좋은 일은 아닌 것 같습니다."

박위는 공민왕 때 왕의 호위병이었다가, 홍건적이 개경을 함락시켰을 때, 공민왕을 피신시켰던 장수였다. 요동 정벌 때 이성계와 함께 출정하여 위화도 회군에 가담한 인물이기도 했다.

"그러기 전에 고려가 쓰시마 섬을 먼저 정벌하는 것이 옳을 것 같습니다."

무선은 눈을 감고 가만히 생각을 가다듬었다.

"왜구는 고려에 사죄 차원에서 지난 진포에서 잡혀간 고려인들도 돌려보내고, 대규모 도발도 하지 않는데 꼭 그래야 하오?"

"남해로 들어오는 소규모의 왜구들도 문제지만, 명나라는 왜를 정벌하려고 준비 중인데 그럴 경우 고려의 피해가 클 것입니다. 명이 왜구를 치기 위해서는 함선이 정박할 곳이 있어야 합니다. 분명 왜와 가장 가까운 고려에 배를 정박시키고, 그곳을 거점 삼아 각종 군수물자를 조달하려고 할 것입니다. 그러면 고려의 식량과 물자는 고스란히 명나라의 손에 좌지우지될 것입니다. 고려에 득이 될 것은 하나도 없습니다.

또, 왜가 국가적으로 도발하는 것이 아니기에, 쓰시마 섬을 거점으로 하는 왜구의 소굴만 소탕하면, 왜와 외교적으로 마찰을 일으킬 일이 없습니다. 그리고 명나라의 전함과 군대가 고려의 영토에 들어올 이유도 사라집니다. 그렇게 된다면 소규모로 치고 들어오는 왜구들도 완전히 소탕될 것이고, 그러면 왜구의 침입을 원천 봉쇄할 수 있습니다."

당시 고려의 잘 훈련된 수군은 언제 명령이 떨어져도 출정할 수 있을 만큼의 힘과 기동력이 있었다. 또 배는 오래 묵히면 썩고, 병사들도 군역에 지치면 도망칠 궁리를 하기 마련이었기에 더없이 좋은 기회였다.

이른 새벽, 무선은 박위와 함께 어둠을 틈타 100여 척의 함선을 이끌고 대마도로 향했다. 사방은 검고 고요했다. 기습적으로 항구에 정박해 있던 왜구의 선박을 포격했다. 섬의 개들이 일제히 짖기 시작했다. 선박 300여 척을 수장시키고, 왜구들이 사는 해안가 마을의 집을 모두 불살랐다.

　무선이 만든 화포의 위력은 지난 50여 년을 설욕하고도 남았다. 하지만 승전의 기쁨도 뒤로하고 곧 낙향을 준비했다. 그동안 무선은 기쁜 소식과 슬픈 소식을 함께 접하며, 서서히 자신의 입지를 의도적으로 좁혀나가던 중이었다. 참으로 허무하고 안타까운 날들이었다. 조정에 나가는 대신 숲으로 들어가 앞날을 기약하며 혼자만의 사색에 잠겼다.
　해산이 무선과 금주의 사랑 속에서 무럭무럭 자라는 동안 고려의 정세는 급박하게 변화하고 있었다. 1388년(우왕 14년) 최영이 문하시중이라는 최고 관직에 올라, 그동안 우왕의 뒤에서 고려를 쥐락펴락했던 이인임 일파를 몰아내는 과정에서, 수문하시중인 이성계와 갈등하기 시작했다. 최영과 이성계는 홍건적의 난과 진포대첩 등, 수많은 싸움을 생사를 함께하며 동고동락하고, 부자의 연을 맺었으나, 그 끝은 비극으로 치닫고 있었다.
　황산대첩 이후 이성계와 친분이 두터워진 정몽주가 젊고 명민한 신진사대부 정도전을 이성계에게 소개해 주었다. 함흥으로 이성계를 만나러 간 정도전은 이성계가 거느린 가별초의 군사력을 보고 감탄했다. 가별초에 비하면 고려군은 오합지졸과 같았다.

"이렇게 훌륭한 군대를 가지고 있으니, 이성계 장군은 무슨 일인들 못 해내겠습니까!"

"그게 무슨 말씀이신지요, 과찬이십니다."

"고려의 국운이 어떻게 되려는지 정말 걱정입니다."

정도전의 말에는 숨은 의미가 있었다. 이성계 역시 그 의미를 알았다. 그 무렵 이성계는 전쟁터를 누비는 일개 장수를 넘어서서, 조정의 정치에 대해 조금씩 관심을 가지고, 관여하기 시작했다. 이런 와중에도 이인임 일파의 횡포는 그치지 않았다. 이에 이성계는 권문세족을 벌하고, 이인임을 참수하려 했으나, 최영의 반대에 부딪혔다. 신진 사대부와 함께 개혁을 추진하던 이성계와 권문세족인 최영이 뜻을 함께하기는 어려웠다.

그해 봄, 명나라 황제가 오래전 원나라가 빼앗아 다스렸던 철령 이북의 쌍성총관부 지역을 명나라에 귀속시키라고 우왕에게 명령했다. 최영은 반대했다.

"명나라는 이미 고려에 과도한 공물과 공녀를 요구함으로써 백성의 원성을 하고 있습니다. 그런데, 땅까지 내놓으라고 하는 것은 고려를 무참히 밟으려는 전초 같습니다. 요동 땅을 정벌하여 명나라의 무례함을 막아야 합니다."

최영은 팔도 도통사로서 5만 명의 병사를 이끌고 직접 요동 원정을 가려 했으나 우왕은 허락하지 않았다. 최영이 목호의 난을 진압하러 탐라에 간 사이 아버지 공민왕이 시해당한 사실에 겁을 먹은 우왕은 최영에게 개경을 비우지 말라고 명령했다. 이에 최영은 우군 도통사 이성계와 좌군 도통사였던 조민수에게 요동 정벌을 명령했다.

"요동 공격은 기습 작전이어야 하오. 출병이 길어지면 방어의 시간을 줄 터이니, 한 달 안에 요동을 완전히 점령하도록 하시오. 장군의 어깨가 무겁지만, 나는 누구보다 장군을 믿소."

이성계는 요동 정벌이 내키지 않았지만, 개경을 지키는 군대를 제외한 4만이라는 엄청난 군사를 데리고 요동으로 북진했다. 다만 자신이 수긍할 수 없는 명령이었기에, 서두르지 않았다. 요동으로 가는 동안 시일을 허비하여 여름 장마가 시작될 무렵에 겨우 위화도에 도착했다. 최영이 명령했던 한 달은 이미 넘긴 지 오래였다. 위화도는 압록강 중간의 작은 섬이었다. 장마철과 맞물려 군사들의 사기는 크게 떨어졌고, 강물은 크게 불어나 뗏목을 띄울 수가 없었다.

"잠시 멈추고 조정에 보고해야겠으니, 여러 장수를 모두 모으시오."

이성계는 함께 출정했던 장수들을 불러 모았다.

"아무래도 우리는 회군해야 할 것 같소."

조민수는 이에 반기를 들었다. 이성계는 회군을 청하는 글을 우왕에게 보냈다. 우왕은 허락하지 않았다. 이성계는 조민수를 설득했다.

　"만약 명나라의 국경을 범하여 태조에게 죄를 짓는다면, 고려의 종묘사직과 민생에 화가 덮칠 것입니다. 그러니 고려를 살리기 위해 왕의 측근에 있는 악인인 최영을 먼저 제거해야 하는 게 옳지 않겠습니까?"

　이성계는 요동 북진을 하기 전 이미 정도전의 개혁 의지를 확인하고, 그의 조언을 깊이 새긴 후였다. 회군 열흘 만에 이성계의 군대는 개경에 도착했다. 개경의 방위군이 준비할 틈을 주지 않기 위해서였다. 최영이 반격에 나섰지만, 너무 많은 군사를 요동 정벌군으로 출전시켜 개경에 남아있는 군사의 수가 턱없이 적었다. 일생 수많은 싸움을 하고, 매번 승리로 이끈 최영이지만 결국 개경에서 붙잡혀 유배되었다가, 창왕 즉위 후 73세 나이로 처형당했다.

　"최영 장군이 이성계 장군에 의해 죽임을 당하다니요?"

　무선은 최영의 죽음에 불같이 화를 냈다. 딸을 잃었을 때만큼이나 충격이 컸다. 무선은 최영 장군처럼 나라를 진정으로 걱정하는 장수를 보지 못했다. 그는 철저한 무인으로 부하들과 백성들에게 엄격했던 만큼 자기 자신에게도 엄격했다. 백성들은 이런

곧은 성품의 최영을 국가의 수호신처럼 존경했다. 더구나 이성계가 아비 같은 최영을 처형하다니 있을 수가 없는 일이었다.

더구나 대마도 원정이 성공한 이후 이성계는 왜구의 침입이 사라졌다는 것을 핑계로, 반란의 중심이 될지도 모를 화통도감을 없애려 했다. 남아있는 반대파 세력의 반기를 두려워했다. 겉으로는 군사기밀이 다른 나라에 들어가는 위험을 방지하는 차원이라고 했지만, 정작은 무섭게 부상하는 무선의 권력을 두려워하고 질투하던 무리들의 견제 때문이기도 했다.

이에 무선의 울분은 극에 달했다. 최영의 죽음은 받아들일 수 없는 일인 데다 화통도감까지 폐지한다면, 고려의 운명은 어떻게 될 것인지 걱정스러웠다. 그동안 자신이 고난을 참으며 쌓아 올렸던 구국의 화약과 전투 능력이 더 이상 나라를 위해 쓰이지 못할 것이라는 우려는 분노를 일으켰다.

'장차 이 나라를 어찌해야 할꼬. 다시 50년 전으로 되돌아가는 것이 아닌가!'

죽음을 무릅쓰고 무선은 이성계를 찾아갔다.

"제 나이 이미 육순이 넘었지만 이건 아니 됩니다. 화통도감을 없애다니요. 이성계 장군 역시 나라를 위한다고 말씀하지 않았습니까! 국방은 아무리 중요시해도 넘치지 않습니다."

무선의 말에 이성계는 태연히 답했다.

"최 장군, 지금 이 나라를 보시오. 구태의연한 귀족들이 가렴주구로 백성을 수탈하는데, 신진사대부들은 힘을 못 쓰고 있습니다. 나라가 이렇게 무너져 가는 것을 보고만 있어야 하겠소? 최 장군의 화포로 이제 왜구들이 더는 고려를 넘보지 못하는 상황이지 않소. 필요도 없는 곳에 너무 많은 품을 들여 백성이 더 피폐해지는 게 아닌가 하오. 백성들에게 더 편한 삶을 주기 위한 것이니 너무 서운해 마시오. 이런 태평성대가 최 장군이 원했던 것이 아니오!"

이성계는 옛정을 불러일으키며 무선의 마음을 돌리려 설득했지만, 무선에게는 그 말들이 권력을 유지하기 위한 변명으로밖에 들리지 않았다.

"나라는 강할 때 지키는 것이오. 외적이 쳐들어올 때는 이미 늦은 것이지요."

비통한 마음으로 무선은 되돌아 나왔다.

16. 화포법과 화포섬적도

1392년(태조 1년) 태조 이성계는 나라 이름을 조선으로 바꾸었다. 진포대첩의 승리와 황산대첩에서 같이 싸운 공을 치켜세우며, 무선을 불러 검교참찬문하부사 겸 판군기시사 벼슬을 내렸다. 무선은 관직을 거절하고, 조정에서 물러났다.

이성계는 화포를 포함한 화약이 반란의 무기가 될 것을 우려하여, 화약의 제조 및 화약 무기 개발을 중지하고, 무기도 함부로 사용하지 못하게 법으로 통제했다. 화통도감이 설치된 지 겨우 10년을 넘어선 시점이었다.

무선은 고향의 산야 너머로 지는 해를 보았다. 혼인할 때 어린 아내였던 금주는 쉰이 넘었다. 그동안 고생시킨 것은 이루 말할 것도 없으니 이제 여생을 편히 보낼 수 있게 해주어야 할 것 같았다. 명장들과 함께 나라를 구했으니, 더는 후회 없는 인생이었다. 초야에 묻혀 그동안 소홀했던 가족을 돌보며, 물 흐르듯 세상이 흘러가는 것을 보는 것도 나쁘지 않았다.

가끔 뜰 앞 정자에 앉아 나지막한 새소리를 들었다. 자연이 주는 안정감은 분노에 찼던 무선의 감정도 안아주고, 위로해 주었다. 그제야 다시 무엇을 해야겠다는 의지가 되살아났다. 새벽에 일어나 고요한 들길을 산책했다. 잔잔히 머리에 떠오르는 것이 있었다.

화통도감이 없어진 후에도 무선은 화약에 대한 생각을 끊지 못했다. 무엇보다 화약 제조법을 제대로 전수하지 못한 것이 늘 마음에 걸렸다. 후대에 고생할 걸 생각하면 불태워 없앨 수도 없었고, 어린 아들에게 가르치기에는 위험했다. 다른 사람에게 가르쳐주었다가 외적의 손에 들어가기라도 하는 날이면 더 큰 일이었다. 이런 고민을 잘 아는 금주가 무선의 손을 잡고 말했다.

"지금 당장은 아니지만, 우리 해산이가 서방님이 이룬 일을 이어줄 것입니다. 평생 공을 들여 만든 화약이 아무리 위험하다고 해도, 나라를 위해서는 없어서 안 될 무기이니, 부디 해산을 위해 기록을 남겨두는 것이 어떨까 합니다. 너무 낙심 마시고, 후세를 대비하는 게 좋지 않겠습니까! 아직 해산이 어리지만, 세월은 우리가 생각하는 것처럼 그렇게 느리지 않지요."

무선은 눈을 감았다.

'이대로 사라지게 할 수는 없다.'

마음을 다잡자, 이제껏 무기력하게 우울했던 마음도 다시 밝아졌다.

'그래, 지금이라도 내가 할 수 있는 일을, 하면 된다. 나는 이제껏 나의 꿈을 위해서 일생을 바쳐왔고, 오랜 시간을 들여 끝내 성공했고, 나라를 위해 큰 도움이 되었다. 화통도감이 없어지기는 했으나, 내 머릿속에 있는 기술은 누구도 도둑질해 갈 수 없는 것이다. 다만 나의 죽음은 언제일지 장담할 수 없으니 빨리 끝내야 한다.'

갑자기 무선의 마음이 조급해지기 시작했다.

"덕새야, 먹과 붓을 가지고 오너라."

무선은 말하며 덕새를 보았다. 덕새의 머리도 하얗게 셌다.

"네 머리에 난 것이 무엇이냐?"

덕새는 무선의 말뜻을 알아채고 웃었다.

"세월이옵니다."

그 긴 시간 동안 자신을 도와준 덕새가 무선은 참으로 고마웠다.

"덕새야, 더는 늦지 않게 옥란과 같이 고향으로 돌아가거라."

"무선 나으리, 이제 여기가 제 고향 같습니다. 무선 나으리께서 양광도에서 배 만드시는 동안 저 역시 고향마을에서 회포를 풀어서 더는 여한이 없습니다."

"그렇다면 네 아들 대는 노비가 아닌 평민으로 살 수 있도록 해놓을 것이니, 너무 늦지 않았으면 좋겠구나."

"그리해 주시면 옥란도 크게 기뻐할 것입니다."

덕새는 가져온 벼루와 먹을 무선의 앉은뱅이책상 위에 올려놓았다.

무선은 이제껏 자신이 화약을 만들기 위해 터득한 비법과 염초 구하는 법, 진토 구하는 법 등 자신이 이룬 것과 본 것, 아는 것을 한 자, 한 자 세심하게 적어 내려갔다. 완성된 두 권의 책 겉장에는 각각 《화약수련법》과 《화포법》이라고 썼다.

또한 진포대첩에서 싸웠던 치열하면서도 통쾌했던 전투 장면을 다시금 자세하게 떠올렸다. 불타는 왜선과 왜구들이 바다로 불길을 피해 바다로 뛰어드는 장면, 불을 뿜는 고려 전함의 대장군포와 누선의 꼭대기에서 휘날리는 깃발, 귀신처럼 불꽃을 뿜으며 날아가는 주화가 백발이 된 무선의 눈앞을 지나갔다.

무선은 그 장면들을 생생하게 떠올리며 그림으로 남겼다. 아들 해산에게 물려줄 중요한 유산이었다.

"아들을 위한 것이오. 당신이 잘 보관해 주시오."

무선은 금주에게 그동안 쓴 책과 그림을 보여주었다. 두 권의 책과 두루마리 화선지에 그린 〈화포섬적도〉를 보고 금주는 새삼 옛일들이 떠올렸다.

"서방님, 오랫동안 고생이 많으셨습니다. 이제 여한이 없을 것입니다. 새삼 그때 생각을 하면, 그 힘든 시기를 어떻게 버텼는지, 서방님이 정말 자랑스럽습니다. 서방님이 저의 낭군이어서 저는 참으로 여한이 없습니다."

금주의 말에 무선 역시 할 일을 다 한 것 같았다. 더구나 해산은 무선을 닮았다. 무선은 아들 해산이 자기의 어린 시절처럼 병서에 관심을 보이는 것이 기특했고, 그것이 무선에게 큰 기쁨이 되어주었다. 해산은 병서를 틈틈이 읽으면서 밖에 나가 동네 아이들과 칼싸움을 하거나, 전쟁놀이를 즐겼다.

"오늘도 아이들과 칼싸움을 하였느냐?"

무선은 땀에 젖은 채 흥분하여 들어오는 해산에게 물었다.

"네, 아버님. 오늘은 우리 편이 이겼습니다."

"무슨 놀이를 하였느냐?"

"적이 개울을 건너지 못하도록 하여, 우리 요새를 지켰습니다."

"너의 지략이 뛰어나구나. 틈틈이 병서를 읽으면서 그동안 닦아왔던 기술이 놀이에서 이기게 했구나."

"저는 참 운이 좋습니다. 아버님이 주신 병서가 도움 되었습니다."

해산의 말이 참으로 기특했다.

"그것은 운이 아니라 너의 실력이란다. 운은 그저 오는 것이 아니란다. 늘 기회를 기다리고, 그것을 잡기 위해 준비를 해야 하는 것이지. 네가 아이들과의 전쟁놀이를 단순히 놀이로 생각하지 않고, 마음을 다하여 준비하는 것을 이 아비는 다 알고 있느니라."

"아버님께서 저의 노력을 알아주시니 더 기쁩니다. 저는 지고 싶지 않습니다. 제가 덩치가 크지 않아 힘으로 밀리니 머리를 쓰지 않으면 안 됩니다."

"그렇구나, 단점을 그대로 받아들이지 않고, 다시금 이길 수 있도록 방도를 강구하는 모습이 참으로 이 아비를 닮아서 기쁘다. 그물을 더 촘촘히 하여 운이란 놈이 왔을 때 확실히 가두어 네 것으로 만들어라. 그러면 하고 싶은 것을 할 수 있을 것이야."

"저도 아버님처럼 최고의 명장이 되어서 사람들이 고통받을 때 힘써 나라를 구해내겠습니다."

해산의 말에 무선은 그동안의 허무했던 마음을 모두 떨쳐낼 수 있었다.

"그러고 보니 이 아버지도 참으로 운이 좋은 사람이었구나. 군기감에서 일해서 일찌감치 군대 사정과 군수물자, 군기에 대해 두루 알고 있었던 것이 도움 되었다. 할아버지 또한 고관대작은 아니나 나라의 관리로서 신분 제약을 받을 일이 없어 내게 큰 도움을 주었고, 인자하신 어머니는 어린 시절 글공부보다 대장간에서 더 시간을 보내는 아들을 늘 감싸주셨지. 거기다 어진 아내와 장차 나라의 운명을 거머쥘 아들까지 옆에 두고 있으니 말이다."

1395년(태조 4년) 봄, 무선은 몸져누웠다. 지난날을 되돌아봄에 후회 없는 인생이었다. 긴 일생 동안 하고자 했던 일을 이루었고, 제 손으로 나라를 지켜냈다. 무선은 백발이 성성한 아내 금주의 손을 마지막으로 잡았다. 그동안 기록해 두었던 화약 무기 제조법 자료들에 대해 당부했다.
"이 책들을 잘 맡아두었다가 아들 해산이 15세가 넘어 문리를 깨칠 수 있는 나이가 되면, 꼭 전해 주시오. 후일 해산이 내 뒤를 잇게 해주기를 마지막으로 부탁하오."
무선은 아들 해산도 불러 앉혔다.
"해산아, 우리 가문은 구국의 운명을 가졌단다. 그것을 기억해야 한다. 때로는 희생도 따랐지만, 아버지는 그 운명을 피하지 않았다. 너는 장차 새 나라의 운명을 짊어지게 될 것이야."
"아버님, 그게 무슨 말씀이신지요?"
"나중에 알게 될 것이다. 그리고 운명은 하늘에서 주어지는 것이 아니라. 스스로 만들어 가는 것이니라. 지금은 그저 늘 해오던 것처럼, 글공부하며, 나라가 너를 부를 때를 기다리면 되느니라. 이 아버지는 너를 믿는다."

"아버님이 하시는 말씀이 어떤 뜻인지 잘 모르오나 아버님께서 바라시는 일이라면 저도 그리하겠습니다. 저는 어머님을 사랑하고 존경합니다. 그런 어머님이 세상에서 아버님이 가장 훌륭한 분이라고 하셨습니다. 저도 아버님처럼 살겠습니다."

그해 4월 19일 아침, 무선은 모처럼 맑은 기운으로 마루 끝에 나와 봄볕이 완연해지는 것을 바라보았다. 그날이 운명의 날임을 알았다. 구름은 하얗게 솜털처럼 일었고, 배경이 되는 하늘색은 옥빛처럼 맑고 투명했다. 햇살이 무선의 눈가를 어지럽혔다. 일흔 해의 온 생애가 흘러갔다. 아버지와 불꽃놀이를 처음 보며 놀라움에 사로잡혔던 그때, 대장간 노인의 쇠망치질에 튀던 불꽃, 처음 염초 알갱이를 불에 던졌을 때 보았던 작은 불꽃, 설이의 몸을 앗아간 불꽃, 야산에서 첫 화약을 터뜨렸을 때의 불꽃, 그리고 진포의 불꽃. 온 생애 그 불꽃을 피우기 위한 운명을 거역하지 않은 자신이 이제야 부모님을 뵈러 갈 시간이었다. 따뜻한 햇살이 무선의 마지막 날숨을 조용히 거두어 갔다.

에필로그

화력 조선의 뿌리 신기전

1409년(태종 9년) 밤사이 내린 눈으로 궁궐의 처마와 담벼락에 눈이 쌓였다. 하얀 눈 세상이었다. 눈이 소복하게 쌓인 긴 담벼락이 고즈넉한 아름다움을 발하고 있었다. 태종은 해온정[1]으로 각국의 사신들을 초청했다. 신년 하례식을 맞아 태종은 시무식을 핑계로 조선의 화력을 보여줄 심산이었다.

화려한 연회가 끝나갈 무렵 태종은 사신들을 모두 해온정 연못 앞으로 모았다. 군기시 주부로 있던 해산은 미리 준비해 놓았던 신무기들을 일렬로 세워놓고 기다리고 있었다. 조선에서 유일하게 화약 제조 비밀과 화포 제조 비법을 아는 사람이었다. 태종은 하얀 눈 위에 힘 있게 서 있는 화포를 보며 마음이 흡족했다.

---

1 해온정(解慍亭): 지금의 창덕궁 근처.

"귀한 손님들을 초청했으니 특별히 그대가 새로 개발한 신무기를 보여주시오!"

태종의 말에 해산은 철령전 십여 발을 구리 총통 속에 넣고 수레에 실었다.

"이 수레는 무엇이오? 주화는 사람이 들고 쏘거나 화포에 넣고 쏘는 것이 아니오?"

태종의 물음에 해산이 답했다.

"이 무기는 이번에 새로 개발한 다장식 화포입니다. 이 수레가 바로 화포를 쏠 수 있는 화차입니다. 이 위에 있는 구멍마다 주화를 꽂아놓고 심지에 불을 붙이면, 이것이 타들어 가면서 수십 개의 주화가 동시다발로 점화되어 목표물을 향해 날아갈 것입니다. 큰 소리가 나더라도 너무 놀라지 마십시오."

각국의 사신들도 제각각 귀를 세우고 신기한 무기를 구경하기 위해 고개를 내밀었다. 해산은 심호흡을 크게 하고, 사람들이 지켜보는 앞에서 자신만만하게 심지에 불을 붙였다. 순식간에 타들어 간 주화 수십 발이 동시에 하늘로 솟아올랐다. 화염이 하늘을 갈랐고, 굉음이 온 궁궐의 들판을 진동시켰다.

"아니 저것이 무엇인고."

하늘을 향해 쏟아지는 무수히 많은 화살을 보고 사신들의 눈이 휘둥그레졌다.

주화는 1백 50보의 거리 너머로 무수한 새 떼처럼 날아가 해온정 연못 너머에 떨어졌다. 만약 적진에서 본다면 화살이 비처럼 내리는 끔찍한 상황을 연출할 것이었다. 함께 참관했던 왜와 명나라 사신은 감탄을 넘어서 두려움의 눈으로 그것을 바라보았다. 그 모습을 보며 태종은 의미 있는 웃음을 지었다. 명나라보다 늦게 화약을 개발했지만, 그 무기는 명을 넘어섰다는 것을 똑똑히 보여주고 있었다.

"놀라운 발전이구나."

"황공합니다. 왕께서 국력을 그리 중하게 여기시고 은혜를 아끼지 않으신 덕분입니다."

"그 아버지에 그 아들일세. 그대의 선친은 고려를 구하는 큰일을 했네. 이제 그대도 그 일을 이어받아, 나라의 군사력을 높이는 데 힘을 쓰니, 내 더 바랄 것이 없네."

"아버님의 유업을 이어 나라와 백성을 위해 화약 무기 개발을 할 수 있게 되어 참으로 망극하나이다."

이날 해산이 선보인 다연발 주화가 신기전의 전신이었다. 신기전이 나온 것은, 그로부터 30년이 넘은 1447년(세종 29년)이었다.

"북방의 4군 6진 고토를 회복하기 위해서는 대대적인 화기 개량이 필요하다. 또 거북선에 탑재할 총포도 개발해야 하는데, 신무기 개발이 더디구나. 명나라에서도 다발 화전을 만들어 냈다 하는구나.

40세 미만의 젊은 과학자를 기용하여 세상에 하나밖에 없는 신무기 개발에 박차를 가하도록 하여라!"

세종의 명령에 해산은 장영실, 박강 등 젊은 무기 제조자들과 함께 주화를 개량하여 더 강력한 무기를 개발하는 데 몰두했다.

"더 강력한 화살이라고 하면, 폭발력이 세던지, 사거리를 늘이든지 하는 방법이 있습니다."

"사거리를 늘릴 수 있다면, 더 먼 거리에서 정확하게 목표물에 명중시킬 수 있으니 그것도 한 방법이지요."

"화약의 힘으로 날아가는 화살은 그 사거리가 정해져 있습니다. 공중에서 한 번 더 터지게 해서 그 추진력을 한 번 더 사용할 수 있다면 지금보다 두 배 가까운 거리를 날아갈 수 있지 않겠습니까?"

"그런 방법도 좋겠군. 한번 시도해 봅시다."

"주화에 한지로 만든 화약통을 하나 더 붙여서 쏘아 올리면, 도화선이 다 타들어 갈 즈음에 다시 한번 터져 추진력을 얻을 수 있을 것입니다."

"이런 것은 어떻겠습니까? 사거리가 멀면 목표물에 이르렀을 때 화살이 명중하는 확률은 확실히 떨어집니다. 만약 화살에 폭발력까지 더하게 만들면, 화살 하나가 가지는 효과에 비해, 적진에 더 큰 타격을 입힐 수 있습니다."

"그렇게 된다면 목표물뿐만 아니라 목표물 주변까지도 불태우거나 파괴할 수 있는 강력한 무기가 될 것이니 한 번 추진해 보는 것이 옳겠습니다."

"역시 젊은 사람들은 더 유연하게 생각하여, 기존의 것에서 한 발 더 나가는 발상이 정말 창의적이오. 당장 실행에 옮겨 보시오."

얼마 후, 해산은 젊은 제조자들과 함께 세종에게 새로 만든 무기들을 보고했다. 세종은 신기전의 위력에 신음을 내뱉었다.

"이것이 신기전이라 했소? 어마어마한 발전이오. 목표물 근처에서 한 번 더 폭발해서 쇳조각을 파편으로 날려 적진에 치명상을 입힐 수 있는 것을 어찌 상상이나 할 수 있겠소."

"아직 놀라시기에는 이르십니다. 더 무시무시한 것이 기다리고 있습니다."

"아직도 더 남았단 말이오?"

"그렇습니다. 신기전은 크기에 따라서 각기 다른 폭발력을 가지고 있습니다. 그중에서도 가장 강력한 것이 바로 이 산화신기전입니다. 아마도 적의 혼을 빼놓을 수 있는 최고로 강력한 무기가 될 것입니다."

세종은 고개를 갸우뚱했다.

"좀 전의 것보다 크기는 더 작은데 어떤 비밀이 숨어있는 것이오?"

"크기는 대신기전보다 작으나 3천 자를 날아간 후에 공중에서 2차 점화장치가 작동하여 5백 자를 더 날아가 터집니다. 그 마지막 폭발력은 대신기전의 두 배입니다. 반경 1백 자를 초토화할 수 있을 정도의 위력입니다."

"대단하오. 이 무기들이 있는 한 더 이상 외적이 침입할 수 없겠소."

"맞습니다. 또, 대신기전과 산화신기전은 단독으로 발사하지만, 소신기전은 백발을 한꺼번에 쏠 수 있는 화차에 장착할 수 있습니다."

"화차 한 대에 신기전 1백 발을 꽂아 동시에 날릴 수 있다는 말이오?"

"그렇습니다. 하늘에서 불벼락이 우박처럼 내려 적에게 공포심을 심어주기에 충분할 것입니다."

해산을 보는 세종의 얼굴에는 자랑스러움이 묻어났다.

"그동안 최 공의 수고가 많았소. 내 그대와 같은 신하가 옆에 있어 든든하소. 그대의 선친이 안 계셨던들 아직도 왜구들이 조선을 넘보았을 텐데, 그 공을 무엇으로 갚을 수 있겠소. 명나라에 굴욕적인 외교를 하고 있지만, 최 공 같은 신하가 있기에 언젠가는 어느 나라에도 비굴하지 않아도 되는 날이 올 것이오.

그대는 아버지가 남겨준 유산을 잊지 않고, 그 업적을 이어받아 더 발전시키고 계승하였으니 누가 뭐래도 최 공은 유능한 신하이자, 지하에 계신 아버지가 자랑스러워할 유능한 아들이오. 부자 2대가 고려와 조선의 부국강병에 나란히 공을 세우니 후세에 길이길이 그대와 그대의 부친의 이름이 빛날 것이오."

세종은 해산을 치하했다.

해산은 벽란도에서 먼 바다로 나가는 길목을 바라보았다. 서해의 잔잔한 물결이 모두 선친의 귀중한 유산이었다. 어린 시절, 아버지로부터 왜구들의 이야기를 듣고 자랐다. 그 간악한 무리들이 화약에 겁을 먹고, 얼씬하지 못하는 것이 모두 선친의 위업 때문이었고, 해산의 삶 역시 아버지의 유산이었다.

운명은 하늘에서 주어지는 것이 아니라, 스스로 만들어 가는 것이라고 했던 아버지의 유언이 떠올랐다. 화약으로 흥한 민족은 화약으로 망하게 되는 것이 운명이 아니었다. 그 흥망성쇠의 운명을 바꾸는 것은 화약이 아니라, 그것을 쓰는 사람이었다.

아버지의 이름 무선(茂宣)은 힘써 베풀라는 뜻이다. 사람은 이름대로 인생이 흘러가는 듯했다. 해산 역시 고국의 산과 바다를 온전히 품을 수 있게 한다는 자신의 이름이 자랑스러웠고, 선친인 무선에게 감사했다.

　잔잔한 예성강 하구에 비친 해가 유난히 반짝였다. 관음포 대첩 이후 왜구가 없는 바다는 온전히 우리 백성의 것이 되었다. 자유롭게 떠도는 갈매기의 울음이 창공 높이 퍼졌다. 누구도 넘보지 못하는 조선의 하늘이었다.

최무선 해설
- 민족적 자부심으로 거듭난 국난 극복의 역사

　국방의 중요성은 예나 지금이나 나라의 운명을 좌지우지하는 중대사다. 조선 세종 시절, 문치가 가능했던 것은 강력한 국방력을 가지고 있었기 때문이었다. 나라가 부강해진 태평성대에 외세의 침략에 대한 두려움이 없을 때 문화 발전에 눈을 돌릴 수 있다. 국방은 나라 발전의 근간이다. 최무선은 자주국방으로 고려가 외세에 굴종하지 않도록 만들고, 나라를 지켜낸 구국 영웅이다. 세계 최초의 발명은 아닐지라도, 중국보다 뛰어난 성능의 화기를 개발하여, 중국을 놀라게 하였고, 나라를 지켰음은 자명하다. 그 의미가 더 크게 부각되어야 하기에, 추종을 불허하는 위대한 업적을 남긴 과학자 최무선의 발자국을 더듬어 보는 것은 의미 있는 작업이었다.

1. 사람을 살리는 약, 고려를 살리는 약

　화약으로 인해 서양의 봉건제도는 무너졌다. 전쟁에 쓰이던 칼과 방패는 화약이 나온 이후 큰 쓸모를 찾지 못하고, 신식 대포에 밀려났다. 화약은 글자 그대로 '불이 붙은 약'이다. 서양의 연금술사는 황금을 만들고 싶어 했고, 동양의 연단술사는 불로장생약을 만들고 싶어 했다. 중국의 연단술사들이 불로장생의 단약을 제조하는 과정에서 화약은 우연히 발명되었다. 화약의 약 역시 약을 의미하는 것이며, 화약의 목적은 사람을 해치는 것이 아닌 사람을 살리는 약이었다. 염초를 태우면 빛을 동반한 폭발이 일어난다는 것을, 처음 발견했을 때도, 사람을 살상하는 무기보다는 불꽃놀이나 폭죽으로 국가 행사에 사용했다. 이 화약이 무기로서 위력을 발휘하게 된 것은 금속 기술을 동반하여, 대포를 만들 수 있게 된 이후부터였다.

최무선의 업적이라 하면, 화약 제조 기술을 독자적으로 개발한 것 외에도, 당시 고려에서 불꽃놀이로만 사용되던 화약을 무기로 만들 수 있을 거라는 가능성을 발견한 것이고, 이를 실현시켜 외세를 방어한 것이다.

우리나라는 외국의 침공이 많았다. 위로는 중국이, 아래로는 일본이 버티고 서서 틈만 나면 나라를 빼앗으려고 시도했다. 전쟁 시의 생활은 처참했고, 백성은 도륙당했기에, 자주국방이 절실하던 때였다. 고려 때만 해도 거란, 여진, 몽골, 왜가 차례로 침략해 들어왔다. 그런 때 최무선의 무서운 집념으로 세계에서 두 번째로 화약을 제조해 냈다. 홍건적과 왜구의 침입으로 나라가 어지러운 때, 화약은 자주국방에 기여했고, 고려를 지키는 힘이 되었다.

해전에서 결정적으로 공을 세운 것은 물론이요, 육지전투에서도 화약의 힘으로 단번에 해결할 수 있었다. 대장군포 등 대형 화기는 이성계와 최영 장군이 이끄는 전투에서도 큰 역할을 담당했다. 이로써 최무선은 나라를 구하고, 세계만방에 화약 강국임을 알려 외세가 침범하지 못하도록 했다.

2. 신기전과 비격진천뢰

조선시대 대륙을 호령하던 신기전은 최무선의 주화에서부터 시작되었다. 다연발 화약 무기의 성능 또한 최고의 수준으로 끌어올렸다. 고려시대의 주화는 발전을 거듭하여 신기전과 산화신기전으로 거듭났다. 신기전에는 대신기전, 소신기전, 중신기전, 산화신기전, 질려포통 신기전 등 다섯 가지가 있었다. 소신기전은 1미터 정도의 화살에 로켓추진기관인 화약통을 단 것이다. 중신기전에는 약통 외에 소발화통이라는 종이 폭탄을 달고 날아가 목표물을 맞히고 폭발하는 것이었다. 대신기전은 5미터의 몸통에 로켓 추진기관인 발화통이나 질려포통을 부착하여 날아갔다. 산화신기전은 2단 로켓이라는 신기술로, 설계도가 현존하는 세계에서 가장 오래된 로켓 화기로 세계 우주항공학회가 인정했다. 임진왜란 당시 이순신 장군도 신기전과 각종 화약 신호탄을 사용해 적의 위치를 알아내고 주둔지를 기습 공격하는 전술을 사용하여, 적을 섬멸할 수 있었다.

조선시대의 화력은 점점 더 발전을 거듭하여, 1592년 화포장 이장손이 비격진천뢰를 개발할 수 있는 기초를 마련하였다. 비격진천뢰는 탄자에 발화 장치가 있어서 목표물까지 날아가 폭발하고, 그 과정에서 굉음과 섬광, 그리고 수많은 쇳조각 파편을 쏟아내는 작렬탄이었다. 도화선의 길이에 따라 폭발 시간을 조절할 수 있어서 시한폭탄의 기능도 있었다.

1592년 4월의 경주성 전투와 10월 진주성 전투, 이듬해 행주산성 전투와 남원성 전투에서 이 신기전과 비격진천뢰로 적의 접근을 막아낼 수 있었다. 행주산성 전투 당시 왜구 3만 명이 행주산성으로 몰려왔다. 성안에는 왜구의 10분의 1 병력인 2천3백 명의 조선군이 있었지만, 하루 만에 승리를 거두었다. 조총을 사용하는 왜군의 기세를 꺾기 위해 신기전 화차와 총통을 동원했다. 12시간 동안 만 명의 사상자를 낸 왜구는 후퇴했다.

임진왜란 당시의 의병장 김해는 〈향병일기〉에서 왜적을 토벌하는 데 비격진천뢰만 한 것이 없다고 기록했다. 왜란 당시 적들도 조선의 병기 비격진천뢰를 처음 보고 충격과 공포를 느꼈다고 하였다. '천지를 흔들고 별 가루가 흩어져 맞은 자는 즉사하고, 맞지 않은 자는 넘어졌다.'고 하며, 이 신무기를 '귀신 폭탄'이라고 불렀다.

화약은 지금의 핵무기와 같은 첨단 신기술로 고려와 조선의 비밀 병기이자 위대한 과학 유산이다. 신기전과 비격진천뢰 같은 화약 무기는 현재 우리나라의 로켓 개발의 밑거름이 되었다.

3. 세계 해전술의 흐름을 바꾼 함포

'바다를 제패하는 자가 세계를 제패한다.' 16세기 영국의 군인이자 탐험가인 월터 롤리의 격언이다. 함포 대전이라는 족적을 남긴 진포대첩은 세계 해전술을 바꾸었다. 이 전투에서 사용된 함포는 임진왜란 전까지 이백 년간 한반도의 평화를 지켰으며, 임진왜란에서 이순신의 승리를 이끌어내는 원동력이 되었다. 진포대첩은 임진왜란 당시 조선 수군의 전술 모델이 되기도 했다. 당시 일본군의 주력함은 관선(세끼부네)이었고, 일본 수군이 가지고 있는 화약 무기는 서양에서 개발한 조총이었다. 하늘을 나는 새도 쏘아 떨어뜨릴 수 있다는 의미의 조총은 사거리가 짧아서 육지에서는 효과가 있었지만, 바다에서는 크게 도움이 안 되었다. 반면 조선 수군은 일본의 관선보다 월등하게 크고 견고한 함선을 가지고 있었고 또 각종 화포도 보유하고 있었다. 당시의 거북선에는 천자총통, 현자총통, 황자총통, 별황자총통 등 대형 화포가 장착되어 있었다. 조선 수군은 진포대첩에서와 같이 함포 사격을 통해 일본 수군을 전멸시켰다. 진포대첩의 함포 전술은 200여 년 후에 일어난 임진왜란에서도 사용될 정도로 선진적 전술이었다.

B.C 5세기 고대 그리스 펠로폰네소스 전쟁 때 화염방사기가 처음 사용됐다. 물론 화약은 아니었다. 화약을 활용한 최초의 해전은 919년 5대 10국 시대의 낭산강 전투였다. 화포로 적선을 불태우는 해전은 1363년 대원제국 말기, 주원장이 강서성 파양호 해전에서 화포를 쏘며 승리한 전투에서였다. 이후 1380년 고려의 진포대첩은 화포를 활용한 전쟁 역사 가운데 두 번째 전투로 세계 전쟁사에 남을 해전이었다. 유럽에서는 16세기가 되어서야 전함이 등장했다.

진포대첩은 50년 넘게 왜구에게 농락당해 온 고려가 왜구를 상대로 처음으로 대승하고, 반격하게 되는 신호탄이 되었다. 그보다 더 큰 의미는 전쟁에서 무기의 역사를 바꾼 것이다. 중국은 창, 왜는 칼, 고려는 활을 주 무기로 삼았다. 화약의 등장은, 장거리 무기를 사용함으로써 적과의 백병전을 피할 수 있었다. 또한, 조선시대의 군함 거북선 지붕에 송곳을 꽂은 것과 쇠로 만든 뿔을 배 앞머리에 장착한 것은 고려 과선의 전통을 이어받은 것이다. 최무선이 없었다면 한산대첩도, 명량해전도, 거북선, 판옥선, 신기전도 없었을 것이다.

건국 당시 해양 강국이었던 고려는 세계에서 가장 강력한 전함을 가지고 있었다. 그 주인공인 누선은 조선 판옥선의 전신이며, 거북선의 초기 모델이기도 하다. 판옥선은 튼튼한 소나무를 나무못으로 연결하여 물속에서 더 단단하게 결속되었다. 반면, 왜의 세키부네는 가벼운 삼나무로 쉽게 부서지고, 바닥이 뾰족하여 균형을 잃기 쉬워, 조선의 충파술에 힘을 못 썼다. 이에 조선 수군은 대형 전함의 전후좌우에 장착된 대형 화포를 이용해 함포 전술을 쓰며, 동시에 쇠뿔로 충격을 가하여 적선을 부수는 당파 전술로 적을 섬멸할 수 있었다.

4. 해양 강국에서 우주 강국으로

우리나라는 세계에서 두 번째로 로켓을 발명한 나라라고도 할 수 있다. 난세에 장수가 나듯이, 혼란스러운 때에 신무기의 개발은 더욱 독려 되고, 자주국방의 중요성이 부각되었다. 14세기 후반, 우리나라가 홍건적과 왜구로부터 나라를 지킨 것은, 나라를 구하려는 충정의 장수들의 의지와 노력이 있었기 때문이었다. 최영 같은 용감한 장수가 출현했고, 이성계가 가별초라는 여진족 군단을 사병으로 거느려 참전했고, 최무선이 개인 재산을 털어 화약이라는 신기술을 개발하는 등의 공헌을 했기 때문이다. 고려 말, 조선 초 국난으로 인해 급속도로 발전한 화약 무기의 개발은, 조선 중기에 나라가 안정되면서 오히려 그 개발 동력을 잃고 말았다.

지금은 우주를 지배하는 나라가 세계 질서의 중심이 된다. 그 중심에 우리나라도 포함되어 있다. 우리의 최첨단 IT 기술이 세계의 패권을 좌지우지하는 데 영향력을 줄 정도로 눈부시게 성장했다. 2018년 누리호 시험발사체가 성공했고, 2021년 누리호 1차 발사에 이어 2022년 6월 누리호 2차 발사에 성공하면서, 최무선의 후예로서 독립적인 우주 개발의 꿈에 한 발짝 더 가까이 가게 되었다.

현재 우리나라는 세계에서 열세 번째로 우주 기지를 가진 나라가 되었고, 세계 7번째로 자력으로 위성을 발사할 수 있는 국가가 되었다. 이제 명실상부하게 1톤급 이상의 실용 우주 발사체 기술을 보유한 국가로서, 2021년 달 탐사 연합체인 아르테미스 협정에도 참여하게 되었다. 중국의 우주 패권을 견제하면서 달에 새로운 우주정거장을 건설하고, 사람이 거주할 수 있는 달 내 기지를 세우는 것을 목표로 하는 아홉 국가 중 하나가 된 것이다. 최무선의 후예로서 큰 성과가 아닐 수 없다.

5. 실패의 효능과 통섭의 지혜

한가지 물질을 다른 용도나 다른 시각으로 볼 수 있게 하는 창의성과 통섭의 원리를 최무선은 이미 터득하고 있었다. 또한, 이미 확실한 일에 도전하는 것은 누구나 할 수 있는 일이다. 불가능할 수도 있는 일에 평생을 바친 의지와 신념은 후세에 귀감이 될 만하다. 머릿속에 있는 것을 형상화하고, 실물로 만들어 내기까지, 마음속에서 일어나는 자신에 대한 불신과 그를 조롱하는 타인들의 불신과 평생을 싸워왔을 것이다. 그것을 이겨낸 결과는 실로 어마어마하다. 그는 목표를 정해놓고, 그 목표에 다가가기 위해, 수많은 경우의 수를 실험하고, 경험하고, 또 실패한 것을 하나씩 제거해 나가는 과정을 반복했다.

에디슨은 건전지를 발명하기 위해 2만 5천 번의 실험을 거듭하면서도 성과가 없었다. 사람들은 2만 5천 번의 실패에 위로를 보냈다. 에디슨은 말했다.

"내 실험에 실패는 없습니다. 나는 2만 5천 번을 실패한 것이 아니라, 건전지가 작동하지 않는 방법 2만 5천 가지를 찾아낸 것입니다. 그러니 그것은 실패가 아닙니다."

인간에게 가장 어려운 일 중 하나가 불확실한 상황에서의 도전이다. 우리는 어떤 행동을 하기 전에 여러 가지 어려운 조건을 탓하곤 한다. '이런저런 조건이 성립된다면', '그것을 내가 갖고 있다면' 등의 말로 자신의 행동과 미래에 대한 대비를 늦추고, 현재의 게으름을 변호한다. 진정한 도전과 자기 계발의 승자는 조건이 갖춰지지 않은 상태에서 준비하는 사람, 조건을 요구하기 전에 지금 자신이 할 수 있는 일을 하는 사람이다.

비록 최무선의 〈화약제조법〉이나 조선시대의 〈총통등록〉은 남아있지 않으나, 조선시대에 편찬된 〈국조오례서례〉에 '신기전'을 만들기 위한 설계도가 남아있다. 이뿐 아니라 세종 시대에 독자적으로 개발한 30여 종의 화약 무기 설계도도 완벽하게 남아있다. 이 자료들은 세계에서 유일무이한 기록유산이다.

6. 민족적 자부심의 뿌리

독자들은 최무선의 일대기를 통해 고려의 역사를 알고, 민족적 자부심을 느끼기를 바란다. 지금 우리나라가 일으키고 있는 한류의 뿌리는 이미 오래전 한반도에서부터 시작되었다. '코리아'라는 이름 역시 고려시대 얻은 이름이다. 실크로드가 아라비아에서 고려까지 이어지는 동안, 13세기 프랑스 수도사였던 윌리엄 루브룩(Willem van Rubroeck)은 선교사로 몽골에 와서 고려인을 만나고, 그것을 기록으로 남겼다. 그것을 바탕으로 1595년 제작된 반 랑그

렌의 아시아 지도에 처음으로 고려의 이름이 'corea'라고 표기되어 있다. 18세기 프랑스 샤틀렝이 그린 아시아 지도에는 한반도 동쪽을 '동해(Mer Orientale)'로 표기하고 있다. 그 외에도 영국의 보웬이 그린 아시아 지도에도 동해를 '한국만(COREA GULF)'으로 표기하고 있다.

국제무대에 화약 무기로 '코리아'라는 이름을 각인시킨 고려의 무인 최무선을 우리나라를 빛낸 과학자로 소개할 수 있어서 기쁘다.

역사를 잊은 민족에게 미래는 없다. 아무리 훌륭한 유산이 있더라도 이를 계속 발전시키지 못하면, 그 본래의 의미가 흐려진다는 것을 알았다. 우리는 오랜 세월 동안 국난 극복의 역사를 이어왔다. 과거를 통해서 현재의 문제를 헤쳐 나가는 지혜를 배울 수 있다는 점이 역사 소설의 장점이다. 자랑스러운 우리의 역사를 기억하고, 그 뜻과 기상을 이어받아 도약하는 젊은 층이 많아지기를 바란다. 또한 어지러운 정치사로 무기력해져 있을지도 모를 신구세대들에게 힘이 되길 바란다.

최무선 연보

1325년(고려 충숙왕 12년) 경북 영주 금호읍 오계동 마단리에서 광흥창사 최동순의 아들로 태어났다.

1342년(충혜왕 7년) 왕이 연경궁에서 화산놀이를 즐겼다는 기록이 있다. 최무선이 화약을 처음 본 때로 추정할 수 있다.

1348년(충목왕 5년) 군기감에서 일하기 시작했다. 군기감에 들어가기 전, 배를 건조하는 선박 기술자로 일했다는 논문 기록이 있지만, 시기는 정할 수 없다.

1351년(공민왕 1년) 최무선이 군기감에서 나와 본격적으로 화약을 제조하기 시작하던 시기로 추정된다.

1356년(공민왕 5년) 총통으로 화살을 발사했다는 고려사의 기록이 있다. 하지만 최무선은 홀로 화약 개발을 계속한 듯 보인다. 화약 제조 기술을 터득해 가기 전부터 고려는 국

	가 차원에서 수입한 소량의 화약을 이용하여 화기 개발을 시도한 듯하다.
1374년(우왕 1년)	염초 만드는 데 거의 성공한다.
1376년(우왕 3년)	원나라 상인 이원을 만나 염초 만드는 법이 맞는지 확인받고, 화약 개발에 성공한다.
1377년(우왕 4년)	화통도감을 설치해달라는 상소를 1년여에 걸쳐 도평의사사에 올려, 마침내 그 책임자로 임명된다.
1378년(우왕 5년)	화통방사군을 조직하여 화공법 훈련과 수군 양성에 힘을 기울이는 동시에, 화포를 개발하고, 화포를 실을 수 있는 배를 건조한다.
1380년(우왕 7년)	진포대첩에서 나세, 심덕부와 함께 참전하여 대승을 거둔다. 최무선은 부원수로 활약하며 화통방사군을 지휘하여 500여 척의 왜선을 전멸한다.
1383년(우왕 9년)	관음포 해전에서 정지 장군과 함께 왜구를 격파한다.
1388년(우왕 14년)	이성계에 의해 최무선이 감독하던 화통

	도감이 폐지된다.
1389년(창왕 1년)	박위의 대마도 정벌에 마지막으로 참전하였다. 이후, 낙향하여 화약 제조 기술 서적인 『화약수련법』과 『화포법』을 편찬하고, 〈화포섬적도〉를 그린다.
1395년(조선 태조 4년)	4월 19일 조선 서해도 해주에서 사망 후, 의정부 우정승에 추증, 영성부원군에 추봉된다. 죽기 전 아들 해산이 15세가 되면 화약 제조법을 물려주라고 유언했다.

최무선을 전후한 한국사 연표

918년(고려 태조 1년) 왕건이 궁예를 몰아내고 송악에서 왕위에 오름. 국호를 고려라 함.

993년(성종 13년) 거란(요나라)의 1차 침입, 비색청자 제작 시작.

1021년(현종 13년) 거란의 침입을 부처의 힘으로 막아내기 위해 초조대장경 판각 시작.

1087년(순종 5년) 초조대장경 완성.

1104년(숙종 10년) 여진 1차 정벌 실패. 별무반 설립.

1124년(인종 3년) 서긍이 송나라에서 『선화봉사고려도경』 40권 출간.

1231년(고종 18년) 몽골군, 제1차 고려 침입. 부인사의 『초조대장경』 불사름.

1232년(고종 20년) 강화도로 도성을 옮김. 몽골의 2차 침입.

1236년(고종 24년) 재조대장경(팔만대장경) 판각 시작.

1238년(고종 26년) 몽골군 황룡사 9층탑 불태움.

1251년(고종 39년) 『대장경』(재조대장경, 팔만대장경) 판각 완성.

1258년(고종 46년)   쌍성총관부 설치.
1270년(원종 11년)   개경으로 환도. 삼별초의 대몽항쟁.
1274년(충렬왕 1년)   여몽 연합군의 왜 정벌.
1285년(충렬왕 12년) 일연, 삼국유사 완성.
1340년(충혜왕 5년)   기황후, 원나라 순제의 황후가 됨.
1356년(공민왕 6년)   기철 제거. 쌍성총관부 수복.
1359년(공민왕 9년)   홍건적, 고려 침입.
1363년(공민왕 13년) 문익점, 원나라에서 목화씨 들여옴.
1376년(우왕 3년)   최영, 홍산에서 왜구 격퇴(홍산대첩).
1377년(우왕 4년)   『직지심경』 인쇄.
1380년(우왕 7년)   이성계, 황산에서 왜구 격퇴(황산대첩).
1388년(우왕 14년)   이성계, 위화도 회군하여 정권 장악.
1392년(조선 태조 1년) 고려 멸망. 태조 이성계가 조선 건국. 정몽주의 죽음.
1393년(태조 2년)   국호를 조선으로 개칭.
1398년(태조 7년)   제1차 왕자의 난. 정도전의 죽음. 정종 즉위.
1400년(정종 3년)   제2차 왕자의 난. 태종 즉위.
1401년(태종 1년)   신문고 설치.
1402년(태종 2년)   호패법 실시.

1419년(세종 1년)   이종무, 쓰시마섬 정벌.
1420년(세종 2년)   집현전 설치.
1423년(세종 5년)   『고려사』 편찬.
1441년(세종 23년) 측우기 제작.
1443년(세종 25년) 『훈민정음』 창제.
1445년(세종 27년) 『용비어천가』 완성.
1448년(세종 30년) 박강이 신기전 개발, 신기전기 화차 개발.
1592년(선조 25년) 이장손이 비격진천뢰 개발.